Heinz Pürer

Einführung in die Publizistikwissenschaft

Systematik
Fragestellungen
Theorieansätze
Forschungstechniken

5., überarbeitete Auflage

1

ölschläger

REIHE UNI-PAPERS
Band 1

1. Auflage: September 1978
2. Auflage: Januar 1981
3. Auflage: November 1986
4. Auflage: Oktober 1990
5. Auflage: Mai 1993

ISBN 3-88295-185-0

Verfasser: Prof. Dr. Heinz Pürer
Satz: Claudius Eßer
Umschlag: Barbara Simon
Druck: Legoprint, Trento (Italien)

Türkenstraße 27
Postfach 40 14 24
8000 München 40
Tel.: (089) 281130
Fax: (089) 281499

Vorwort zur 5. Auflage

Der prominente amerikanische Medienforscher Wilbur Schramm meinte Ende der fünfziger Jahre nicht ganz zu Unrecht, die Kommunikationswissenschaft sei keine eigene Disziplin, sondern ein (weites) Feld. Seither sind gut 35 Jahre vergangen und die Publizistik- bzw. Kommunikationswissenschaft hat sich längst zu einem eigenständigen Fach entwickelt. Nichtsdestoweniger stellt sie ein weites und sich ständig ausweitendes Lehr- und Forschungsfeld dar. Bei der vorliegenden Einführung handelt es sich nach wie vor nur um den Versuch, dieses weite Feld publizistik- und kommunikationswissenschaftlicher Forschung und Lehre im Überblick darzustellen. Dabei ist es nicht möglich, in die Tiefe fachspezifischer Frage- und Teilfragestellungen vorzudringen. Vielmehr folgt das Buch dem Bemühen, deren Vielzahl und Komplexität deutlich zu machen. Ausgehend von einem gesellschaftswissenschaftlichen Verständnis der Publizistik- und Kommunikationswissenschaft wird dabei in folgenden Schritten vorgegangen:

Am Beginn steht eine kurze Skizzierung der Entwicklung des Faches und werden einige Grundbegriffe geklärt. Es folgt eine systematische Darstellung des Lehr- und Forschungsfeldes. In einem weiteren Kapitel werden politologische, soziologische, sozialpsychologische, pädagogische und sprachwissenschaftliche Aspekte der Publizistik- und Kommunikationswissenschaft aufgezeigt. Es sind dies Gesichtspunkte, aus denen heraus sich viele Fachvertreter in unterschiedlicher Weise dem Fachgegenstand anzunähern und Antworten auf eine Vielzahl von Fragestellungen zu geben versuchen. Ein weiteres Kapitel ist der Vorstellung von theoretischen Ansätzen der Publizistikwissenschaft sowie von modellhaften Darstellungen von Kommunikation und Massenkommunikation gewidmet. Schließlich werden noch die wichtigsten sozialwissenschaftlichen Forschungstechniken aufgezeigt, die in der Publizistik- und Kommunikationswissenschaft Anwendung finden. Im Anhang ist eine Auswahl von einschlägigen Fachzeitschriften aufgelistet und sind die Anschriften journalistik-, publizistik- und kommunikationswissenschaftlicher Studiengänge an Universitäten des deutschen Sprachraumes festgehalten.

Bei der Überarbeitung der hier vorliegenden fünften Auflage wurde darauf geachtet, jüngste Entwicklungen des Faches zu berücksichtigen, neue Fragestellungen mitaufzunehmen sowie vor allem auf aktuelle Literatur hinzuweisen. Dies gilt u.a. in besonderer Weise für die Entwicklung der Medienstrukturen in den neuen Bundesländern seit Wende und Wiedervereinigung.

Die Didaktik für dieses Grundgerüst der Publizistik- und Kommunikationswissenschaft ist so angelegt, daß in den einzelnen Abschnitten gezielt Fragestellungen angesprochen werden, deren Aufarbeitung und Vertiefung im Selbststudium oder in Arbeitsgruppen erfolgen soll. Detaillierte Literaturangaben dafür finden sich am Ende eines jeden Themenabschnitts. Ergänzende Autorenverweise im Text beziehen sich auf die vom Autor zusätzlich verwendeten Quellen und sollen zugleich Orientierungshilfen für die Suche nach weiterer Literatur darstellen. Sowohl die verwendete als auch die zum Weiterstudium empfohlene Literatur muß sich notgedrungen auf eine umsichtig getroffene Auswahl von Buch- und Zeitschriftentiteln beschränken; der Großteil ist in einschlägigen Fachbibliotheken allgemein zugänglich.

Das Buch will weiterhin ein kleines Arbeitsbuch sein, das nur versucht, seinen Leser durch die wichtigsten Lehr- und Forschungsfelder der Publizistik- und Kommunikationswissenschaft zu führen. So ist das Buch primär für Studienanfänger der Publizistik- und Kommunikationswissenschaft gedacht. Erst in zweiter Linie wendet sich diese Einführung an alle jene, die direkt oder indirekt, beruflich oder interessehalber, praktisch oder theoretisch mit dem Gegenstand Massenkommunikation zu tun haben und denen die Reflexion darüber ein persönliches Anliegen ist.

München, im Mai 1993 — Heinz Pürer

INHALTSVERZEICHNIS

Vorwort zur 5. Auflage 5

1. Einleitung 9
1.1 Zur Entwicklung des Faches 9
1.2 Grundbegriffe 17

2. Systematik der Publizistikwissenschaft 25
2.1 Das Lehr- und Forschungsfeld 25
2.2 Die Forschungsbereiche 31
2.2.1 Bereich "Kommunikator" 32
2.2.2 Bereich "Aussage" 39
2.2.3 Bereich "Medium" 45
2.2.4 Bereich "Rezipient/Wirkung" 57

3. Publizistikwissenschaft als interdisziplinäre Sozialwissenschaft 69
3.1 Politologische Aspekte der Publizistik 71
3.1.1 Die Kommunikationsgrundrechte 72
3.1.2 Der Medien-"Zugang" 74
3.1.3 Die Medienorganisation 75
3.1.4 Die Massenkommunikationsfunktionen 76
3.1.5 Massenmedien in totalitären Systemen 77
3.1.6 Beispiele für Kommunikations- und Medienpolitik in der Bundesrepublik Deutschland 78
3.2 Soziologische Aspekte der Publizistikwissenschaft 85
3.2.1 Sozialisation 86
3.2.2 Sozialisation und Massenkommunikation 90
3.2.3 Befunde 92
3.2.4 Kultur - Medien - Gesellschaft 94
3.3 Psychologische Aspekte der Publizistik 99
3.3.1 Wirkungsfaktoren 100
3.3.2 Wirkungen 103
3.3.3 Theorien zur Wirkung der Massenmedien 107
3.4 Pädagogische Aspekte der Publizistik 113
3.4.1 Konzepte der Medienpädagogik 114
3.4.2 Begrifflichkeit der Medienpädagogik 117

3.5 Sprachwissenschaftliche Aspekte der Publizistik 122
3.5.1 Funktionen von Sprache 123
3.5.2 Schichtspezifische Unterschiede von Sprache 124
3.5.3 Verstehen und Verständlichkeit 125
3.5.4 Sprache in Zeitung, Radio, Fernsehen 127
3.5.5 Personale und institutionale Faktoren 131

4. Theoretische Ansätze der Publizistikwissenschaft 135
4.1 Historischer Exkurs: Frühe Ansätze der Beschäftigung mit den publizistischen Medien 137
4.2 Die "normative Publizistik" (nach Emil Dovifat) 141
4.3 Die "systematische Publizistik" (nach Walter Hagemann) 142
4.4 Die "funktionale Publizistik" (nach Henk Prakke) 145
4.5 Der "massenkommunikative Ansatz" (nach Gerhard Maletzke) 149
4.6 Der "systemtheoretische Ansatz" 153
4.7 Die "kritische Publizistik" 163
4.8 Der (neo-)marxistische Ansatz 168
4.9 Weitere Theorien und Modelle 172

5. Forschungstechniken der Publizistikwissenschaft 175
5.1 Das Interview 178
5.2 Die Aussagen-/Inhaltsanalyse 183
5.3 Die Beobachtung 189
5.4 Das Experiment 194
5.5 Zusammenfassung 198

6. Anhang 199
6.1 Publizistik- und kommunikationswissenschaftliche Fachzeitschriften (Auswahl) 199
6.2 Universitätsinstitute für Publizistik- und/oder Kommunikationswissenschaft 201
6.3 (Berufsbezogene) Studiengänge Journalistik 202

1. Einleitung

1.1 Zur Entwicklung des Faches

Die Publizistik- und Kommunikationswissenschaft ist eine verhältnismäßig junge Disziplin. Als universitäre Studienrichtung gibt es sie im deutschen Sprachraum erst gut 70 Jahre: 1916 wurde in Leipzig der erste Lehrstuhl für Zeitungswissenschaft, wie das Fach damals hieß, eingerichtet. Seither hat sich das Fach von der wissenschaftlichen Zeitungskunde über die Publizistik- zur Kommunikationswissenschaft entwickelt. Seit Mitte der 70er Jahre bestehen auch berufsbezogene Diplomstudiengänge für Journalistik in Form von Grund- oder Aufbaustudiengängen.

Von der Mehrzahl ihrer Fachvertreter wird die Publizistik- und Kommunikationswissenschaft sozialwissenschaftlich und im Bemühen um Interdisziplinarität betrieben. Das Fach reiht sich in den Kanon der Sozialwissenschaften ein (ähnlich der Soziologie, der Politikwissenschaft, der Psychologie und Sozialpsychologie u.a.). Die historische Perspektive des Faches rückt etwas in den Hintergrund, wenngleich auch diese fachliche Orientierung ihre großen Verdienste hat: Aus der Medien- und Kommunikationsgeschichte lassen sich gegenwärtige (soziale) Phänomene der (Massen-)Kommunikation gut erklären und besser verstehen. Das gilt für die Massenmedien auch trotz der Zäsur durch den Zweiten Weltkrieg.

Die Publizistik- und Kommunikationswissenschaft beschäftigt sich heute mit allen Formen individuell-zwischenmenschlicher sowie gesellschaftlich-öffentlicher (also sozialer) Kommunikation. Lehr- und Forschungsschwerpunkte lagen und liegen dabei im weiten Feld der Massenkommunikation. Hier gilt die Aufmerksamkeit des Faches vor allem

- ❒ den politischen Rahmenbedingungen und ökonomischen Zwängen, unter denen sich Massenkommunikation vollzieht,
- ❒ den mehr oder weniger verrechtlichten Strukturen und Organisationsformen der Massenmedien,
- ❒ den Eigengesetzlichkeiten der Massenmedien mit ihren technischen Funktionsweisen, (die bei den Druckmedien ganz andere sind als bei den elektronischen),
- ❒ den Nutzungsweisen durch das Publikum der Massenmedien, also den Lesern, Hörern und Sehern,

- sowie, nicht zuletzt, den vielfältigen, komplexen Wirkungsmechanismen und -prozessen, die in der Massenkommunikation beobachtbar sind.

Untersuchungsgegenstand (= Materialobjekt) der Publizistik- und Kommunikationswissenschaft ist folglich zunächst die interpersonale Kommunikation, also das Gespräch zwischen zwei oder mehreren Personen, und alle Prozesse, die dabei zwischen den Gesprächspartnern ablaufen. In viel größerem Ausmaß wendet sich das Fach aber der Massenkommunikation zu, und zwar

- der Presse als den gedruckten Medien wie Zeitung, Zeitschrift, Buch, Flugblatt, Flugschrift, Plakat etc.,
- den Funkmedien, also Hörfunk und Fernsehen, in welcher rechtlichen oder organisatorischen Verfassung auch immer,
- den sogenannten "Neuen Medien", vor allem Kabel- und Satellitenrundfunk, Videotext und Bildschirmtext,
- den heimelektronischen Geräten wie Schall- und Bildplatte, Ton- und Bildkassette, Video, Home-Computer u.ä.,
- dem (zumindest im deutschen Sprachraum wiederentdeckten) Film.
- Gegenstand kommunikationswissenschaftlicher Forschung sind freilich auch die Medienschaffenden sowie die Medienrezipienten, denen besondere Aufmerksamkeit gilt.
- In zunehmendem Maße rücken ins Blickfeld der Publizistikwissenschaft gesellschaftlich, politisch oder ökonomisch relevante Bereiche wie Werbung, Öffentlichkeitsarbeit, Medien-, Markt- und Meinungsforschung sowie die Befassung mit Medien in Schule und Erwachsenenbildung.
- Gegenstand der Publizistik- und Kommunikationswissenschaft sind des weiteren aber auch alle Formen originärer, d.h. nicht über Medien vermittelter Publizistik wie öffentliche Rede, öffentliche Verkündigung, Predigt sowie das politische Theater, sofern es aktuelle, öffentlich bedeutsame Inhalte und gesellschaftlich relevante Bezüge enthält.

Während sich also die Publizistikwissenschaft früher sehr stark auf ihren eigentlichen Kernbereich, die Massenmedien, konzentrierte, beginnt sich das Fach in jüngerer Zeit auch jener publizistischen Sphären anzunehmen, die, wie etwa Öffentlichkeitsarbeit und Werbung, den eigentlichen

Prozessen der Massenkommunikation vorgeschaltet oder nachgeordnet sind.

Die Publizistik- bzw. Kommunikationswissenschaft wurde im Laufe ihrer noch jungen Geschichte geistes- und sozialwissenschaftlich betrieben. Während bis etwa in die 60er Jahre eine historisch-hermeneutische Sicht dominierte, herrscht seit nun knapp 30 Jahren die empirisch-analytische Perspektive vor: Mit Hilfe sozialwissenschaftlicher Methoden wie der Inhaltsanalyse, der wissenschaftlichen Befragung, der Beobachtung und des Experiments wird versucht, Phänomene der zwischenmenschlichen Massenkommunikation zu erforschen und auf der Basis fundierter empirischer Daten sowie theoretischer Grundlagen zu erklären. Der Perspektiven- bzw. Methodenwandel von der geisteswissenschaftlich-interpretativen zur empirisch-analytischen Betrachtungsweise vollzog sich Anfang der 60er Jahre, als neben die zeitungs- bzw. publizistikwissenschaftliche Fachtradition des deutschen Sprachraumes die aus dem anglo-amerikanischen Sprachraum stammende kommunikationswissenschaftliche Fachtradition sozialwissenschaftlicher Natur trat und zunehmend an Boden gewann.

Die heutige Kommunikationswissenschaft hat sich also entwickelt aus:

der zeitungswissenschaftlichen Tradition des deutschen Sprachraumes	der kommunikationswissenschaftlichen Tradition des anglo-amerikanischen Raumes
❒ Diese war lange Zeit (bis Ende der 50er Jahre) nahezu ausschließlich historisch orientiert,	❒ Diese hat sich anfangs mit "Journalism" und Medienforschung (Pressegeschichte, Presserecht etc.) befaßt und ist seit den 30er Jahren als Kommunikationswissenschaft nahezu ausschließlich empirisch-analytisch ausgerichtet,
❒ hat also primär Kommunikator-, Medien- und Kommunikationsgeschichte betrieben.	❒ hat sich also sehr bald in vielfältiger Weise mit Fragen der Medienwirkung befaßt.

Erst zu Beginn der 60er Jahre beginnen in der Publizistik- und Kommunikationswissenschaft des deutschen Sprachraumes historische und empirische (oder geistes- und sozialwissenschaftliche) Tradition des Faches ineinander überzufließen, verlagert sich der Schwerpunkt der wissenschaftlichen Beschäftigung mit den Massenmedien hin zu einer nicht ausschließlich, aber primär sozialwissenschaftlichen Betrachtungsweise.

Im chronologischen Ablauf kann ein knapper, im Detail nicht vollständiger Überblick über die Entwicklung des Faches wie folgt dargestellt werden:

Zeitungswissenschaftliche Tradition des deutschen Sprachraumes

1916: Karl Bücher
Leipzig
1919: Aloys Meister
Münster
1922: Wilhelm Kapp
Freiburg/Breisgau
1924: Karl d'Ester
München
1925: Martin Mohr
Berlin
(ab 1928: Emil Dovifat)
1926: Erich Schulz
Dortmund
1927: Wilhelm Waldkirch
Heidelberg
1929: Martin Spahn
Köln
1938: Hans L. Zankl
Nürnberg
1939: Walther Heide
Wien
(Institut eröffnet 1942)
1940: Josef März
Prag

Kommunikationswissenschaftliche Tradition des anglo-amerikanischen Sprachraumes

vor und um 1920
"Journalism" (Journalistik) mit Pressegeschichte, Presserecht und praktischer Ausbildung

Vier Einflußströme kennzeichnen nach 1925 die empirische Kommunikationsforschung des anglo-amerikanischen Sprachraumes:

1. Der "Political Approach", d.h. zunächst die Propaganda-Forschung (Harold D. Lasswell; Erforschung des Einflusses politischer Kommunikation auf das Publikum)

2. Der "Small Group Approach", d.h. der gruppenpsychologische Ansatz der Experimentalpsychologie (Kurt Lewin; Hauptinteresse: Gruppenkommunikation und ihre Einflüsse)

ab etwa 1928 lehren als Zeitungswissenschaftler an den genannten Universtitäten weiters:

Hans A. Münster
August Hinderer
Karl O. Kurth
Wilmont Haacke
Joachim Kirchner
und andere

3. Der "Experimental Approach" der Experimentalpsychologie (Carl I. Hovland; Erarbeitung der sog. "wissenschaftlichen Rhetorik" - Kommunikation und Überzeugung, Glaubwürdigkeit von Kommunikatoren, Wirkungsweisen von Argumentation; Einstellungswandel und Kommunikation)

4. Der "Sample Survey Approach", d.h. die Umfrageforschung (Paul F. Lazarsfeld; Untersuchungen von Wahlkämpfen, Wahlanalysen, Verhältnis von personalem Einfluß im Zusammenhang mit Medienkommunikation; Entwicklung der Hörerforschung)

Von den Machthabern des Dritten Reichs gingen sehr bald intensive Bemühungen aus, die Zeitungswissenschaft zu vereinnahmen. Sie stießen auf Bereitschaft wie Ablehnung. Rückblickend ist ein nicht zu übersehendes nationalsozialistisches Potential von Zeitungswissenschaftlern erkennbar. Es gab aber auch Fachvertreter, die nicht bereit waren, sich an Lehrinhalten und Methodologie einer nationalsozialistisch ausgerichteten Disziplin anzupassen; sie wurden entweder in den Ruhestand versetzt, zwangsweise beurlaubt, entlassen oder verhaftet. Manche Fachvertreter wählten den Weg in die Emigration. Zu den schwerwiegenden Eingriffen des nationalsozialistischen Regimes gehörten der Zwang zur Eingrenzung der Gegenstände der Disziplin auf Presse und Nachrichtenwesen, die Ablehnung sozialwissenschaftlicher Forschung sowie das Verbot, an den zeitungswissenschaftlichen Lehrstühlen bzw. Instituten Film- und Rundfunkabteilungen zu errichten.

Nach dem Zweiten Weltkrieg kam es zu einem Neubeginn im Fach. Kräftige Impulse für die Umbenennung der Disziplin in "Publizistikwissenschaft" gingen von Münster (Walter HAGEMANN) und Berlin (Emil DOVIFAT und Fritz EBERHARD) aus. Erste theoretische Ansätze bildeten sich heraus. Universitätsinstitute wurden wiederbegründet oder entstanden neu in Münster (1946), München (1948), Berlin (1948), Erlangen-Nürnberg (1948), Göttingen (1953), Mainz (1964), Wien und Salzburg (1967), Bochum (1969), Dortmund (1977), Hohenheim (1976), Eichstätt (1983) und Hannover (1985).

Zu Beginn der 60er Jahre macht sich der Einfluß kommunikationswissenschaftlicher Aspekte anglo-amerikanischer Prägung in der deutschsprachigen Publizistikwissenschaft deutlich und in zunehmendem Ausmaße bemerkbar. Eine erste sehr systematische Zusammenfassung der kommunikationswissenschaftlichen Erkenntnisse der Amerikaner erbrachte Gerhard MALETZKE mit seinem 1963 erstmals veröffentlichten Buch "Psychologie der Massenkommunikation". Zu den Protagonisten angloamerikanischer Fachtradition im deutschen Sprachraum gehören neben MALETZKE noch Elisabeth NOELLE-NEUMANN, Fritz EBERHARD und Henk PRAKKE.

Bereits Mitte der 60er Jahre wird die Publizistik- und Kommunikationswissenschaft im deutschen Sprachraum interdisziplinär betrieben. Anfang der 70er Jahre beginnt die kommunikationspolitische, -soziologische und sozialpsychologische Aufarbeitung publizistikwissenschaftlicher Fragestellungen. Als theoretische Ansätze kristallisieren sich im deutschen Sprachraum funktionalistische, systemtheoretische, kritisch-theoretische und marxistische Ansätze heraus (vgl. Kap. 4).

Zum gegenwärtigen Zeitpunkt gibt es in der Bundesrepublik Deutschland, in Österreich und in der Schweiz folgende Universitätsinstitute und Lehrstühle für Publizistik/Kommunikationswissenschaft, wie immer sie auch offiziell heißen mögen:

Bundesrepublik Deutschland	Augsburg Bamberg Berlin Bochum Erlangen/Nürnberg	Göttingen Leipzig Mainz München Münster
Österreich	Salzburg	Wien
Schweiz	Bern	Zürich

Praxisorientierte Diplomstudiengänge für Journalistik sind als Grund-, Aufbau- oder integrierte Studiengänge eingerichtet in:

Bamberg	Hohenheim
Dortmund	Köln
Eichstätt	Leipzig
Hamburg	Mainz
Hannover	München

sowie
Fribourg
(Schweiz)

Weiterhin existieren vor allem in der Bundesrepublik Deutschland an vielen anderen (akademischen) Bildungseinrichtungen wie pädagogischen oder technischen Hochschulen kommunikationswissenschaftliche Lehrstühle, Institute oder Abteilungen.

Einen guten Überblick über die in der Bundesrepublik Deutschland, in Österreich und in der Schweiz bestehenden universitären wie außeruniversitären publizistik- bzw. kommunikationswissenschaftlichen Studienrichtungen, Institute, Lehrstühle und Abteilungen bieten die folgenden Publikationen:

BREUNIG, Christian (Hrsg.): Studienführer Publizistik, Journalistik, Kommunikation. 2., überarb. Aufl.- München: Ölschläger 1989.

BEHRENS, Angela: Publizistik, Kommunikationswissenschaften. Zur Arbeitswelt, zum Studium.- München: dhb-Hochschulbuch GmbH 1989

Literatur (Auswahl)

BERELSON, Bernard: The State of Communication Research. In: "Public Opinion Quarterly" 23: 1959, pp 1-15.

DRÖGE, Franz W.; LERG, Winfried B.: Kritik der Kommunikationswissenschaft. In: "Publizistik" 10: 1965, S. 251-284.

GROTH, Otto: Die Geschichte der Deutschen Zeitungswissenschaft.- München 1948.

KIESLICH, Günter: Zum Selbstverständnis der Publizistikwissenschaft. In: "Publizistik" 17: 1972, S. 68-78.

AUFERMANN, Jörg: Aufgaben, Konzepte und Analyseprobleme der Publizistik- und Kommunikationswissenschaft. In: "Publizistik" 21: 1976, S. 157-170.

LERG, Winfried B.: Paul Felix Lazarsfeld und die Kommunikationsforschung. Ein bio-bibliographisches Epitaph. In: "Publizistik" 22: 1977, S. 72-88.

SAXER, Ulrich: Grenzen der Publizistikwissenschaft. Wissenschaftliche Reflexionen zur Zeitungs-/Publizistik-/Kommunikationswissenschaft seit 1945. In: "Publizistik" 25: 1980, S. 525-543.

FABRIS, Hans Heinz: Objektivität und Parteilichkeit in der Sozialwissenschaft und im Journalismus. In: "Publizistik" 26: 1981, S. 16-24.

RÜHL, Manfred: Kommunikationswissenschaft zwischen Wunsch und Machbarkeit. In: "Publizistik" 30: 1985, S. 229-246.

NICKL, M. Michael: Journalistik ist professionelle Medienrhetorik. In: "Publizistik" 32: 1987, S. 449-467.

MALETZKE, Gerhard: Publizistik zwischen Geistes- und Sozialwissenschaft.- Berlin: Spiess 1967

ROEGELE, Otto B.: Die Zeitungswissenschaft im Streit der Fakultäten. In: "Publizistik" 11: 1966, S. 390-398.

SCHRAMM, Wilbur: Mass Communication. 2nd Edition.- Urbana, Chicago, London: University of Illinois Press 1972.

MALETZKE, Gerhard: Kommunikationsforschung als empirische Sozialwissenschaft.-Berlin: Spiess 1980.

BRUCH, Rüdiger vom; ROEGELE, Otto B. (Hrsg.): Von der Zeitungskunde zur Publizistik. Biographisch-institutionelle Stationen der deutschen Zeitungswissenschaft in der ersten Hälfte des 20. Jahrhunderts.- Frankfurt: Haag und Herchen 1986.

GLOTZ, Peter: Von der Zeitungs- über die Publizistik- zur Kommunikationswissenschaft. In: "Publizistik" 35: 1990

FÖLDY, Reginald; SEMRAU, Eugen: Kommunikationswissenschaft heute. Eine Einführung in interdisziplinäre Aspekte von Forschung und Praxis.- Wien: Deuticke 1984.

KUTSCH, Arnulf (Hrsg.): Zeitungswissenschaftler im Dritten Reich. Sieben biographische Studien.- Köln: Hayit 1984.

KUTSCH, Arnulf: Die Emigration der deutschen Zeitungswissenschaft ab 1933. Anmerkungen zu einem vergessenen Thema. In: "Medien und Zeit" Heft 1/1988, S. 3-16.

BOBROWSKY, Manfred; LANGENBUCHER, Wolfgang R. (Hrsg.): Wege zur Kommunikationsgeschichte.- München: Ölschläger 1987.

Ein kurzer geschichtlicher Abriß über die Entwicklung des Faches ist des weiteren zu finden in: WAGNER, Hans: Kommunikationswissenschaft (Zeitungswissenschaft). Das Fach, das Studium, die Methoden. 2. Aufl.- München: publicom 1989. (= Darstellung aus der von

Wagner vertretenen "zeitungswissenschaftlichen" Tradition der früheren Münchener "Zeitungswissenschaft").

LANGENBUCHER, Wolfgang R. (Hrsg.): Publizistik- und Kommunikationswissenschaft. Ein Textbuch zur Einführung in ihre Teildisziplinen.- Wien: Braumüller 1986.

BURKART, Roland: Kommunikationswissenschaft, Grundlagen und Problemfelder. Umrisse einer interdisziplinären Sozialwissenschaft.- Wien: Böhlau 1983.

(Ehemalige) DDR:

BLAUM, Verena: Marxismus-Leninismus, Massenkommunikation und Journalismus. Zum Gegenstand der Journalistikwissenschaft in der DDR.- München: Minerva 1980.

BUDZISLAWSKY, Hermann: Sozialistische Journalistik. Eine wissenschaftliche Einführung.- Leipzig 1966.

WÖRTERBUCH DER SOZIALISTISCHEN JOURNALISTIK.- Leipzig: Sektion Journalistik der Karl-Marx-Universität Leipzig 1984.

1.2 Grundbegriffe

Die Terminologie der Publizistik- und Kommunikationswissenschaft ist von einigen zentralen Begriffen geprägt, deren Kenntnis für die fachliche Verständigung sowie für die Diskussion des Fachgegenstandes wichtig ist. Es sind dies die Begriffe "Kommunikation", "Publizistik" (oder publizistische Kommunikation) und "Massenkommunikation". Im folgenden wird versucht, diese Begriffe zu klären und voneinander abzugrenzen.

Kommunikation

Kommunikation ist der am weitesten gefaßte, übergeordnete Begriff. Innerhalb der Publizistik- und Kommunikationswissenschaft ist er eingegrenzt auf den sich der Sprachen, Zeichen und Symbole bedienenden Austausch von Bedeutungsgehalten zwischen zwei oder mehreren Personen, der auch nicht-sprachliche Elemente enthält. Kommunikation als Prozeß ist kein Vorgang, der mit der Denkkategorie der einfachen Kausalität zu erfassen wäre. Kommunikation ist vielmehr ein relativ komplexer Sachverhalt, in dessen Verlauf auch Rücksteuerungen und Rückkoppelungen, ein- und gegenseitige Beziehungen und Abhängigkeiten zwischen den Kommunizierenden (den Sprechenden und den Gesprächspartnern) eine Rolle spielen.

Kommunikation im weiteren Sinne meint alle Prozesse der Informationsübertragung. Das ist eine sehr umfassende Betrachtungsweise, die technische oder biologische oder psychische und soziale Informationsvermittlungssysteme mit einschließt. Unter Kommunikation im engeren Sinne versteht man hingegen einen Vorgang der Verständigung und der Bedeutungsvermittlung zwischen Lebewesen. Kommunikation zwischen Menschen schließlich ist eine Form sozialen Handelns, das mit subjektivem Sinn verbunden und auf das Denken, Fühlen und Handeln anderer Menschen bezogen ist. Folglich gehören zum Kommunikationsprozeß mindestens drei Elemente, nämlich: ein Sender, eine Nachricht oder Botschaft sowie ein Empfänger. Diese Terminologie wurde aus technischen Wissenschaften übernommen. Wir sagen dafür: Kommunikator, Quelle oder Sprechender; Aussage oder Mitteilung; Adressat, Rezipient oder Empfänger.

Kommunikation zwischen Menschen könnte man also sehr einfach und allgemein definieren als *verbales und/oder nonverbales Miteinander-in-Beziehung-Treten von Menschen zum Austausch von Informationen.*

Kommunikation besteht aus sprachlichen (verbalen) und nicht-sprachlichen (nonverbalen) Elementen der Bedeutungsvermittlung. Als verbale Elemente werden alle sprachlichen Formen der Kommunikation, des Redens und Sprechens bezeichnet. Sie werden auditiv wahrgenommen und - nicht ausschließlich, aber primär - rational bzw. kognitiv erfaßt. Zu den non-verbalen Elementen gehören die Gestik, die Mimik und alle anderen nicht-sprachlich artikulierten Zeichen und Symbole. Non-verbale Kommunikation wird - nicht ausschließlich, aber primär - visuell erfaßt und emotiv, gefühlsmäßig wahrgenommen.

Kommunikation kann in verschiedenen Arten vor sich gehen:

direkt oder indirekt
wechselseitig oder einseitig
privat oder öffentlich

Das Gespräch zwischen zwei Personen, nicht selten auch als face-to-face communication bezeichnet, verläuft im Regelfalle direkt, wechselseitig und weitgehend privat. Es gestattet einen hohen Grad an Reaktion für den Zuhörer und ermöglicht Rückfragen.

Das Telefongespräch ist eine Form der wechselseitigen Kommunikation, die allerdings indirekt verläuft (nämlich über ein technisches Medium) und die privaten, quasi-privaten oder öffentlichen Charakter haben kann. Die Telefonkommunikation ist von den benutzten "Kanälen" her eine eingeschränkte Form der Kommunikation, weil sie ja nur auditiv-vokal wahrgenommen wird.

Ein Vortrag (oder auch eine Vorlesung) ist direkte, einseitige und meist öffentliche Kommunikation. Nur selten kommt es hier zu Reaktionen seitens der Zuhörer: Wechselseitigkeit (und somit Rückbezüglichkeit) ist dabei nicht oder nur selten möglich.

Massenkommunikation ist eine Form öffentlicher, indirekter und einseitiger Kommunikation, die sich technischer Verbreitungsmittel bedient und sich an ein disperses Publikum wendet. Der Begriff Kommunikation subsumiert demzufolge auch Publizistik und Massenkommunikation.

Publizistische Kommunikation

Der Begriff publizistische Kommunikation (kurz auch "Publizistik") fand bereits Ende der 20er Jahre Eingang in die fachliche Terminologie. Er ist im Verhältnis zum Begriff Kommunikation ein eingegrenzter Fachterminus und wird zunächst einfach verstanden als Hinwendung zur Öffentlichkeit. Neben dem Merkmal der Öffentlichkeit zeichnet sich der Begriff des weiteren durch das Merkmal der Aktualität aus; publizistische Kommunikation wird bzw. wurde im Fach immer verstanden als aktuelle und öffentliche Kommunikation. Publizistik könnte man also definieren als

> *das öffentliche Miteinander-in-Beziehung-Treten von Menschen mittels originärer Kommunikationsformen und/oder technischer Medien zur Herstellung von Verständigung über Aktuelles in Zeit und Gesellschaft.*

Publizistik kann originär oder medial vermittelt erfolgen. Mit *originärer Publizistik* sind solche Formen öffentlicher Kommunikation gemeint, die ohne technisches Medium ablaufen: die öffentliche Rede, der öffentliche Vortrag, das öffentliche Lied, die öffentliche Predigt und das politische Theater, sofern es aktuelle und öffentliche Bezüge enthält (Medium sind in der originären Publizistik folglich die Sprache mit all ihren Ausdrucksformen sowie - im Falle des Theaters - Sprache und Bühne). *Medial vermittelte Publizistik* meint über Massenmedien ablaufende, öffentliche und aktuelle Kommunikation - also was wir heute im allgemeinen als Massenkommunikation bezeichnen.

Durch die starke Betonung des Wesensmerkmales der Aktualität ist Publizistik im Hinblick auf publizistische Mittel eingeschränkt auf Tages- und Wochenzeitungen, Zeitschriften, Hörfunk und Fernsehen. Es sind dies auch jene Medien, die sich durch weitere wichtige Wesensmerkmale auszeichnen; diese sind neben der Aktualität noch die Periodizität, die

Universalität und die Publizität. Mit *Periodizität* ist die regelmäßig wiederkehrende Erscheinungsweise gemeint (die bei den stündlichen Hörfunknachrichtensendungen eine andere ist als etwa bei täglich erscheinenden Zeitungen oder wöchentlich erscheinenden Zeitschriften). Das publizistische Merkmal *Universalität* bezeichnet die umfassende, vielseitige, eben 'universelle' Berichterstattung von Zeitung, Zeitschrift, Hörfunk und Fernsehen. Die Universalität der lokalen Tageszeitung unterscheidet sich quantitativ und vor allem qualitativ freilich etwas von jener der regelmäßigen Informationssendungen des Fernsehens. Unter *Publizität* versteht man die öffentliche Zugänglichkeit der publizistischen Mittel. Von diesen vier Kriterien treffen im streng publizistischen Sinne auf andere Medien wie Buch, Film, Schallplatte, Kassette etc. nur jenes der Publizität, also der öffentlichen Zugänglichkeit, allenfalls auch jenes der Aktualität zu, nicht jedoch jene der Periodizität und Universalität. Das moderne Verständnis von Massenkommunikation verzichtet, wie noch dargelegt werden wird, auf diese Wesensmerkmale und bezieht daher auch alle anderen Medien in ihr Verständnis mit ein.

Massenkommunikation

Der uns heute selbstverständlich erscheinende und geläufige Begriff Massenkommunikation fand erst in den 60er Jahren unseres Jahrhunderts Eingang in den deutschen Sprachgebrauch. Es handelt sich bei dem Wort Massenkommunikation aber schlicht um die aus dem Amerikanischen übernommene Bezeichnung von "mass communication". Allgemein betrachtet, meint man mit Massenkommunikation alle politischen, ökonomischen, sozialen und kulturellen Prozesse im Bereich der Massenmedien. Die im Fach vorfindbaren Begriffsbestimmungen betonen entweder den prozessualen Charakter des Ablaufs von Massenkommunikation oder sie heben die rechtlichen, politischen und wirtschaftlichen Rahmenbedingungen hervor, unter denen sich Massenkommunikation vollzieht.

Von den Definitionsversuchen, die es für Massenkommunikation gibt, ist jener von Gerhard MALETZKE der allgemein anerkannteste und im Fach auch gebräuchlichste. Er besagt, daß Massenkommunikation *öffentlich* stattfindet, *indirekt* und *einseitig* abläuft, sich *technischer Verbreitungsmittel* bedient und sich an ein *disperses Publikum* wendet. Im einzelnen können diese Wesensmerkmale nach MALETZKE wie folgt umschrieben werden:

❒ *öffentlich,* d.h. ohne begrenzte und personell definierte Empfängerschaft, allgemein zugänglich und für jeden potentiell erreichbar;

- *indirekt,* d.h. sie findet nicht "von Angesicht zu Angesicht" statt, sondern über zwischengeschaltete Instanzen, die Medien; "Sender" (Kommunikator) und "Empfänger" (Rezipient) stehen einander nicht direkt gegenüber, sie sind voneinander räumlich und/oder zeitlich getrennt;
- *einseitig,* d.h. sie gestattet im Normalfall nicht die Möglichkeit des Antwortens oder der Wechselrede zwischen Aussagendem und Aufnehmendem - sie geht ohne Rollentausch der Kommunikationspartner vor sich;
- *technische Medien,* d.h. Massenkommunikation bedient sich technischer Hilfsmittel, um mit ihren Botschaften an die Empfänger heranzukommen. Die Massenmedien - Zeitung, Zeitschrift, Hörfunk, Fernsehen, Buch und Plakat, Kassette und Video, Videotext, Bildschirmtext usw. - sind die Informations- und Kommunikationsträger, -apparate und -vermittler;
- *disperses Publikum,* die räumlich und/oder zeitlich 'verstreute' Vielzahl von Menschen, die sich unter verschiedenen Bedingungen und in verschiedenen Situationen den Massenkommunikationsinhalten zuwendet.

Massenkommunikation ist dieser Begriffsbestimmung zufolge nicht zwingend mit dem Charakteristikum der Aktualität ausgestattet. Dennoch sind die aktuellen Medien - Tageszeitung, Hörfunk und Fernsehen - zentraler Gegenstand publizistik- bzw. kommunikationswissenschaftlicher Reflexion in Forschung und Lehre.

Wenn von Massenkommunikation als gesamtgesellschaftlicher Erscheinung die Rede ist, so ist damit die Eingebundenheit aller Prozesse von Massenkommunikation in das soziopolitische Gesamtsystem gemeint. Insbesondere sind hier die politischen Rahmenbedingungen sowie die wirtschaftlichen Gegebenheiten zu erwähnen, unter denen sich Massenkommunikation vollzieht, ebenso aber auch die wechselseitigen Wirkungen, die von Politik, Medien, Kultur und Gesellschaft aufeinander ausgehen.

Die *politischen Rahmenbedingungen* sind primär in den rechtlichen Grundlagen der Massenmedien zu sehen. Zu ihnen gehören neben internationalen Übereinkünften wie die Europäische Menschenrechtskonvention oder die UNO-Charta zum Schutz der Menschenrechte vor allem die national festgehaltenen Verfassungsbestimmungen des Grundrechtes auf freie Meinungsäußerung, die national geltenden Medien-, Presse-

und Rundfunkgesetze, Medienstaatsverträge, kartellrechtliche Bestimmungen, Verfassungsurteile u.v.a.m.

Die *wirtschaftlichen Zwänge* der Massenkommunikation sind in den marktwirtschaftlichen Bedingungen zu sehen, denen auch die Massenmedien unterliegen - also v.a. ihre Finanzierung aus Verkaufserlösen bzw. Gebühren sowie aus Werbeeinnahmen. Vor allem die starke Abhängigkeit von Werbeerlösen macht die Massenmedien konjunkturabhängig und führt zu Monopol- und Konzernbildungen.

Die *wechselseitigen Wirkungen*, die von Gesellschaft, Medien und Kultur aufeinander ausgehen, umfassen ein sehr weites und gegensätzlich diskutiertes Feld. Dazu gehören individuelle Wirkungen (auf Wissen, Meinungen, Gefühle und Verhaltensweisen) sowie soziale Wirkungen (die Spiegelung und Prägung von Normen, Werten, Rollen und Verhaltensweisen durch Medienbotschaften). Diese Wirkungen, über die in Kap. 2.2.4 sowie 3.2 und 3.3 noch berichtet wird, gehören zu den am widersprüchlichsten diskutierten Inhalten der Publizistik- bzw. Kommunikationswissenschaft.

Literatur (Auswahl)

EINFÜHRUNG IN DIE KOMMUNIKATIONSWISSENSCHAFT. Der Prozeß der politischen Meinungs- und Willensbildung. Ein Kurs im Medienverbund, erarbeitet von einer Projektgruppe am Institut für Kommunikationswissenschaft der Universität München.- München, New York, London, Paris: Saur 1982.

KUNCZIK, Michael: Massenkommunikation. Eine Einführung.- Köln, Wien: Böhlau 1977.

MALETZKE, Gerhard: Psychologie der Massenkommunikation. Theorie und Systematik. 2. Aufl.- Hamburg: Hans Bredow-Institut 1972.

MERTEN, Klaus: Kommunikation. Eine Begriffs- und Prozeßanalyse.- Opladen: Westdeutscher Verlag 1977.

FELDMANN, Erich: Theorie der Massenmedien. Eine Einführung in die Medien- und Kommunikationswissenschaft. 2. Aufl.- Stuttgart: UTB 1977.

SCHREIBER, Erhard: Repetitorium Kommunikationswissenschaft. 3. Auflage.- München: Ölschläger 1990.

KOSZYK, Kurt; PRUYS, Karl-Hugo (Hrsg.): Handbuch der Massenkommunikation.- München: Saur 1981.

SILBERMANN, Alphons; Handwörterbuch der Massenkommunikation und Medienforschung. 2 Bde.- Berlin: Spiess 1982.

Fischer-Lexikon PUBLIZISTIK/MASSENKOMMUNIKATION. Hrsgg. von Elisabeth NOELLE-NEUMANN, Winfried SCHULZ und Jürgen WILKE.- Frankfurt am Main: Fischer 1989.

FERNSTUDIUM KOMMUNIKATIONSWISSENSCHAFT. 2 Bde. Hrsgg. von der Projektgruppe Modellversuch Journalistenweiterbildung (Berlin).-München: Ölschläger 1989.

BURKART, Roland: Kommunikationswissenschaft. Grundlagen und Problemfelder. Umrisse einer interdisziplinären Sozialwissenschaft.- Wien: Böhlau 1983.

FAULSTICH, Werner (Hrsg.): Kritische Stichwörter zur Medienwissenschaft.- München: Fink 1979.

WATZLAWICK, Paul; BEAVIN, J. H.; JACKSON, Don D.: Menschliche Kommunikation. Formen, Störungen, Paradoxien.- Bern: Huber 1969.

WEISCHENBERG, Siegfried: Journalistik. Bd.1: Mediensysteme, Medienethik, Medieninstitutionen.- Opladen: Westdeutscher Verlag 1992.

WEISCHENBERG, Siegfried: Journalistik. Bd.2: Medientechnik, Medienfunktionen, Medienakteure.- Opladen: Westdeutscher Verlag 1993.

MERTEN, Klaus u.a. (Hrsg.): Die Wirklichkeit der Medien. Eine Einführung in die Kommunikationswissenschaft.- Opladen: Westdeutscher Verlag 1993.

2. Systematik der Publizistikwissenschaft

2.1 Das Lehr- und Forschungsfeld

Die Publizistik- und Kommunikationswissenschaft umfaßt ein weites Lehr- und Forschungsfeld. Um aufzuzeigen, wie komplex ihr Gegenstand ist, sind modellhafte Darstellungen des Faches entwickelt worden. Sie weisen die Lehr- und Forschungsfelder aus und betonen den interdisziplinären Charakter dieser Wissenschaft, die in den Kanon der anderen Gesellschaftswissenschaften, wie etwa der Soziologie, der Psychologie, der Politikwissenschaft, Erziehungswissenschaft oder auch der Sprachwissenschaft sowie neuerdings der Informationswissenschaft, einzureihen ist. Systematisierungsversuche erweisen sich immer als problematisch. Es gelingt nämlich nur in seltenen Fällen, alle denkbaren Teildisziplinen gebührend zu berücksichtigen. Zudem besteht beim Aufgliedern immer die Gefahr, ein Fach in scheinbar zusammenhanglose Teilbereiche zu zerstückeln.

Als einer unter vielen bietet sich für einen derartigen Systematisierungsversuch der Ablauf des in gesellschaftliche und politische Bezüge eingebetteten publizistischen Prozesses an:

> Ein Journalist (= *Kommunikator*) berichtet über ein beobachtetes Ereignis in seinem Beitrag (= *Aussage*) in einer Zeitung oder im Rundfunk (= *Medium*); er wendet sich dabei an ein Publikum (= *Rezipienten*) und beabsichtigt (eventuell) eine Wirkung (= *Wirkung*).

Harold D. LASSWELL hat diese Positionen in der folgenden Formel festgehalten:

who says	communicator
what	content
in ***which channel***	medium
to ***whom***	recipient, audience
with what effect	effect

Dementsprechend läßt sich die Publizistik- bzw. Kommunikationswissenschaft u.a. wie folgt systematisieren:

Kommunikator-Forschung	hat die "Sender", die Medienschaffenden, die Journalisten und Programmgestalter in ihrem engeren und weiteren Berufsumfeld als Untersuchungsgegenstand;
Aussagen-Forschung	hat die in den Massenmedien vorfindbaren manifesten und latenten Inhalte zum Untersuchungsgegenstand;
Medien-Forschung	hat die Massenmedien in ihren vielgestaltigen Ausprägungen, in ihren Strukturen, Organisationsformen, Funktionen und Eigengesetzlichkeiten zum Gegenstand;
Rezipienten-(*Publikums*-)Forschung	hat die Nutzer der Massenmedien, die Leser, Hörer und Seher zum Untersuchungsgegenstand, untersucht Reichweiten, Publikumsstrukturen, -wünsche und -erwartungen;
Wirkungs-Forschung	versucht, den Folgen von Massenkommunikation auf den Grund zu gehen, den individuellen und sozialen Wirkungen auf die Spur zu kommen - letztlich den Wirkungen im Bereich des Wissens, der Einstellungen, der Gefühle sowie des (individuellen wie sozialen) Handelns.

Keines der hier aufgezählten Lehr- und Forschungsfelder darf jedoch ausschließlich für sich betrachtet werden: da Beziehungen und Abhängigkeiten gegenseitiger Natur gegeben sind, müssen bei der Aufarbeitung jeweils die anderen der genannten Gebiete mitberücksichtigt werden. Um nur ein sehr einfaches Beispiel zu nennen: Der Zeitungsjournalist steht bei der Erarbeitung und Gestaltung seines Beitrages anderen Gesetzmäßigkeiten seines Mediums (und nicht selten auch anderen Publika) gegenüber als der Radiojournalist; und dieser wiederum arbeitet unter anderen Bedingungen als sein Kollege vom Fernsehen, dem für die Gestaltung seines Beitrages in der Regel Bild und Ton zur Verfügung stehen.

Wenn Publizistik- und Kommunikationswissenschaft - wie oben erwähnt - im sozialwissenschaftlichen Verständnis interdisziplinär betrieben wird, muß sie sich also auch anderer Wissenschaften als Hilfsdisziplinen bedienen, wie ebenso die Publizistikwissenschaft von diesen anderen Wissenschaften als Hilfswissenschaft herangezogen wird. So werden

Phänomene individueller und/oder gesellschaftlicher Kommunikation - also das weite Feld der "Materialobjekte" der Publizistik- und Kommunikationswissenschaft - unter folgenden Aspekten erforscht:

Historisch	Medien- und Kommunikationsgeschichte, nach Möglichkeit unter Berücksichtigung der politischen, ökonomischen, sozialen, kulturellen, technischen usw. Gegebenheiten und Bedingungen
Philosophisch-anthropologisch	Kommunikation als Grundvoraussetzung menschlicher Existenz, individueller Entfaltung; Massenkommunikation in ihrer Bedeutung für das gesellschaftliche Zusammenleben; Kommunikations- und Medienethik
Soziologisch	die Leistung der Massenmedien für gesellschaftliche Integration; Massenkommunikation und ihre Bedeutung für die Eingliederung des einzelnen in Werte, Normen, Rollen und Verhaltensweisen der Gesellschaft; Sozialisation durch Massenkommunikation; gesellschaftlich bedingte Medienwirkungen
(Sozial-) Psychologisch	die Wirkungen der Massenmedien auf das Individuum, auf sein Wissen, Denken, Fühlen und Handeln; Psychologie von Kommunikation und Massenkommunikation; individuelle Ursachen und gesellschaftliche Folgen von Medienwirkungen
Politologisch	die politischen Grundlagen und Strukturen sowie die ökonomischen Bedingungen und Zwänge von Massenkommunikation, das Recht der Massenmedien, Kommunikations- und Medienpolitik (auf nationaler wie internationaler Ebene)
Pädagogisch	die "Handhabung" der Massenmedien für den individuellen Gebrauch; der Einsatz der Massenmedien in Schule und Erwachsenenbildung: selbsttätige Mediengestaltung
Linguistisch	Sprache und Massenmedien; Verstehen und Verständlichkeit von Medienbotschaften; sprachliche Möglichkeiten und Zwänge von Kommunikation und Massenkommunikation; Massenmedien, Sprachgebrauch und Sprachverhalten (Aussagenforschung, Journalismusforschung, Rezipientenforschung)

Dieser Katalog von Forschungsperspektiven ist sicherlich nicht vollständig. Er hebt aber die bedeutendsten hervor. Zugleich wird deutlich, daß es keine scharfen Grenzen zwischen den Perspektiven gibt, sondern die Übergänge fließend sind.

Es wird klar, daß viele Fragestellungen in andere Wissenschaftsbereiche übergreifen und geradezu nach interdisziplinärer Aufarbeitung verlangen. Im Schaubild läßt sich die beschriebene Systematisierung, wie in Abbildung 1 aufgezeigt, darstellen.

Die Aufarbeitung des "Feldes" und der "Perspektiven" kann - je nach wissenschaftstheoretischem Standort des Forschers - nun aus verschiedenen theoretischen Positionen heraus erfolgen. In der deutschsprachigen Publizistik- bzw. Kommunikationswissenschaft sind folgende Positionen erkennbar bzw. vorfindbar, die Publizistik bzw. Massenkommunikation zu erklären versuchten und die im Fach auch allgemein Aufmerksamkeit fanden und mehr oder weniger kritisch gewürdigt wurden:

der *Normative* Ansatz (nach Emil. DOVIFAT)

der *Systematische* Ansatz (nach Walter HAGEMANN)

der *Funktionale* Ansatz (nach Henk PRAKKE u.a.)

der *Massenkommunikative* Ansatz (nach Gerhard MALETZKE)

der *Systemtheoretische* Ansatz (nach Niklas LUHMANN)

der *Kritisch-theoretische* Ansatz (nach Hans Magnus ENZENSBERGER u.a.)

der *(Neo-)Marxistische* Ansatz (nach Franz DRÖGE, Horst HOLZER u.a.)

Des weiteren stammen aus dem anglo-amerikanischen Sprachraum zahlreiche Modelle von Kommunikation und Massenkommunikation. Deutsche wie anglo-amerikanische Theorieansätze und Modelle werden in Kapitel 4 der vorliegenden Publikation vorgestellt.

Alle diese Ansätze versuchen, publizistische Kommunikation als gesellschaftliches Phänomen - oder zumindest in ihrer Bedeutung für die Gesellschaft - zu erklären und zu interpretieren.

Um aus solchen theoretischen Positionen heraus konkrete Fragestellungen des Faches zu artikulieren und zu beantworten, werden verschiedene Wege beschritten - je nach wissenschaftstheoretischer Position bieten sich folgende Methoden an: die historische Methode, die beschreibt und analysiert; der hermeneutisch-interpretative Weg, der geisteswissenschaftlich-phänomenologisch ausgerichtet ist; sowie der Einsatz empirisch-

Abbildung 1 **Das Lehr- und Forschungsfeld der Publizistik- und Kommunikationswissenschaft**

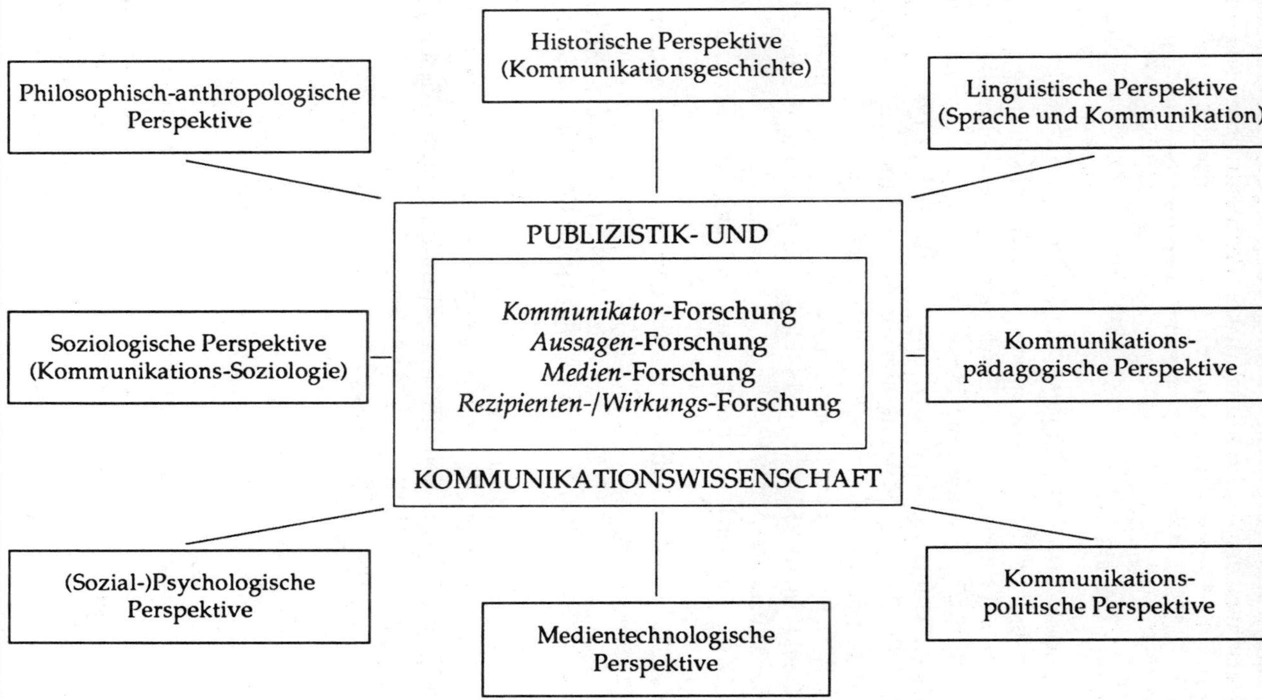

analytischer Verfahren, die heute überwiegen: dazu gehören vor allem die sozialwissenschaftlichen Forschungstechniken der Inhaltsanalyse, des Interviews, der Beobachtung, des Experiments sowie sog. qualitativer Verfahren. Theoretische Ansätze sowie sozialwissenschaftliche Methoden werden in den Kapiteln 4 und 5 noch im Überblick dargestellt.

Literatur (Auswahl)

EINFÜHRUNG IN DIE KOMMUNIKATIONSWISSENSCHAFT. Der Prozeß der politischen Meinungs- und Willensbildung. Ein Kurs im Medienverbund. 2 Teile. Erarbeitet von einer Projektgruppe am Institut für Kommunikationswissenschaft der Universität München.- München, New York, London, Paris: Saur 1982.

KUNCZIK, Michael: Massenkommunikation. Eine Einführung.- Köln, Wien: Böhlau 1977.

LASSWELL, Harold D.: The structure and function of communication in society. In: BRYSON, Lymon (Hrsg.): The communication of ideas.- New York: Harper 1948.

MALETZKE, Gerhard: Psychologie der Massenkommunikation. Theorie und Systematik (2. Aufl.).- Hamburg: Hans-Bredow-Institut 1972.

MALETZKE, Gerhard (Hrsg.): Einführung in die Massenkommunikationsforschung.- Berlin: Spiess 1972.

SCHARF, Wilfried; SCHLIE, Otto: Zur Diskussion wissenschaftstheoretischer Probleme in Publizistik- und Kommunikationswissenschaft. In: "Rundfunk und Fernsehen" 21: 1973, S. 54-71.

SCHRAMM, Wilbur: Grundfragen der Kommunikationsforschung. 4. Auflage.- München: Juventa 1971.

SCHREIBER, Erhard: Repetitorium Kommunikationswissenschaft. 3. Auflage.- München: Ölschläger 1990.

FERNSTUDIUM KOMMUNIKATIONSWISSENSCHAFT. Hrsgg. vom Modellversuch Journalistenweiterbildung (Berlin). 2 Bde.- München: Ölschläger 1989.

MALETZKE, Gerhard: Massenkommunikationstheorien.- Tübingen: Niemeyer 1988.

McQUAIL, Denis; WINDAHL, Sven: Communication Models For the Study of Mass Communications.- London: Longman 1987.

KUNCZIK, Michael: Kommunikation und Gesellschaft. Theorien zur Massenkommunikation.- Wien, Köln: Böhlau 1984.

HUNZIKER, Peter: Medien, Kommunikation und Gesellschaft. Einführung in die Soziologie der Massenkommunikation.- Darmstadt: Wissenschaftliche Buchgesellschaft 1988.

FAULSTICH, Werner: Medientheorien. Einführung und Überblick.- Göttingen: Vandenhoeck und Ruprecht 1991.
GOTTSCHLICH, Maximilian (Hrsg.): Massenkommunikationsforschung. Theorieentwicklung und Problemperspektiven.- Wien: Braumüller 1987.

2.2 Die Forschungsbereiche

In Analogie zur dargestellten Systematisierung werden im folgenden die Grundfaktoren des Lehr- und Forschungsfeldes kurz umschrieben und Fragestellungen aufgezeigt, mit denen sich Forschende und Lehrende zu befassen haben. Keine der Positionen des publizistischen Prozesses (Kommunikator, Aussage, Medium, Rezipient, Wirkung) steht für sich allein. Beziehungen und (gegenseitige) Abhängigkeiten zu anderen Feldfaktoren sind nach Möglichkeit - und je nach Untersuchungsschwerpunkt - mitzuberücksichtigen. Die hier vorgenommene Systematik ist abgeleitet aus den vergleichbaren Systematisierungsversuchen etwa von LASSWELL oder MALETZKE, allerdings mit dem Unterschied bzw. der Ergänzung, daß gesamtgesellschaftliche Aspekte der Publizistik - also politische, ökonomische, soziologische, psychologische u.a. Perspektiven - miteinbezogen werden. Damit soll die Komplexität des Lehr- und Forschungsfeldes der Publizistikwissenschaft deutlicher und die bereits erörterte Forderung nach interdisziplinärem Studium verständlich gemacht werden.

Innerhalb der hier dargestellten Systematik wird eingangs jeweils versucht, das zur Diskussion anstehende konkrete Feld kurz zu beschreiben und sodann jene Fragen aufzuzeigen, die sich bei der näheren Beschäftigung mit den Massenmedien stellen. Die so entstehenden Fragenkataloge werden zwar sicher nicht vollständig sein, vielleicht können sie jedoch den Leser dazu anregen, sich mit dem einen oder anderen aufgeworfenen Themenkomplex selbst näher zu befassen. Innerhalb dieser Ausführungen wäre es unmöglich, alle die aufgezeigten Fragestellungen ausführlich oder gar erschöpfend zu beantworten.

2.2.1 Bereich "KOMMUNIKATOR"

Im Bereich der *Kommunikatorforschung* befaßt sich die Publizistik- und Kommunikationswissenschaft vor allem mit Fragen an und über jene Personen oder Gruppen von Personen, die an der Produktion von öffentlichen, für die Verbreitung durch ein Massenmedium bestimmten Aussagen beteiligt sind, "sei es schöpferisch gestaltend oder selektiv oder kontrollierend". (MALETZKE, 1972)

Kommunikatoren im engeren Feld der Publizistik sind somit alle Journalisten und Medienmitarbeiter bei Presse, Rundfunk (= Hörfunk und Fernsehen), Film usw., die direkt oder indirekt, offen oder verdeckt an der Entstehung, Be- und Verarbeitung, Selektion, Präsentation und Publikation journalistischer Aussagen - oder besser: der über die Medien vermittelten Inhalte, welcher Art auch immer - beteiligt sind. In den Untersuchungsbereich der Feldposition Kommunikator fällt der Nachrichtenredakteur einer internationalen Nachrichtenagentur ebenso wie etwa der Redakteur einer großen Tageszeitung; der Rundfunkreporter ebenso wie der freie Mitarbeiter einer kleinen, lokalen Wochenzeitung; der Fernsehkommentator ebenso wie der Filmregisseur; und der Auslandskorrespondent ebenso wie der freischaffende politische Publizist oder Wissenschaftsjournalist. Auch Presse- und Öffentlichkeitsreferenten gehören in diesen Objektbereich.

Die Kommunikatorforschung im Sinne journalistischer Berufsforschung ist in Etappen vor sich gegangen: Auf die historisch orientierte Erforschung journalistischer Persönlichkeiten (z.B. "Adolf Kolping als Publizist"; "Joseph Görres als ...") und deren Biographien folgte die Erforschung des sich im 20. Jahrhundert zunehmend ausweitenden Berufsfeldes (Presse-, Radio-, Fernsehjournalismus) nach Funktionen des Journalisten (Chefredakteure, Ressortleiter, Redakteure, Reporter) sowie nach Tätigkeitsmerkmalen. Diese ebenfalls deskriptive Phase wurde schließlich von der journalistischen Berufsforschung Anfang der 70er Jahre abgelöst. Sie hatte Fragen nach Herkunft, Ausbildung, beruflicher Integration, Berufsauffassungen, Rollenverständnis, Selbst- und Fremdbild zum Gegenstand. Schließlich gipfelte die journalistische Berufsforschung in der zweiten Hälfte der 70er Jahre in der Frage, ob Journalismus - ähnlich wie etwa der Beruf des Arztes oder Rechtsanwaltes - "professionalisiert" werden kann und welche Konsequenzen sich daraus ergeben würden.

Folgende Fragen dominierten den Forschungsbereich - Fragen nach

- ❒ dem Selbstverständnis der Kommunikatoren, nach Selbstbild und Fremdbild (Einschätzung durch sich selbst und durch die Umwelt: die Kollegen und vor allem die Leser, Hörer oder Zuseher)
- ❒ der Ausbildung der Kommunikatoren: ihrem Bildungsgang, Bildungsstand, Bildungswilligkeit, Fortbildungsbereitschaft
- ❒ den Arbeitsbedingungen der Kommunikatoren: redaktionelle Gegebenheiten personaler, organisatorischer und technischer Art
- ❒ den Arbeitsbeziehungen und Arbeitsabhängigkeiten der Kommunikatoren: äußere Pressefreiheit, innere Pressefreiheit; Beziehungen zu und Abhängigkeiten von Informanten, Inserenten, Lesern, Kollegen
- ❒ dem Berufsbild der Kommunikatoren: nach Tätigkeitsbereichen und -feldern, Tätigkeitsarten und -merkmalen; journalistischen Eigenschaften und Problemsituationen
- ❒ nach persönlichen Merkmalen der Kommunikatoren: Alter, sozialer Status, journalistische Laufbahn, Einstellung zum Beruf
- ❒ nach Berufsauffassungen der Kommunikatoren (korrespondiert mit dem Selbstverständnis): Informator (objektiver Berichterstatter), Mediator (Vermittler), Kritiker und Kontrolleur, Anwalt, "Enthüller", Bildner, Erzieher, Unterhalter
- ❒ nach der Nachrichtenbeschaffung und den Auswahlkriterien der Kommunikatoren: Nachrichtenwerte, Gatekeeperforschung, Orientierungsmuster binnen- und außerredaktioneller Art, Blattlinie (Zeitung, Zeitschrift)
- ❒ nach den Auflagen der journalistischen Arbeit im öffentlich-rechtlichen Rundfunk (Radio, Fernsehen), Objektivität, Ausgewogenheit
- ❒ nach den Informationsquellen der Kommunikatoren: Agenturen, Institutionen (Regierungen, Verwaltung, Parteien, Verbände), Personen; Hierarchien und Instanzen; eigen- und fremdbeschaffte Informationen
- ❒ nach der Sozialisation der Kommunikatoren: ihre Eingliederung in das redaktionelle Umfeld; bewußte und unbewußte Übernahme von Rollen und Verhaltensweisen sowie ausgesprochene und unausgesprochene Normen und Werte; Orientierung an Kollegen und Redaktionshierarchie

- nach den Etappen der beruflichen Sozialisation (Rekrutierungsphase, Konkretisierungsphase, Konsolidierungsphase)
- nach den organisatorischen und technischen Medienzwängen: Einfluß der technischen Eigengesetzlichkeiten auf die Kommunikatoren, Unterschiede zwischen Print- und Funkmedien
- nach der Einstellung zu und Einschätzung von politisch und ökonomisch relevanten Medienfragen: Presse- und Meinungsfreiheit, Wettbewerb der Medien, Konzentration im Medienwesen, Bildung von Monopolen
- nach den Veränderungen des Berufsbildes durch neue Technologien (Computerisierung des Zeitungswesens, Arbeit am Bildschirm), Arbeitsplatzsicherung
- nach der Sprache der Kommunikatoren und den medienspezifischen Unterschieden von Sprache im Presse-, Radio- und Fernsehjournalismus
- nach dem Publikumsbild der Kommunikatoren: Einschätzung und Beurteilung der Leser, daraus resultierende berufliche Konsequenzen
- nach der Berufsmobilität der Kommunikatoren: Fach- und/oder Allroundjournalist, Print- und/oder Funkmedienjournalist; Medienwechsel, Arbeitsplatzwechsel, Berufshierarchie
- die Frage nach Ethik und Verantwortung im Journalismus.

Die Kommunikatorforschung hat als journalistische Berufsforschung Ende der 70er Jahre einen Höhepunkt erreicht. In der ersten Hälfte der 80er Jahre standen Fragen der Veränderung von Tätigkeiten und Arbeitsweisen durch die Einführung elektronischer Systeme der Zeitungsherstellung im Vordergrund der Forschungsfragen. Generell scheint auch ein Wandel im Berufsverständnis der Journalisten - zumindest tendenziell - erkennbar zu werden: von der Vermittlerrolle hin zu einem gesellschaftlich engagierten Dienstleistungsjournalismus. Von zunehmender Bedeutung sind angesichts eklatanter Fehlleistungen im Journalismus auch Fragen der journalistischen Ethik.

Kommunikatorforschung wird in der sozialwissenschaftlich orientierten Publizistik- und Kommunikationswissenschaft hauptsächlich mit Hilfe folgender Methoden der empirischen Sozialforschung betrieben: mit Interview, Beobachtung und Inhaltsanalyse (vgl. Kapitel 5.1, 5.3 und 5.2)

Die wissenschaftliche Betrachtung bekannter Einzelpersönlichkeiten der Publizistik erfolgt in der Regel in der Form der Biographie.

Literatur (Auswahl)

Ausbildung

WILKE, Jürgen (Hrsg.): Zwischenbilanz der Journalistenausbildung.- München: Ölschläger 1987. (Dieses Buch enthält im Anhang eine umsichtig aufgearbeitete Bibliographie zur journalistischen Berufsforschung).

HÖMBERG, Walter (Hrsg.): Journalistenausbildung. Modelle, Erfahrungen, Analysen.- München: Ölschläger 1978 (= Schriftenreihe der Deutschen Gesellschaft für Publizistik- und Kommunikationswissenschaft 1).

AUFERMANN, Jörg; ELITZ, Ernst (Hrsg.): Ausbildungswege zum Journalismus. Bestandsaufnahme, Kritik und Alternativen der Journalistenausbildung.- Opladen: Westdeutscher Verlag 1975. (= Studienbücher zur Sozialwissenschaft 18).

PÜRER, Heinz: Aus- und Fortbildung für Journalisten in Österreich. Eine Bestandsaufnahme.- Salzburg: Kuratorium für Journalistenausbildung 1980. (= Journalistik. Hefte des Kuratoriums für Journalistenausbildung 1).

WEISCHENBERG, Siegfried (Hrsg.): Journalismus und Kompetenz. Qualifizierung und Rekrutierung für Medienberufe.- Opladen: Westdeutscher Verlag 1990.

La ROCHE, Walther von: Ausbildung von Journalisten. In: MARTINI, Bernd-Jürgen (Hrsg.): Journalisten-Jahrbuch 1989.- München: Ölschläger 1989.

BREUNIG, Christian (Hrsg.): Studienführer Publizistik, Journalistik, Kommunikation. 2., überarb. Auflage.- München: Ölschläger 1989.

HUPKA, Stefan u.a.: Unter Druck. Journalist werden - aber wie?- Hamburg: Rowohlt 1986.

Berufsforschung

WEISCHENBERG, Siegfried u.a.: Journalismus in Deutschland. Design und erste Befunde der Kommunikatorstudie. In: Media Perspektiven 1/1993, S. 21-33.

STUIBER, Heinz-Werner; PÜRER, Heinz (Hrsg.): Journalismus. Anforderungen, Berufsauffassungen, Verantwortung. Eine Aufsatzsammlung zu aktuellen Fragen des Journalismus.- Nürnberg: Verlag der Kommunikationswissenschaftlichen Forschungsvereinigung 1991.

KUNCZIK, Michael: Journalismus als Beruf.- Köln, Wien: Böhlau 1988. (Sehr guter Überblick).

KEPPLINGER, Mathias (Hrsg.): Angepaßte Außenseiter. Was Journalisten denken und wie sie arbeiten.- Freiburg: Alber 1979.

DONSBACH, Wolfgang: Legitimationsprobleme des Journalismus. Gesellschaftliche Rolle der Massenmedien und berufliche Einstellung von Journalisten.- Freiburg: Alber 1982.

KÖCHER, Renate: Spürhund und Missionar. Eine vergleichende Untersuchung über Berufsethik und Auffassungsverständnis britischer und deutscher Journalisten.- München: Phil. Diss. 1985.

KEPPLINGER, Hans Mathias: Ereignismanagement. Wirklichkeit und Massenmedien.- Osnabrück: Fromm 1992.

NEVERLA, Irene; KANZLEITER, Gerda: Journalistinnen. Frauen in einem Männerberuf.- Frankfurt am Main: Campus 1984.

FREI, Norbert; SCHMITZ, Johannes: Journalismus im Dritten Reich.- München: C. H. Beck 1989.

BLAUM, Verena: Ideologie und Fachkompetenz. Das journalistische Berufsbild in der DDR.- Köln: Wissenschaft und Politik 1985.

GRUBER, Thomas: Die Übernahme der journalistischen Berufsrolle. Eine sozialwissenschaftliche Analyse.- Nürnberg: Verlag der Nürnberger Forschungsvereinigung e.V. 1976. (= Nürnberger Forschungsberichte 3).

JACOBI, Ursula; NAHR, Günter; LANGENBUCHER, Wolfgang R.; ROEGELE, Otto B.; SCHÖNHALS-ABRAHAMSON, Marta: Manager der Kommunikation. Teil A: Die Rolle des Chefredakteurs im Spannungsfeld von Verlag, Redaktion und Leser. Teil B: Der Zeitungsverleger im Strukturwandel der Presse.- Berlin: Spiess 1977. (= AfK-Studien 3).

KRISTEN, Christian: Nachrichtenangebot und Nachrichtenverwendung. Eine empirische Fallstudie zum Gatekeeper-Problem.- Düsseldorf: Bertelsmann 1971. (= Gesellschaft und Kommunikation 9).

WIESAND, Andreas: Journalistenbericht. Berufssituation, Mobilität, publizistische "Vielfalt".- Berlin: Spiess 1977.

WEISS, Hans-Jürgen (et al.): Journalismus als Beruf. Eine Forschungssynopse.- Berlin: Spiess 1980. (= AfK-Studien 12).

FISCHER, Heinz-Dietrich (Hrsg.): Spektrum der Kommunikationsberufe. Zwölf Konkretisierungen zu publizistischen Tätigkeitsfeldern in der Bundesrepublik Deutschland.- Köln: Deutscher Ärzte-Verlag 1979.

GOTTSCHLICH, Maximilian; KARMASIN, Fritz: Beruf Journalist. Eine Imageanalyse.- Wien: Institut für Publizistik 1979. (= Schriftenreihe für angewandte Kommunikationsforschung 1).

Neue Zeitungstechnik und Berufsbildwandel

WEISCHENBERG, Siegfried: Journalismus in der Computergesellschaft.- München: Saur 1982.

MAST, Claudia: Der Redakteur am Bildschirm. Auswirkungen moderner Technologien auf Arbeit und Berufsbild des Journalisten.- Konstanz: Universitätsverlag 1984.

SCHÜTT, Bernd: Vom Tagesschriftsteller zum technischen Redakteur.- Frankfurt am Main: Haag und Herchen 1981.

PROTT, Jürgen: Technischer Wandel und journalistisches Berufsbild. In: "Publizistik" 24: 1979, S. 54-64.

PÜRER, Heinz: Elektronische Zeitungsherstellung und ihre Folgen.- Salzburg: Kuratorium für Journalistenausbildung 1986. (= "Journalistik", Schriftenreihe des Kuratoriums für Journalistenausbildung, Heft 6). (Diese Publikation vermittelt einen Überblick der bis 1985 erarbeiteten Befunde zu diesem Thema).

HIENZSCH, Ulrich: Journalismus als Restgröße. Redaktionelle Rationalisierung und publizistischer Leistungsverlust.- Wiesbaden: Deutscher Universitätsverlag 1990.

HUMMEL, Roman: Die Computerisierung des Zeitungsmachens. Auswirkungen auf Journalisten, graphische Facharbeiter, Verlagsangestellte in Printmedienunternehmen.- Wien: Verlag des ÖGB 1990.

Ethik und Journalismus

BOVENTER, Hermann: Pressefreiheit ist nicht grenzenlos. Einführung in die Medienethik.- Bonn: Bouvier 1989.

BOVENTER, Hermann (Hrsg.): Medien und Moral. Ungeschriebene Regeln des Journalismus.- Konstanz: Universitätsverlag 1988.

ERBRING, Lutz u.a. (Hrsg.): Medien ohne Moral. Variationen über Journalismus und Ethik.- Berlin: Argon 1988.

WUNDEN, Wolfgang: Medien zwischen Markt und Moral. Beiträge zur Medienethik.- Stuttgart: Steinkopf 1989 (GEP-Buch).

RÜHL, Manfred; SAXER, Ulrich: 25 Jahre Deutscher Presserat. Ein Anlaß für Überlegungen zu einer kommunikationswissenschaftlich fundierten Ethik des Journalismus und der Massenkommunikation. In: "Publizistik" 26: 1981, S. 471-507.

HALLER, Michael; HOLZEY, Helmut (Hrsg.): Medien-Ethik. Beschreibungen, Analysen, Konsequenzen.- Opladen: Westdeutscher Verlag 1992.

HOLDEREGGER, Adrian (Hrsg.): Ethik der Medienkommunikation. Grundlagen.- Freiburg: Herder 1992.

PÜRER, Heinz: Ethik in Journalismus und Massenkommunikation. Versuch einer Theorien-Synopse. In: Publizistik 37: 1992, S. 304-321.

MACHT UND MORAL DER MEDIEN.- Trier: Paulinus-Verlag 1989.

KALT, Gero (Hrsg.): Schlecht informiert. Wie Medien die Wirklichkeit verzerren. Eine Fallsammlung.- Frankfurt: Institut für Medienentwicklung und Kommunikation 1992.

WAGNER, Hans: Medien-Tabus und Kommunikationsverbote. Die manipulierte Wirklichkeit.- München: Olzog 1991.

Praktischer Journalismus

La ROCHE, Walther von: Einführung in den praktischen Journalismus. 11. Aufl.- München: List 1988.

MEYER, Werner: Zeitungspraktikum: Auszug aus der Loseblattsammlung "Journalismus von heute".- Percha am Starnberger See: Verlag R. S. Schulz 1990.

ABC des Journalismus. Hrsgg. vom Projektteam Lokaljournalisten. Total überarbeitete, 6. Auflage.- München: Ölschläger 1990.

PÜRER, Heinz (Hrsg.): Praktischer Journalismus in Zeitung, Radio und Fernsehen. Mit einer Berufs- und Medienkunde für Journalisten in Österreich. 3., überarb. und erweiterte Aufl.- Salzburg: Kuratorium für Journalistenausbildung 1990. (Dieses Buch ist - ohne berufs- und medienkundlichen Teil - als Lizenzausgabe auch erschienen im Verlag Ölschläger, München).

La ROCHE, Walther von; BUCHHOLZ, Axel (Hrsg.): Radiojournalismus. 4. Aufl.- München: List 1988.

THOMAS, Carmen: Hallo Ü-Wagen - Rundfunk zum Mitmachen. Erlebnisse und Erfahrungen.- München: List 1984.

SCHULT, Gerhard; BUCHHOLZ, Axel (Hrsg.): Fernseh-Journalismus. 2. Aufl.- München: List 1984.

HALLER, Michael: Recherchieren. Ein Handbuch für Journalisten. 4., überarbeitete Aufl.- München: Ölschläger 1991.

WEISCHENBERG, Siegfried: Nachrichtenschreiben. Journalistische Praxis zum Studium und Selbststudium.- Opladen: Westdeutscher Verlag 1988.

HALLER, Michael: Die Reportage. Ein Handbuch für Journalisten. 2., überarbeitete Aufl.- München: Ölschläger 1990.

HALLER, Michael: Das Interview. Ein Handbuch für Journalisten. - München: Ölschläger 1991.

BEIFUSS, Hartmut u.a.: Bildjournalismus. Ein Handbuch für Ausbildung und Praxis.- München: List 1984.
WEISCHENBERG, Siegfried; HERRIG, Peter: Handbuch des Bildschirm-Journalismus. Elektronische Redaktionssysteme. Grundlagen/Funktionsweisen/Konsequenzen.- München: Ölschläger 1985.
RUSS-MOHL, Stephan (Hrsg.): Wissenschafts-Journalismus. Ein Handbuch für Ausbildung und Praxis.- München: List 1986.
AIGNER, Gottfried: Ressort Reise. Neue Verantwortung im Reisejournalismus.- München: Ölschläger 1992.
ROITHMEIER, Karl: Der Polizeireporter. Ein Leitfaden für die journalistische Berichterstattung.- München: Ölschläger 1993.
CLOBES, Heinz-Günther u.a.: Bürgerradio und Lokalfunk. Ein Handbuch.- München: Ölschläger 1992.
SONDERHÜSKEN, Hermann: Kleines Journalisten-Lexikon. Fachbegriffe und Berufsjargon.- München: Ölschläger 1991.
NÜRNBERGER, Albrecht: Datenbanken und Recherche.- Remagen: Rommerskirchen 1993.

2.2.2 Bereich "AUSSAGE"

Die Publizistik- und Kommunikationswissenschaft befaßt sich in diesem Bereich primär mit allen originärpublizistisch verbreiteten oder über die Massenmedien veröffentlichten Botschaften - seien sie gedruckter, auditiver, visueller oder audiovisueller Natur. Zu den publizistischen Aussagen zählen, wie erwähnt, zunächst einmal die originärpublizistischen Aussagen und Inhalte, Aussagen also, die sich in Form von öffentlichen Reden, Ansprachen, Vorträgen, Predigten usw., aber auch auf der Theaterbühne manifestieren. Den weitaus größeren Teil der publizistischen Aussagen stellen allerdings die vielfältigen Inhalte der Massenmedien in allen ihren vielgestaltigen Präsentations- und Publikationsformen dar. In den Untersuchungsbereich der Aussageforschung gehört die öffentliche Parteitagsrede ebenso wie die Kirchenpredigt; das politisch-aktuelle Theaterstück ebenso wie die Pantomime als Ausdruck visueller Kommunikation; die Meldung der Nachrichtenagentur ebenso wie eine umfangreiche Zeitungsreportage; das Hörfunkinterview ebenso wie der Fernsehkommentar; das Hörspiel ebenso wie der Fernsehfilm; die Filmdokumentation ebenso wie das Werbeplakat, die Wandzeitung ebenso wie das Flugblatt.

Diese exemplarische Aufzählung verschiedener publizistischer Aussagen bzw. Aussageformen macht deutlich, daß Aussagen nicht losgelöst von ihren Aussageträgern und den sie vermittelnden Medien gesehen werden können. Aussageforschung befaßt sich daher nicht nur mit den publizistischen Aussagen an sich, sondern auch mit den konkreten Bedingungen gesellschaftlicher, organisatorischer und technischer Natur, unter denen sie entstehen; ebenso aber auch mit den potentiellen Einflüssen, die von ihnen auf Aussageempfänger - unter je spezifischen Empfangsbedingungen - ausgehen können.

Die Erforschung publizistischer Aussagen begann mit der Beschreibung von Zeitungsinhalten und ihrem politischen oder sozialen Kontext. Dabei wurde auf formale Merkmale ebenso Rücksicht genommen wie auf inhaltliche. Es gibt Legionen von Arbeiten zu Themen wie "Das Ereignis X im Spiegel der Presse". Auch fehlt es nicht an historischen Beschreibungen von Zeitungen und Zeitschriften - ein Feld, das in den Bereich der Medienforschung fließend übergeht. Es folgte die Phase der Beschreibung und Analyse von journalistischen Darstellungsformen (Nachricht, Meldung, Bericht, Reportage, Feature, Interview, Glosse, Kommentar, Leitartikel), wobei zunächst formale Gesichtspunkte im Vordergrund standen. (Eine Genre-Lehre wurde allerdings - sieht man von der ehemaligen DDR ab - nicht entwickelt). Von Bedeutung in der Erforschung journalistischer Aussagen ist in der Folge der gesamte Bereich der Nachrichtenforschung und die Ermittlung von Nachrichtenwerten. Ende der 60er/Anfang der 70er Jahre kristallisieren sich empirische Arbeiten heraus und erfährt die Inhaltsanalyse durch die Publizistikwissenschaft eine Weiterentwicklung. Es entstehen sog. Strukturanalysen (von Zeitungen, Zeitschriften, Radio- und Fernsehprogrammen), wobei vorerst noch quantitative Fragestellungen (Umfang, Anteil von Themen bzw. Rubriken) dominieren. In zunehmendem Maße geht die Publizistik- bzw. Kommunikationswissenschaft ab Mitte der 70er Jahre auch "qualitativen" Merkmalen von Medieninhalten auf den Grund. Es entstehen neben Struktur- und Themenanalysen (eher deskriptiver Art) in zunehmendem Maße sog. Inferenzanalysen: das sind Inhaltsanalysen, bei denen je nach Fragestellung vom analysierten Text auf Textzusammenhang (Kontext), auf die im Text dargestellte Wirklichkeit sowie auf Intentionen des Kommunikators sowie (mit aller gebotenen Vorsicht) auf mögliche Wirkungen beim Rezipienten geschlossen wird. Gegenstand der Inhaltsanalyse sind heute alle publizistischen Medien bzw. deren Botschaften. Radio- und Fernsehbeiträge werden ebenso untersucht wie Printmedien. Es wird weiters analysiert, welche politischen Einstellungen sich in den Medienbotschaften niederschlagen als auch - von kommunikationswissenschaftlich interessierten Sprachforschern - wie es um die Verständlichkeit von Medienbotschaften in Presse, Hörfunk und Fernsehen steht.

Die Palette inhaltsanalytischer Untersuchungen ist inzwischen so breit, daß es schwer fällt, sie zu systematisieren. Vom Anfang der Aussagenforschung bis zur Gegenwart haben sich folgende Fragestellungen ergeben: Fragen nach

- den besonderen formalen und inhaltlichen Merkmalen der journalistischen Darstellungsformen
- den medienspezifischen Unterschieden und Gestaltungsmöglichkeiten der journalistischen Darstellungsformen (in Presse, Radio, Fernsehen)
- den Funktionen journalistischer Darstellungsformen in Presse und Rundfunk
- der Wirkungsweise der journalistischen Darstellungsformen
- Strukturmerkmalen von Medieninhalten und ihrer quantitativen Verteilung (typische Analysen, die z.B. die redaktionellen Teile von Zeitungen und Zeitschriften nach dem Anteil von Ressorts bzw. Rubriken ergründen oder Nachrichtensendungen in Hörfunk und Fernsehen nach Themen und Themenverteilung untersuchen)
- Kriterien der Nachrichtenauswahl und vor allem nach Nachrichtenfaktoren (Bedeutsamkeit, Überraschung, Negativismus, Personalisierung, Bezug auf Elite-Nationen und Personen etc.)
- der Darstellung von Wirklichkeit in Medienaussagen (Realität - Medienrealität)
- der Trennung von Nachricht und Meinung in Medienbotschaften
- Merkmalskriterien der Medieninhalte (objektiv, pluralistisch, ausgewogen)
- Einstellungen (der Verfasser), die sich in Medieninhalten manifestieren
- Unterschieden der Darstellung von Themen in verschiedenen Medien (Printmedienvergleiche), ihre Ursachen und möglichen Folgen
- semantischen Strukturen von Texten
- der Verständlichkeit von Medienbotschaften
- medienspezifischen Merkmalen und Erfordernissen von und für Verständlichkeit
- Sprachcodes (elaborierten, restringierten) im Medienvergleich - intramediär wie intermediär

Medieninhalts- oder Aussagenforschung wird in der sozialwissenschaftlich orientierten Publizistik- bzw. Kommunikationswissenschaft mit Hilfe der Methode der Inhalts- oder Aussagenanalyse betrieben. Diese Forschungstechnik erfuhr in den letzten Jahren auch im deutschen Sprachraum eine methodische Verfeinerung und Weiterentwicklung. (Vgl. dazu auch Kapitel 5.2).

Literatur (Auswahl)

Inhalts-/Aussagenanalyse als Forschungstechnik

FRÜH, Werner: Inhaltsanalyse. Theorie und Praxis. 3. überarbeitete Aufl.- München: Ölschläger 1991.

MERTEN, Klaus: Inhaltsanalyse. Einführung in Theorie und Praxis.- Opladen: Westdeutscher Verlag 1983.

BESSLER, Hansjörg: Aussagenanalyse. Die Messung von Einstellungen im Text der Aussagen von Massenmedien.- Bielefeld: Bertelsmann 1970. (= Gesellschaft und Kommunikation 4).

LISCH, Ralf; KRIZ, Jürgen: Grundlagen und Modelle der Inhaltsanalyse. Bestandsaufnahme und Kritik.- Reinbek: Rowohlt 1978.

Fischer-Lexikon PUBLIZISTIK/MASSENKOMMUNIKATION. Hrsgg. von Elisabeth NOELLE-NEUMANN, Winfried SCHULZ und Jürgen WILKE.- Frankfurt am Main: Fischer 1989 (Kapitel "Inhaltsanalyse", S. 33-50).

RITSERT, Jürgen: Inhaltsanalyse und Ideologiekritik. Ein Versuch über kritische Sozialforschung.- Frankfurt am Main: Athenäum 1972 (FAT Sozialwissenschaften).

WERSIG, Gernot: Inhaltsanalyse. Einführung in ihre Systematik und Literatur. 3. Aufl.- Berlin: Spiess 1974 (Erstauflage 1968). (= Schriften zur Publizistikwissenschaft 5).

Durchgeführte Analysen

SCHULZ, Winfried: Der Inhalt der Zeitungen.- Düsseldorf 1970.

VYSLOZIL, Wolfgang; PÜRER, Heinz; ROLOFF, Eckart K.: Die Struktur der österreichischen Tagespresse (1971). Sonderheft "Information und Meinung" (I+M).- St. Pölten: Niederösterreichisches Pressehaus 1973.

GUGGISBERG, Marie-Therese: Das Auslandsbild der Presse. Eine vergleichende Analyse der Auslandsberichterstattung ausgewählter Zeitungen neutraler Kleinstaaten.- Bern, Stuttgart: Haupt-Verlag 1976. (= Communicatio publica 6).

REISSMANN, Volker: Fernsehprogrammzeitschriften. Ein Überblick über die bundesdeutsche Programmpresse mit einer inhaltsanalytischen Untersuchung.- München: Reinhard Fischer 1989.

HÜTHER, Jürgen; SCHOLAND, Hildegard; SCHWARTE, Norbert: Inhalt und Struktur regionaler Großzeitungen.- Düsseldorf: Bertelsmann 1973. (= Gesellschaft und Kommunikation 18).

LIEBHART, Ernst H.: Nationalismus in der Tagespresse 1949-1966. Studien zur Anwendung quantifizierender Inhaltsanalyse.- Meisenheim/Glan: Hain 1971. (= Kölner Beiträge zur Sozialforschung und angewandten Soziologie 12).

SCHMERL, Christiane: Das Frauen- und Mädchenbild in den Medien.- Opladen: Leske und Budrich 1984.

SCHMERL, Christiane (Hrsg.): In die Presse geraten. Darstellung von Frauen in der Presse und Frauenarbeit in den Medien.- Köln, Wien: Böhlau 1989.

SCHUPPE, Matthias: Im Spiegel der Medien. Wertewandel in der Bundesrepublik Deutschland. Eine empirische Analyse von Stern, ZDF-Magazin und Monitor im Zeitraum 1965-1983.- Frankfurt am Main: Lang 1988.

HAGEMANN, Otmar; RENCKSTORF, Karsten; SCHRÖDER, Hermann-Dieter: Das Fernsehprogramm in Programmzeitschriften und Tageszeitungen: Ergebnisse einer inhaltsanalytischen Untersuchung.- Mainz: ZDF 1986. (= ZDF-Schriftenreihe Medienforschung 34).

BENTELE, Günter; JARREN, Otfried: Berlin in Presse und Fernsehen. Eine Inhaltsanalyse zur Berlin-Berichterstattung Berliner Tageszeitungen und der Berliner Abendschau.- Berlin: Vistas 1986.

WEISS, Ralph: Programmstrukturen im dualen Hörfunksystem: Ergebnisbericht über die inhaltsanalytische Untersuchung der Programmstruktur des Hörfunkangebots in Hamburg.- Hamburg: Hans-Bredow-Institut 1988.

NARR, Andreas: Verständlichkeit im Magazinjournalismus: Probleme einer rezipientengerechten Berichterstattung im Hörfunk.- Frankfurt am Main: Lang 1988. (= Sprache in der Gesellschaft 12).

PLEYER, Peter: Nationale Stereotypen im gegenwärtigen deutschen Spielfilm. Eine aussagenanalytische Leitstudie des Instituts für Publizistik Münster.- Münster 1968. (= Arbeiten aus dem Institut für Publizistik der Universität Münster 5).

SANDIG, Barbara: Syntaktische Typologie der Schlagzeile. Möglichkeiten und Grenzen der Sprachökonomie im Zeitungsdeutsch.- München: Hueber 1971.

FUNKE, Hans J.: Die Haupt- und Spätausgabe der Tagesschau. Ein inhaltsanalytischer Vergleich. 2. Aufl.- Berlin: Spiess 1979.

OTTO, Elmar Dieter: Nachrichten in der DDR. Eine empirische Untersuchung über "Neues Deutschland".- Köln: Verlag Wissenschaft & Politik 1979.

RUHLAND, Walter: Die Darstellung der Parteien in den innenpolitischen Magazinen des deutschen Fernsehens im Bundestagswahljahr 1976.- Berlin: Spiess 1979.

RÖPER, Burkhardt: Wirtschaftsnachrichten in der Weltpresse. Zum Verständnis des Wirtschaftsteiles einer Zeitung. 2. Aufl.- Stuttgart: UTB 1977.

Nachrichtenforschung

SCHULZ, Winfried: Die Konstruktion von Realität in den Nachrichtenmedien. Analyse der aktuellen Berichterstattung. 2. Aufl.- Freiburg: Alber 1990.

SCHÖNBACH, Klaus: Die Trennung von Nachricht und Meinung. Empirische Untersuchung eines journalistischen Qualitätskriteriums.- Freiburg: Alber 1977.

WILKE, Jürgen: Nachrichtenauswahl und Medienrealität in vier Jahrhunderten.- Berlin: de Gruyter 1984.

STRASSNER, Erich (Hrsg.): Nachrichten. Entwicklungen, Analysen, Erfahrungen.- München: Fink 1975.

RENCKSTORF, Karsten: Nachrichtensendungen im Fernsehen (1), (2).- Berlin: Spiess 1980.

STRASSNER, Erich: Fernsehnachrichten. Eine Produktions-, Produkt- und Rezeptionsanalyse.- Tübingen: Niemeyer 1982.

BARGSTEDT, Peter; WEISS, Ralph: Die Morgennachrichten im Hörfunk: Themen - Akteure - Nachrichtenstile. Eine systematische Inhaltsanalyse der Morgennachrichten des DLF, des NDR, von RTL und des SDR.- Hamburg: Hans-Bredow-Institut 1987. (= Forschungsberichte und Materialien 9).

Sprache, Verständlichkeit

BURGER, Harald: Sprache der Massenmedien.- Berlin, New York: de Gruyter 1984.

FRÜH, Werner: Lesen, Verstehen, Urteilen. Untersuchungen über den Zusammenhang von Textgestaltung und Textverständlichkeit.- Freiburg, München: Alber 1980.

BENTELE, Günter (Hrsg.): Semiotik und Massenmedien.- München: Ölschläger 1980.

BALLSTEDT, Steffen u.a.: Texte verstehen, Texte gestalten.- München 1981.

BALLSTEDT, Steffen: Nachrichtensprache und Verstehen. In: KREUZER, Helmut (Hrsg.): Fernsehforschung, Fernsehkritik.- Göttingen 1980. (= Beiheft 11 der Zeitschrift für Literaturwissenschaft).

LÜGER, Heinz Helmut: Pressesprache.- Tübingen: Niemeyer 1983. (= Germanistische Arbeitshefte 28).

LUTZ, Benedikt; WODAK, Ruth: Information für Informierte. Linguistische Studien zu Verständlichkeit und Verstehen von Hörfunknachrichten.- Wien 1987.

MUCKENHAUPT, Manfred: Text und Bild. Grundfragen der Beschreibung von Text-Bild-Kommunikationen aus sprachwissenschaftlicher Sicht.- Tübingen 1986.

WEMBER, Bernward: Wie informiert das Fernsehen? Ein Indizienbeweis. 3., erweiterte Auflage.- München: List 1983.

PAECH, Joachim (Hrsg.): Film- und Fernsehsprache, Texte zur Entwicklung, Struktur und Analyse der Film- und Fernsehsprache.- Frankfurt am Main: Diesterweg 1978.

HOVEN, Herbert (Hrsg.): Guten Abend. Hier ist das deutsche Fernsehen. Zur Sprache der Bilder.- Neuwied: Luchterhand 1986. (= Sammlung Luchterhand 681).

Aussageformen, journalistische Genres

KECKEIS, Hermann: Das deutsche Hörspiel 1923-1973. Ein systematischer Überblick mit kommentierter Bibliographie.- Frankfurt am Main: Athenäum 1973.

RÜDEN, Peter von (Hrsg.): Das Fernsehspiel. Möglichkeiten und Grenzen.- München: Fink 1965.

KREUZER, Helmut; SCHUMACHER, Heidemarie (Hrsg.): Magazine audiovisuell. Politische und Kulturmagazine im Fernsehen der Bundesrepublik Deutschland.- Berlin: Spiess 1988.

Wertvolle Ausführungen zu den journalistischen Darstellungsformen enthält die gesamte journalistische Praktikerliteratur. Vgl. dazu die entsprechenden Literaturhinweise unter Kapitel 2.2.1 (Kommunikatorforschung).

2.2.3 Bereich "MEDIUM"

Der Bereich der Position Medium umfaßt alle jene technischen Instrumente und Apparaturen, mit deren Hilfe publizistische Aussagen an die

Öffentlichkeit weitergeleitet und somit potentiell jedermann öffentlich zugänglich gemacht werden.

Die Medien der Massenkommunikation funktionieren nach je eigenen organisatorischen, wirtschaftlichen, technischen und nicht zuletzt politischen Gesetzmäßigkeiten. Allen Medien ist im Normalfall jedoch gemein, daß sie Aussagen indirekt und einseitig an ein zumeist disperses (d.h. räumlich und/oder zeitlich verstreutes), selten nur - wie etwa im Kino beim Filmbesuch - räumlich präsentes Publikum vermitteln.

Zu den klassischen Medien der Massenkommunikation gehören: als *Druckmedien* Zeitung, Zeitschrift, Flugblatt und Flugschrift, Plakat; als *Funkmedien* Hörfunk und Fernsehen; weiters auch der Film. In einem weiter gefaßten Verständnis - im Sinne der Massenkommunikation - sind auch das Buch, die Schallplatte, Ton- und Bildkassette, Compact Disc und Video in den Katalog der Medien aufzunehmen.

Medienforschung *im weiteren Sinne* bezieht in ihre systematische und wissenschaftliche Untersuchung auch die Institutionen, Wirkungen, Inhalte, Kommunikatoren, Rezipienten, die technischen, ökonomischen und organisatorischen Aspekte der öffentlichen sozialen Kommunikation mit ein. *Im engeren Sinne* ist Medienforschung konkret auf die Strukturen und Funktionen der Massenmedien bezogen.

In diesem engeren Sinne stand am Beginn der Medienforschung die Pressegeschichte und Pressegeschichtsschreibung. Sie hat eine lange und immer noch fortwährende Tradition und erfährt auch eine Weiterentwicklung: nämlich jene von der Presse- über die Medien- zur Kommunikationsgeschichte. Die Mediengeschichte bezieht verständlicherweise Hörfunk und Fernsehen sowie den Film mit ein. Die Kommunikationsgeschichte, die erst am Anfang ihrer Entwicklung steht, versucht die Medienentwicklung in den Kontext politischer, ökonomischer, sozialer und kultureller Entwicklungen und Epochen zu stellen. Die Entstehung des Nachrichtenwesens ist hier übrigens ebenso zu erwähnen wie etwa die Aufarbeitung originärpublizistischer Formen (also der Rhetorik der Antike oder etwa der frühen Mundpublizistik des Mittelalters, deren Medien u.a. das publizistische Lied, der Minnegesang u.ä. waren).

Die moderne Medienforschung befaßt sich verständlicherweise mit den gegenwärtigen Medienstrukturen, den Bedingungen ihrer Genese und zu erwartenden künftigen Entwicklungen. Schwerpunkte der Medienforschung waren in den 60er Jahren die Vorgänge der Konzentration im Pressewesen. In den 70er Jahren verzeichnete die Fernsehforschung zunehmenden Aufschwung. In den 80er Jahren sind die sog. "neuen Medien" in den Mittelpunkt der Medienforschung geraten. Gegenwärtig erfahren die Vorgänge der weithin beobachtbaren Internationalisierung des Medienwesens große Beachtung. In der Bundesrepublik Deutschland stehen die Entwicklung des sog. dualen Rundfunksystems - also das Nebeneinander öffentlich-rechtlichen und privaten Rundfunks (im Sinne von Radio und Fernsehen) - und daraus erwachsender Konkurrenz- und Komplementärbeziehungen auch im Mittelpunkt des Forschungsinteresses.

Die Publizistik- und Kommunikationswissenschaft versucht im Lehr- und Forschungsfeld Medium unter anderem folgende Fragen zu beantworten: Fragen nach

❒ den politischen Strukturen der Medien: Medien- "Verfassungen" (privatwirtschaftliche, öffentlich-rechtliche, staatliche, totalitäre)

❒ den wirtschaftlichen Strukturen der Medien: Eigentums- und Besitzverhältnisse; Medienfinanzierung; wirtschaftliche Beziehungen und Abhängigkeiten; ökonomische Verflechtungen

❒ den organisatorischen Strukturen der Medien: Medienmanagement, Medienorganisation (Verfassung), Medienverwaltung, Medienvertrieb (Distribution)

❒ den technischen Strukturen der Medien: druck- und funktechnische Probleme, Neuerungen und Trends; "neue Medien" und ihre - aus der technischen Struktur resultierenden - politischen, ökonomischen, kulturellen und sozialen Konsequenzen

❒ den Eigengesetzlichkeiten der Medien: Spezifika der Druckmedien (Zeitung, Zeitschrift, Buch, Plakat), Spezifika der Funkmedien (Hörfunk, Fernsehen), Spezifika des Films, Spezifika anderer und "neuer Medien": technische Zwänge für Produzenten und Konsumenten

❒ der Bedeutung der Einführung neuer Technologien im Medienwesen für Medienmanagement, -organisation und Medienarbeit (v.a. im Printmedienbereich durch elektronische Systeme der Zeitungsherstellung)

❒ den Auswirkungen des Marktzutritts privater Radio- und Fernsehanbieter auf das Mediensystem

- dem intermediären Wettbewerb (Print-Funk) sowie dem intra-mediären Wettbewerb (Zeitungen : Zeitschriften; öffentlich-rechtlicher : privater Rundfunk)
- den "neuen Medien" wie Kabel- und Satellitenrundfunk, Videotext und Bildschirmtext, heimelektronische Geräte und Computerisierung der Büros und Haushalte
- den beobachtbaren Vorgängen der Internationalisierung im Medienwesen, vor allem ökonomische Verflechtungen (auch zwischen Print- und privatwirtschaftlichen Funkmedien)
- der Gestaltung von Kommunikations- und Medienpolitik durch Regierungen, Parteien, Interessenverbände etc.

Kommunikations- und Medienpolitik gewinnen angesichts nach wie vor zunehmender Konzentration im Medienwesen sowie in Anbetracht der internationalen Entwicklung - EG-Fernsehrichtlinie, Europäische Fernsehkonvention, Internationalisierung - stark an Bedeutung. Für die unmittelbare Vergangenheit - und somit von zeitgeschichtlicher Bedeutung - sind in der Bundesrepublik die kommunikationspolitischen Erwägungen und realisierten Bestimmungen im Zusammenhang mit der Pressekonzentration (Pressestatistikgesetz, Pressefusionskontrolle) sowie die bislang fünf Urteile des Bundesverfassungsgerichts im Zusammenhang mit der rundfunkpolitischen Entwicklung (Öffnung des Rundfunks für private Programmanbieter). Mit Fragen der Kommunikations- und Medienpolitik befaßt sich näher Kap. 3.1 (Politologische Aspekte der Publizistik- und Kommunikationswissenschaft).

Die Medienforschung nach der Wiedervereinigung

Der Bereich der Medienforschung hat durch die 1990 erfolgte Wiedervereinigung der beiden Deutschen Staaten wichtige neue Aufgaben erhalten. Spätestens durch den Beitritt der DDR zur Bundesrepublik sind u.a. auch (Zeit-)Geschichte und Strukturen der Massenmedien in der DDR als gemeinsame Geschichte (in zwei ehemals getrennten Staaten, nun aber einem wiedervereinigten gemeinsame Staatsgebilde) zu sehen. Die Massenmedien der DDR waren eingebunden in das Prinzip der Gewaltenkonzentration und stellten (im Sinne der Herrschenden) Führungs- und Kampfinstrumente für die Arbeiterklasse dar. Presse und Rundfunk hatten als kollektive Agitatoren, Propagandisten und Organisatoren in die Gesellschaft hineinzuwirken. Die Journalisten waren zur Parteilichkeit verpflichtet. Die zentrale Lenkung der Massenmedien lag bei der "Abteilung für Agitation und Propaganda im Zentralkomitee der SED". Ausführendes Organ der Medienlenkung war das "Presseamt beim Ministerrat der DDR", das im Zusammenwirken mit der Partei- bzw. Regierungsspitze Sprachregelungen für die gesamte Berichterstattung erließ. Als zentrale Lenkungsinstanz fungierte der ADN (Allgemeiner Deutscher Nachrichtendienst). Die Pressemedien unterlagen einer staatlichen Lizenzierung, die Materialien für den Druck (Papier, Farbe, Satz- und Druckkapazität etc.) wurden staatlich zugeteilt. Das Vertriebsmonopol für Presseprodukte lag ausschließlich bei der Post, die Ausbildung der Journalisten war einheitlich im Sinne des Marxismus-Leninismus geregelt. Neben den den Zeitungsmarkt dominierenden Tageszeitungen der SED bzw. ihrer Vorfeldorganisationen gab es auch Zeitungen der "Blockparteien", die in dieses System jedoch eingebunden waren, deren Freiräume sich nicht wesentlich von der SED-Presse unterschieden und die im Unterschied zu den SED-Zeitungen auch nur über eine geringe Auflage verfügten. Zum vielfältig ausgeprägten Zeitschriftenwesen gehörten auch (weitgehend Alibifunktionen erfüllende) Wochenzeitungen und Zeitschriften der Kirchen und Religionsgemeinschaften. Bezug und Lektüre westlicher Zeitungen und Zeitschriften waren in der DDR verboten.

Das Rundfunkwesen der DDR bestand zuletzt (seit 1987) aus sechs Hörfunkprogrammen sowie zwei Fernsehprogrammen. Der "Rundfunk der DDR" (gemeint ist der Hörfunk) unterstand dem 1952 gegründeten Staatlichen Rundfunkkomitee, das seit 1956 offiziell sendende "Fernsehen der DDR" dem Staatlichen Komitee für Fernsehen. Der Empfang westlicher Hörfunk- und Fernsehprogramme war in weiten Teilen der DDR möglich, wurde zunächst seitens des Regimes zu verhindern versucht und war ab Anfang der 70er Jahre erlaubt.

Nach der Wiedervereinigung unterlag das Medienwesen in den neuen Bundesländern einem Wandel. Der Großteil der Tageszeitungen, insbesondere die lokal fest verankerten (14 bzw. 15) ehemaligen Bezirkszeitungen der SED, wurde mit Billigung der dafür zuständigen "Treuhand"-Gesellschaft an westdeutsche Verlage verkauft und kann sich am Markt sehr gut behaupten. Zeitungsneugründungen hatten (und haben) es sehr schwer, neben den dominierenden ehemaligen Bezirkszeitungen zu bestehen. Die überregional verbreitete ehemalige SED-Presse mußte starke Auflageneinbußen hinnehmen. Einige der in die Unabhängigkeit gegangenen (und mit westdeutscher Beteiligung weitergeführten) Zeitungen der ehemaligen Blockparteien fusionierten oder mußten ihr Erscheinen einstellen. In weiten Bereichen des Zeitschriftenwesens sind enorme Konzentrationsprozesse beobachtbar. Insgesamt vollzieht sich in Ostdeutschland ein besorgniserregender Pressekonzentrationsprozeß, dessen Ende vorerst nicht absehbar ist.

Rundfunk (Hörfunk) und Fernsehen der DDR wurden gemäß Einigungsvertrag "abgewickelt" (d.h. aufgelöst) und durch neue Anstalten ersetzt. Als öffentlich-rechtliche Rundfunkanstalten existieren in den neuen Bundesländern: der Mitteldeutsche Rundfunk (MDR) als gemeinsame Anstalt der Länder Sachsen, Sachsen-Anhalt und Thüringen; sowie der Ostdeutsche Rundfunk Brandenburg (ORB). Das Land Mecklenburg-Vorpommern ist dem Norddeutschen Rundfunk (NDR) beigetreten, der nunmehr von vier Ländern gemeinsam verantwortet wird (Schleswig-Holstein, Niedersachsen, Hamburg, Mecklenburg-Vorpommern). Das Zweite Deutsche Fernsehen (ZDF) hat sein Sendegebiet auf die neuen Bundesländer ausgeweitet. Neben den öffentlich-rechtlichen Anstalten gibt es in den neuen Bundesländern auch private Rundfunkveranstalter (v.a. im Hörfunk); die privaten westdeutschen Fernsehprogramme sind, soferne sie nicht terrestrisch ausstrahlen, nur via Kabel oder Satellit zu empfangen. Die im neuen Bundesgebiet weitgehend fehlende Verkabelung wird durch den sich rapide ausbreitenden Satellitenempfang kompensiert.

Über diese und andere (hier nicht dargelegte) Veränderungen im Medienwesen sowie vor allem im Journalismus der ehemaligen DDR bzw. der neuen Bundesländer wurden inzwischen beachtliche publizistikwissenschaftliche Forschungsleistungen erbracht. Die wichtigsten Veröffentlichungen enthalten die Literaturhinweise auf S. 54ff.

Literatur (Auswahl)

Medienforschung allgemein

FAULSTICH, Werner (Hrsg.): Kritische Stichwörter zur Medienwissenschaft.- München: Fink 1979.

HÖFER, Werner (Hrsg.): Was sind Medien?- Percha: R. S. Schulz 1981.

RATZKE, Dietrich: Lexikon der Medien. Elektronische Medien.- Frankfurt am Main: Institut für Medienentwicklung und Kommunikation 1988.

Mediengeschichte

LINDEMANN, Margot: Deutsche Presse bis 1815. Geschichte der deutschen Presse, Teil 1.- Berlin: Colloquium 1969.

KOSZYK, Kurt: Deutsche Presse im 19. Jahrhundert. Geschichte der deutschen Presse, Teil II.- Berlin: Colloquium 1966.

KOSZYK, Kurt: Deutsche Presse 1914-1945. Geschichte der deutschen Presse, Teil III.- Berlin: Colloquium 1972.

KOSZYK, Kurt: Pressepolitik für Deutsche 1945-1949. Geschichte der deutschen Presse, Teil IV.- Berlin: Colloquium 1986.

BAUSCH, Hans (Hrsg.): Rundfunk in Deutschland. 5 Bde.- München: dtv 1980 ff.

LERG, Winfried B.: Die Entstehung des Rundfunks in Deutschland. Herkunft und Entwicklung eines publizistischen Mittels. 2. Aufl.- Frankfurt am Main: Knecht 1970. (= Beiträge zur Geschichte des deutschen Rundfunks 1).

GREGOR, Ulrich; PATALAS, Enno: Geschichte des Films. (Lizenzausgabe der 1. u. 2. Neuausgabe).- Reinbek: Rowohlt 1976.

FREI, Norbert; SCHMITZ, Johannes: Journalismus im Dritten Reich.- München: Beck 1989.

Presse, Rundfunk (Hörfunk, Fernsehen), "neue Medien"

PÜRER, Heinz: Medien in Deutschland. Band 1: Presse.- München: Ölschläger 1993.

STUIBER, Heinz-Werner; SCHNEIDERBAUER, Christian; WICH, Andrea: Medien in Deutschland. Band 2: Rundfunk.- München: Ölschläger 1993.

MEYN, Hermann: Massenmedien in der Bundesrepublik Deutschland. Überarb. und aktualisierte Neuauflage.- Berlin: Colloquium-Verlag 1992.

FISCHER, Heinz-Dietrich (Hrsg.): Positionen und Strukturen bei Druckmedien. Festschrift für Dietrich Oppenberg.- Düsseldorf: Econ 1987.

FISCHER, Heinz-Dietrich: Publikumszeitschriften in der Bundesrepublik Deutschland. Palette, Probleme, Perspektiven.- Konstanz: Universitätsverlag 1985.

REISSMANN, Volker: Fernsehprogrammzeitschriften.- München: Reinhard Fischer 1990.

KISKER, Klaus Peter u.a.: Wirtschaftskonjunktur und Pressekonzentration in der Bundesrepublik Deutschland.- München: Saur 1979.

KOPPER, Gerd: Marktzutritt bei Tageszeitungen - Zur Sicherung von Meinungsvielfalt durch Wettbewerb.- München: Saur 1984.

ERDMANN, Georg; FRITSCH, Bruno: Zeitungsvielfalt im Vergleich. Das Angebot an Tageszeitungen in Europa.- Mainz: von Hase und Koehler 1990.

SCHENK, Michael; DONNERSTAG, Joachim (Hrsg.): Medienökonomie. Einführung in die Ökonomie der Informations- und Mediensysteme.- München: Reinhard Fischer 1990.

HAAS, Hannes (Hrsg.): Mediensysteme. Struktur und Organisation der Massenmedien in den deutschsprachigen Demokratien. 2. Aufl.- Wien: Braumüller 1990.

Die jeweils aktuellen Beiträge von Walter J. SCHÜTZ, Horst RÖPER und Helmut H. DIEDERICHS zur Lage der deutschen Presse in der Zeitschrift "Media Perspektiven".

AUFERMANN, Jörg; SCHARF, Wilfried; SCHLIE, Otto (Hrsg.): Fernsehen und Hörfunk für die Demokratie. Ein Handbuch über den Rundfunk in der Bundesrepublik Deutschland.- Opladen: Westdeutscher Verlag 1979.

BRAUNSCHWEIG, Stefan u.a.: Radio und Fernsehen in der Bundesrepublik Deutschland. Erfahrungen und Ansätze für eine gewerkschaftliche Politik.- Köln: Bund-Verlag 1990.

BUCHHOLZ, Axel: Privatfunk wohin?- München: Reinhard Fischer 1990.

MAST, Claudia: Rivalen im Äther. Radioprofile und Hörerwünsche.- Konstanz: Universitätsverlag 1990.

MAST, Claudia; WEIGERT, Mathias: Medien in der Region. Eine empirische Untersuchung der Informationsleistungen von Hörfunk und Fernsehen.- Konstanz: Universitätsverlag 1991.

JÄCKEL, Michael; SCHENK, Michael (Hrsg.): Kabelfernsehen in Deutschland. Pilotprojekte, Programmvermehrung, private Konkurrenz.- München: Reinhard Fischer 1991.

GROSS, Rolf: Medienlandschaft im Umbruch.- Wiesbaden: Wirtschaftsverlag 1986.

LENHARDT, Helmut: Rundfunk im Satellitenzeitalter.- Wien: Signum 1987.

KABEL, Rainer; STRÄTLING, Thomas: Kommunikation per Satellit. Ein internationales Handbuch.- Berlin: Vistas 1985.

MAHLE, Walter A. (Hrsg.): Intermediärer Wettbewerb nach dem Ende des öffentlich-rechtlichen Monopols.- Berlin: Spiess 1988.

SCHULZ, Winfried: Die Transformation des Mediensystems in den Achtzigern. Epochale Trends und modifizierte Bedingungen. In: KUTSCH, Arnulf u.a. (Hrsg.): Rundfunk im Wandel. Festschrift für Winfried B. Lerg.- Berlin: Vistas 1993, S. 155-171.

MUZIK, Peter: Die Medienmultis.- Wien: Orac 1989.

Die Kapitel "Presse", "Pressegeschichte", "Pressewirtschaft", "Rundfunk" aus dem Fischer-Lexikon PUBLIZISTIK/MASSENKOMMUNIKATION. Hrsgg. von Elisabeth NOELLE-NEUMANN, Winfried SCHULZ und Jürgen WILKE.- Frankfurt am Main: S. Fischer 1989.

Kommunikationspolitik

KEIDEL, Hannelore: Kommunikationspolitisch relevante Urteile des Bundesverfassungsgerichts. In: "Publizistik" 12: 1967, S. 122-139.

RICKER, Reinhard: Kommunikationspolitisch relevante Urteile des Bundesverfassungsgerichts seit 1967. In: "Publizistik" 19: 1976, S. 411-434.

SCHUMACHER, Birgit: Kommunikationspolitisch relevante Urteile des Bundesverfassungsgerichts seit 1976. In: "Publizistik" 32: 1987, S. 405-421.

HESSE, Albrecht: Ausgewählte Rechtsprechung mit grundsätzlicher Bedeutung für die Rundfunkordnung in der Bundesrepublik. In: "Rundfunk und Fernsehen" Heft 2/1987, S. 205-211; sowie Heft 3/1988, S. 377-391.

BERG, Klaus: Grundversorgung. Begriffe und Bedeutung im Verhältnis von öffentlich-rechtlichem und privatem Rundfunk nach der neueren Rechtsprechung des BVG. In: "Media-Perspektiven" Heft 5/1987, S. 265-274.

STOCK, Martin: Das Nordrhein-Westfalen-Urteil des Bundesverfassungsgerichts. In: Media Perspektiven 3/1991, S. 133-146.

WITT, Carola: Der Staatsvertrag über den Rundfunk im vereinten Deutschland. In: "Media-Perspektiven" 1/1992, S. 24-28.

GLOTZ, Peter; KOPP, Reinhold (Hrsg.): Das Ringen um den Medienstaatsvertrag der Länder.- Berlin: Spiess 1987.

Das Kapitel "Kommunikationspolitik" im Fischer-Lexikon PUBLIZISTIK/MASSENKOMMUNIKATION. Hrsgg. von Elisabeth NOELLE-NEUMANN, Winfried SCHULZ und Jürgen WILKE.- Frankfurt am Main: Fischer 1989.

Technische Eigengesetzlichkeiten der Medien

KAISER, Wolfgang: Elektronische Textkommunikation.- Berlin, Heidelberg, New York: Springer 1978.

FAHRY, Dieter; PALME, Klaus: Video-Technik. Zusammenspiel von Bild und Ton. Beherrschung-Nutzung. 2 Bde.- München, Wien: Oldenbourg 1979.

GOEBEL, Klaus: Eine Fernsehsendung entsteht.- Stuttgart: Klett 1977.

WATZDORF, Bernhard: 1x1 des Fernsehens. Programm, Produktion, Technik.- Niederhausen: Falkenbücherei 1977.

SAUR, Karl Otto: 100 x Fernsehen und Hörfunk.- Mannheim, Wien, Zürich: Bibliograph. Institut 1978.

KREUZER, Helmut; PRÜMM, Karl: Fernsehsendungen und ihre Formen. Typologie, Geschichte und Kritik des Programms der BRD.- Stuttgart: Reclam 1979.
DÖHN, Lothar; KLÖCKNER, Klaus (Hrsg.): Medienlexikon.- Baden-Baden: Signal-Verlag 1979.
PÜRER, Heinz: Elektronische Zeitungsherstellung und ihre Folgen.- Salzburg: Kuratorium für Journalistenausbildung 1986.
WEISCHENBERG, Siegfried; HERRIG, Peter: Handbuch des Bildschirm-Journalismus. Elektronische Redaktionssysteme. Grundlagen, Funktionsweisen, Konsequenzen.- München: Ölschläger 1985.
KOMMUNIKATIONSTECHNIK FÜR MORGEN. Hrsgg. im Auftrag der AKM Berlin. Ausstellungs-Messe-Kongreß-GmbH von Claus Reuber.- Berlin: Vistas 1989.

(Ehemalige) DDR - neue Bundesländer
FRIEDRICH-EBERT-STIFTUNG (Hrsg.): Die Massenmedien der DDR. Bonn: Verlag neue Gesellschaft 1983.
HOLZWEISSIG; Gunter: Massenmedien in der DDR. Überarb. Neuauflage- Berlin: Holzapfel 1989.
MASSENMEDIEN IN DER DDR. In: medium 16/1986, Heft 2 (Sonderteil), S. 17-86.
BLAUM, Verena: Journalistikwissenschaft in der DDR. - Erlangen: Institut für Gesellschaft und Wissenschaft 1979.
BLAUM, Verena: Marxismus-Leninismus, Massenkommunikation und Journalismus. Zum Gegenstand der Journalistikwissenschaft in der DDR. - München: Minerva 1980.
BLAUM, Verena: Ideologie und Fachkompetenz. Das journalistische Berufsbild in der DDR. - Köln: Wissenschaft und Politik 1985.
OTTO, Elmar Dieter: Nachrichten in der DDR. Eine empirische Untersuchung über 'Neues Deutschland'. - Köln: Wissenschaft und Politik 1979.
GESERICK, Rolf; KUTSCH, Arnulf: Publizistik und Journalismus in der DDR. - München: Saur 1988.
PICAPER, Jean-Paul: Kommunikation und Propaganda in der DDR. - Stuttgart 1976.
HOLZWEISSIG, Gunter: DDR-Presse unter Parteikontrolle. Kommentierte Dokumentation. Hrsgg. vom Gesamtdeutschen Institut (Bundesanstalt für gesamtdeutsche Aufgaben). - Bonn 1991.
HESSE, Kurt: Westmedien in der DDR. Nutzung, Image und Auswirkungen bundesrepublikanischen Hörfunks und Fernsehens. - Köln: Verlag Wissenschaft und Politik 1988.

KLUMP, Brigitte: Das rote Kloster. Eine deutsche Erziehung. Produktion der Macht-Elite in der DDR. - Hamburg: Hoffmann und Campe 1978.

BOOS, Ellen: Leserbriefe in Tageszeitungen der DDR. Zur "Massenverbundenheit" der Presse 1949-1989. - Opladen: Westdeutscher Verlag 1993.

WÖRTERBUCH DER SOZIALISTISCHEN JOURNALISTIK. - Leipzig: Sektion Journalistik der Karl-Marx-Universität Leipzig 1984.

BUDZISLAWSKY, Hermann: Sozialistische Journalistik. Eine wissenschafltiche Einführung. - Leipzig 1966.

BLUMENAUER, Hartmut u.a.: Einführung in die journalistische Methodik. - Leipzig: VEB Bibliographisches Institut 1985.

WINTERS, Peter Jochen: Journalisten. In: WEIDENFELD, Werner und KORTE, Karl Rudolf (Hrsg.): Handwörterbuch zur deutschen Einheit. - Frankfurt: Campus 1992, S. 400-406.

Medien in Ostdeutschland nach Wende und Wiedervereinigung

LUDES, Peter (Hrsg.): DDR-Fernsehen intern. Von der Honecker-Ära bis "Deutschland einig Fernsehland". - Berlin: Spiess 1990.

KUTSCH, Arnulf (Hrsg.): Publizistischer und journalistischer Wandel in der DDR. Vom Ende der Ära Honecker bis zu den Volkskammerwahlen im März 1990. - Bochum: Brockmeyer 1990.

FEIGE, Andreas: Gesellschaftliche Reflexivitätsprozesse und Massenkommunikation am Beispiel der DDR. Zur Funktion öffentlicher Kommunikation und besonders der Massenmedien vor und während der Massendemonstrationen im Herbst 1990. In: Publizistik 35: 1900, S. 387-397.

HESSE, Kurt R.: Fernsehen und Revolution: Zum Einfluß der Westmedien auf die politische Wende in der DDR. In: Rundfunk und Fernsehen 38: 1990, S. 328-342.

LUDES, Peter: Die Rolle des Fernsehens bei der revolutionären Wende in der DDR. In: Publizistik 36: 1991, S. 201-113.

LUTZ, Brigitta u.a.: Politische Kommunikation im Umbruch. Zur Rolle der Zeitungen im ersten freien Kommunalwahlkampf in Leipzig. In: Publizistik 36: 1991, S. 428-445.

SCHUBERT, Renate: Ohne größeren Schaden? Gespräche mit Journalistinnen und Journalisten der DDR. - München: Ölschläger 1992.

MAHLE, Walter A.(Hrsg.): Medien im vereinten Deutschland. Nationale und internationale Perspektiven. - München: Ölschläger 1991.

MAHLE, Walter A.(Hrsg.): Pressemarkt Ost. Nationale und internationale Perspektiven. - München: Ölschläger 1992 (v.a. die Beiträge von Beate Schneider, Udo Becker und Claudia Mast).

MEDIEN IM VEREINTEN DEUTSCHLAND (1). In: "medium" Heft 1/1993, S. 21-68.

GRUBITZSCH; Jürgen: Presselandschaft in der DDR im Umbruch. Ausgangspunkte, erste Ergebnisse und Perspektiven. In: Media Perspektiven 3/1990, S. 140-155.

DARSCHIN, Wolfgang; FRANK, Bernward: Tendenzen im Zuschauerverhalten. Fernsehgewohnheiten und Fernsehreichweiten im Jahr 1991. In: Media Perspektiven 3/1992.

ZEITUNGEN '92. BDZV-Jahrbuch. Hrsgg. vom Bundesverband Deutscher Zeitungsverleger. - Bonn: BDZV 1992.

ZEITUNGSMARKT IN DER DDR. Eine Bestandsaufnahme. In: Alte Nachbarschaften werden neu belebt. Die Zeitungen im Wandel der Systeme in Mittel- und Osteuropa. - Bonn: BDZV 1991 (= BDZV-Schriftenreihe, Heft 26).

RÖPER, Horst: Die Entwicklung des Tageszeitungsmarktes in Deutschland nach der Wende in der ehemaligen DDR. In: Media Perspektiven 7/1991, S. 421-430.

RÖPER, Horst: Formationen deutscher Medienmultis 1991. In: Media Perspektiven 1/1992, S. 2-23.

SCHÜTZ, Walter J.: Deutsche Tagespresse 1991. In: Media Perspektiven 2/1992, S. 74-107 sowie S. 131-152.

SCHNEIDER, Beate: Die ostdeutsche Tagespresse - eine (traurige) Bilanz. In: Media Perspektiven 7/1992, S. 428-441.

VEREINTES DEUTSCHLAND - GETEILTE MEDIENKULTUR. In: Bertelsmann-Briefe Heft 127 (vom April 1992). - Gütersloh: Bertelsmann 1992.

KRESSE, Hermann: Die Rundfunkordnung in den neuen Bundesländern. - Stuttgart: Schäffer-Poeschel 1992.

STOCK, Martin: Der neue Rundfunkstaatsvertrag. In: Rundfunk und Fernsehen 40, 1992, S. 189-221.

FRANZ, Gerhard: KLINGLER, Walter: Hörfunknutzung in West- und Ostdeutschland. Ergebnisse der MediaAnlayse 1992. In: Media Perspektiven 7/1992, S. 442-456.

SCHMITT-BECK, Rüdiger; SCHROTT, Peter R.: Dimensionen der Mediennutzung in West- und Ostdeutschland. Eine vergleichende Untersuchung zu Rezeptionsmustern von Tageszeitungen und Fernsehen. In: Media Perspektiven 6/1962, S. 376-392.

KIEFER, Marie-Luise: Massenkommunikation 1990. In: Media Perspektiven 4/1991, S. 178-193.

MASSENKOMMUNIKATION IV. Eine Langzeitstudie zur Mediennutzung und Medienbewertung 1964-1990. - Baden-Baden: Nomos 1992 (Schriftenreihe Media Perspektiven).

Zu Veränderungen in Presse und Rundfunk in den fünf neuen Bundesländern empfiehlt es sich, regelmäßig die neuesten Ausgaben der folgenden Zeitschriften zu studieren: Rundfunk und Fernsehen, Publizistik, Media Perspektiven, Medium, Der Journalist, Publizistik und Kunst.

2.2.4 Bereich "REZIPIENT/WIRKUNG"

Im Lehr- und Forschungsfeld *Rezipient/Wirkung* befaßt sich die Publizistik- und Kommunikationswissenschaft mit den Empfängern (Lesern, Hörern, Sehern) publizistischer Aussagen sowie mit allen jenen individuellen und gesellschaftlichen Prozessen und Veränderungen, die infolge des Einwirkens originärpublizistisch oder massenkommunikativ vermittelter Inhalte auf ihre Empfänger direkt oder indirekt verursacht werden. Rezipient im Prozeß originärpublizistischer und massenmedialer Kommunikation sind alle jene Personen, die eine publizistische Aussage soweit entschlüsseln, daß ihnen der Sinn der Aussagen "... - zumindest in groben Zügen - zugänglich wird" (MALETZKE, 1972).

Die Summe der Empfänger publizistischer Aussagen bezeichnet man allgemein als Publikum, wobei prinzipiell zu differenzieren ist zwischen Präsenzpublikum und dispersem Publikum.

Als *Präsenzpublikum* kann beispielsweise die Summe der (raumzeitlich) versammelten Kinobesucher bezeichnet werden; ebenso die Zuhörer einer Parteitagsrede, einer Kirchenpredigt oder auch die Besucher einer Theateraufführung. Für Präsenzpublika trifft im allgemeinen zu, daß ihre (Einzel-)Mitglieder sich unter relativ gleichen Zugangs-, Empfangs-, Motivations-, Selektions- und Situationsbedingungen sowie gleichen Erwartungen publizistisch vermittelten Inhalten zuwenden.

Mit *dispersem Publikum* ist die Vielzahl aller jener Einzelpersonen und (Klein-)Gruppen gemeint, und zwar sowohl jener, die die Aussage bewußt aufnehmen (= Rezipienten), als auch der nicht direkt Anteil nehmenden Zufalls- und Gelegenheitsempfänger, die unter verschiedenen Medienzugangs-, Empfangs-, Motivations-, Selektions- und Situationsbedingungen an verschiedenen Orten und zu verschiedenen Zeiten Zeitung lesen, Radio hören oder fernsehen. Im Sammelbegriff werden die

Publika der Massenkommunikation auch mit dem vieldiskutierten, aber meist wenig präzisierten Begriff "Öffentlichkeit" bezeichnet.

Der Forschungsbereich Rezipient/Wirkung kann sinnvollerweise in zwei (freilich zusammengehörende) Forschungsfelder geteilt werden: in jenes der Publikums- sowie in jenes der Wirkungsforschung.

Die *Publikumsforschung* befaßt sich weitgehend mit der Nutzung von Presse und Rundfunk durch Leser, Hörer und Seher. Oft wird Publikumsforschung - vor allem die kommerzielle - nur als Reichweitenforschung betrieben. Diese Form der Rezipientenforschung ergründet mit den Reichweitendaten Leser, Hörer- und Zuseherzahlen und schlüsselt sie nach soziodemographischen Strukturen (Alter, Geschlecht, Bildung, Beruf, Einkommen, Größe des Wohnortes etc.) auf. Man erhält auf diese Weise Informationen über die Publikumsstrukturen von Zeitungen und Zeitschriften sowie von Hörfunk- und Fernsehprogrammen. Diese Reichweitendaten dienen primär der werbungtreibenden Wirtschaft für die Streuung von Anzeigen in Printmedien sowie für die Plazierung von Werbespots in Hörfunk und Fernsehen. Reichweitendaten kommen freilich auch den Verlegern, Programmplanern und Journalisten zugute. Sie finden in ihnen Anhaltspunkte für die Zusammensetzung der Leser-, Hörer-, und Zuseherschaft. Traditionelle Verfahren der Publikumsforschung sind in der Bundesrepublik Deutschland die "Media-Analyse" (vorwiegend für Printmedien, aber auch für Radio und Fernsehen) sowie die sog. "GfK-Fernsehforschung", die die Reichweiten der in Deutschland empfangbaren Fernsehprogramme ermittelt. Reichweitendaten können neben der Publikumsstruktur allenfalls noch Aussagen über Interessen des Publikums, nicht jedoch etwa über die Intensität der Mediennutzung oder gar über die Wirkung der konsumierten Medienbotschaften machen.

Die Publiumsforschung hat auch medienspezifische Besonderheiten der Mediennutzung ausfindig gemacht. So wird die Zeitung situationsspezifisch (beim Frühstück, auf der Fahrt zu Schule, Büro, Arbeitsplatz, während der Arbeit etc.) genutzt. Das Radio zeichnet sich durch eine vorwiegend backgroundspezifische Nutzung aus, als Begleit- und Nebenhermedium bei allen möglichen anderen Tätigkeiten. Das Fernsehen wurde bisher freizeitspezifisch genutzt, Tendenzen zur backgroundspezifischen Nutzung sind aber auch in unserem Sprachraum erkennbar. In den USA wird dieses Phänomen schon seit längerer Zeit beobachtet.

Die Publikumsforschung versucht, u.a. Antworten auf Fragen zu finden: Fragen nach

- dem quantitativen Ausmaß der Mediennutzung
- dem Anteil der einzelnen Medien (Zeitungen/Zeitschriften, Radio, Fernsehen, Video) an der Mediennutzungszeit
- den Unterschieden der Mediennutzung nach Alter, Geschlecht, Bildung, Einkommen, sozialem Status, Größe des Wohnortes
- der Präferenz von Medienangeboten (Zeitungen, Zeitschriften, Radio, Fernsehen) - auch innerhalb einzelner Mediengattungen bzw. Medien- und Programmangebote
- dem Marktanteil der Medien- bzw. Programmangebote an der Gesamtnutzungszeit (z.B. Anteil einzelner Fernsehprogramme wie ARD, ZDF, ORF, SAT 1, RTLplus etc. an der gesamten Fernsehnutzungszeit)
- dem Mediennutzungsprofil einzelner Medien (z.B. der Bild-Zeitung, der FAZ, der WAZ, des Spiegel, des stern, der Zeit etc.)
- dem Tagesablauf und Tagesverlauf der Mediennutzung
- nutzungsspezifischen Besonderheiten der Medien (situationsspezifische, backgroundspezifische, freizeitspezifische Nutzung)
- Qualitätsprofilen einzelner Medien
- (in der Radio und Fernsehforschung) auch nach der Beurteilung einzelner Sendungen
- dem Image von Zeitungen und Zeitschriften
- der Aufmerksamkeit gegenüber Medienangeboten

Den Wirkungen der Massenmedien versucht die *Medienwirkungsforschung* auf den Grund zu gehen. Dabei werden - je nach Fragestellung - Wirkungen im Bereich der Wahrnehmung und des Wissens, der Einstellungen und Meinungen, der Empfindungen und Gefühle sowie der Handlungen und Verhaltensweisen der Menschen auf den Grund gegangen. Als Wirkungen im weitesten Sinne des Wortes kann man alle Veränderungen bezeichnen, die durch den Einfluß von Medienbotschaften auf Wissen, Denken, Fühlen und Handeln von Menschen feststellbar sind. Die moderne Medienwirkungsforschung hat jedoch herausgefunden, daß einfache, monokausale Wirkungsannahmen (hier Medienbotschaft, dort - beim Empfänger - Medienwirkung) unzulässig sind. Für die Medienwirkung sind eine Vielzahl von anderen Faktoren zu berücksichtigen, die sowohl auf Seiten der Kommunikatoren, in den Botschaften selbst, bei den Medien und natürlich auch bei den Empfängern liegen.

Von den Anfängen der Medienwirkungsforschung (in den USA bereits Ende der 20er Jahre unseres Jahrhunderts) bis zur Gegenwart wurden mehrere Wirkungstheorien entwickelt, die gleich noch vorgestellt werden. Das Forschungsfeld Medienwirkung gehört zum interessantesten und zugleich widersprüchlichsten der Kommunikationswissenschaft. Das gilt nicht nur für den brisanten Bereich der politischen Wirkungen auf Einstellungen und Meinungen, sondern vor allem auch im Hinblick auf die umstrittene Frage der Wirkung von Gewaltdarstellungen in den Medien. Die Medienwirkungsforschung wendet sich seit langem auch der Frage zu, welche Folgen von Medienkonsum - vor allem fernsehen - bei Kindern beobachtbar sind.

Unter anderem werden in der Publizistik- und Kommunikationswissenschaft die folgenden Medienwirkungsannahmen bzw. -theorien diskutiert:

- die Theorie, wonach von den Medienbotschaften selbst direkt und linear Wirkungen beim Empfänger ausgehen (Stimulus-Response-Modell)
- die Theorie, wonach Medienwirkungen nicht direkt von den Medienbotschaften, sondern über Meinungsführer (opinion leaders) im sozialen Umfeld ausgehen (two-step-flow of communication)
- die Theorie, wonach Medienwirkungen von Bedürfnissen und Erwartungen der Rezipienten abhängig sind (Uses and gratification approach, auch "Nutzenansatz")
- die Theorie, wonach Medien zwar nicht auf Einstellungen der Rezipienten wirken, aber Themen des Alltagsgesprächs vorgeben (Agenda-setting-These - Themenstrukturierung durch Massenmedien)
- sie Theorie, wonach Massenmedien zur Vertiefung der Wissensklüfte zwischen gut und weniger gut informierten Personen beitragen (weil besser Gebildete (angeblich) neue Medienangebote zum Wissenserwerb besser nutzen als weniger Gebildete (Wissenskluft-These oder Knowledge-gap-These)
- die Theorie der stärkeren Wirkung des Fernsehens (als anderer Medien) durch die hohe Glaubwürdigkeit (Bild und Ton) sowie durch den Zwang, dem Programmablauf folgen zu müssen (Einschränkung der Auswahlmöglichkeiten für den Zuseher)
- die These, wonach die Massenmedien, respektive das Fernsehen, die öffentliche Meinung bestimmen, in der der einzelne sich nicht isolie-

ren möchte und schweigt, wenn er meint, in der Minderheit zu sein (Schweigespirale)

- die Theorie, wonach Medienwirkung in Form von Übertragungs- und Feed-back-Prozessen zwischen Publikum, Medien und Journalisten entstehen, wobei diese "Transaktionen" im Zeitverlauf entstehen und sich über längere Zeiträume erstrecken können (Dynamisch-transaktionaler Ansatz)

Im Hinblick auf Wirkungen gewaltdarstellender Medieninhalte konkurrieren die nachfolgenden Wirkungsannahmen:

- die Theorie, wonach Gewalt in den Medien bei den Empfängern Gewalttätigkeit auslöst (Stimulationsthese)
- die Theorie, wonach Mediengewalt abschreckend auf die Empfänger wirkt (Inhibitionsthese)
- die Theorie, wonach Mediengewalt, indem sie über den Bildschirm flimmert, zur inneren Gewaltabreaktion führt (Katharsis-These)
- die Theorie, wonach der Empfänger Gewaltdarstellungen in den Medien gegenüber abgestumpft und desensibilisiert ist, sich gleichermaßen an Gewalt gewöhnt hat (Habitualisierungs-/Desensibilisierungs-These).

Die hier kurz skizzierten Medienwirkungstheorien werden in den Abschnitten über "Soziologische Aspekte der Publizistikwissenschaft" (3.2) sowie über "Sozial-Psychologische Aspekte der Publizistik" (3.3) etwas näher erörtert.

Im Bereich der Wirkungsforschung sucht die Publizistik- und Kommunikationswissenschaft u.a. Antworten auf folgende Fragen zu finden:

- nach individuellen und sozialen Wirkungen der Massenmedien
- nach Wirkungen auf Wissen und Denken, Meinungen und Einstellungen, Fühlen und Empfinden, Handeln und Verhalten
- nach der Intensität des Medienkonsums: welche sozialen Gruppen nutzen die Medien schwach, welche stark
- nach der Art und Weise der Mediennutzung (alleine, in der Familie, am Arbeitsplatz, im Freundeskreis)
- nach der Vielfalt des Medienkonsums (welche Gruppen informieren sich aus einem, welche aus mehreren Medien)

- ❒ nach Zweck und Bedürfnissen der Mediennutzung (Informationsbedürfnis, Bedürfnis nach persönlicher Identität, Bedürfnis nach Integration und sozialer Interaktion, Bedürfnis nach Unterhaltung)
- ❒ nach der Glaubwürdigkeit von Medien (die beim Fernsehen infolge von Bild und Ton am größten zu sein scheint)
- ❒ nach den Modi der Selektion bzw. des Selektionsverhaltens (selektive Auswahl, selektive Zuwendung, selektive Aufnahme, selektives Behalten, selektives Erinnern und Interpretieren)
- ❒ nach den Kommunikationsphasen (präkommunikative, kommunikative, postkommunikative Phasen)
- ❒ nach den medienspezifischen Wirkungen von Zeitung, Zeitschriften, Radio, Fernsehen
- ❒ nach den Arten der Wirkung (direkt oder indirekt)
- ❒ nach personalen Bedinungen der Medienwirkungen (persönliche, physische, psychische und situative Faktoren)
- ❒ nach politischen Wirkungen (auf Meinungen und Einstellungen und damit verbundenen Handlungen wie Wahlverhalten)
- ❒ nach sozialen Wirkungen der Massenmedien (Vermittlung von Werten, Normen, Rollen, Verhaltensweisen - Sozialisation durch Massenkommunikation)
- ❒ nach gefühlsbetonten Medienwirkungen (Angst, Freude, Schmerz, Trauer, etc.)
- ❒ nach dem Einfluß von Personen und/oder Gruppen des individuellen und sozialen Umfeldes im Zusammenhang mit Medienwirkung
- ❒ nach den Wirkungen von gewaltdarstellenden Medieninhalten, insbesondere des Fernsehens
- ❒ nach der Dauer von Medienwirkungen (kurz-, mittel-, langfristige Medienwirkungen)

Rezipienten- und Wirkungsforschung wird in der sozialwissenschaftlich betriebenen Publizistik- und Kommunikationswissenschaft mit Hilfe folgender Methoden der empirischen Sozialforschung betrieben: Interview, Beobachtung, Experiment und sog. qualitative Verfahren (vgl. Kapitel 5.1, 5.4, 5.5; siehe ebenso die Kapitel 3.2 über "Soziologische Aspekte der Publizistik" und 3.3 über "Psychologische Aspekte der Publizistik").

Literatur zur Publikumsforschung (Auswahl)

Aktuelle Beiträge mit neuesten Daten über die Reichweiten von Zeitungen, Radio und Fernsehen enthält in regelmäßigen Abständen die Fachzeitschrift "Media Perspektiven". Darüberhinaus empfiehlt sich die Lektüre folgender Titel:

HESS, Eva Maria: Leserschaftsforschung in Deutschland. Ziele, Methoden, Techniken.- Offenburg: Burda 1981.

TWYMAN, Tony: Methoden der Zuschauer- und Zuhörerforschung und ihre Validität. Ein Überblick.- Frankfurt am Main: Media Micro-Zensus 1983. (Arbeitsgemeinschaft Media-Analysen AG.MA - Schriften Band 8).

BESSLER, Hansjörg: Mediennutzungsforschung und Wirkungsforschung. In: Medienwirkungsforschung in der Bundesrepublik Deutschland. Hrsgg. von der Deutschen Forschungsgemeinschaft. Studienausgabe.- Weinheim 1987, S. 117-128.

BERG, Klaus; KIEFER, Marie Luise (Hrsg.): Massenkommunikation IV. Eine Langzeitstudie zur Mediennutzung und Medienbewertung 1964 - 1990.- Frankfurt am Main, Berlin: Metzner 1987. (Schriftenreihe Media Perspektiven 9).

PÜRER, Heinz (Hrsg.): Fernsehnutzung im deutschen Sprachraum: Österreich, BRD, Schweiz. Mit Beiträgen von Dieter DIEM, Michael BUSS und Matthias STEINMANN.- Salzburg: Kuratorium für Journalistenausbildung 1986. (= Journalistik, Schriftenreihe des KfJ, Heft 9/1986).

BÜCHNER, Bernd: Der Kampf um die Zuschauer. Neue Modelle zur Fernsehprogrammwahl.- München: Reinhard Fischer 1989.

MAHLE, Walter A. (Hrsg.): Medienangebot und Mediennutzung. Entwicklungstendenzen im entstehenden dualen Rundfunksystem.- Berlin: Spiess 1989.

SAXER, Ulrich; LANGENBUCHER, Wolfgang R.; FRITZ, Angela: Kommunikationsverhalten und Medien. Lesen in der modernen Gesellschaft.- Gütersloh: Bertelsmann Stiftung 1989.

BUSS, Michael; DARKOW, Michael: Der Weg zur GfK-Fernsehforschung. In: "Media Perspektiven" Heft 2/1984, S. 85-97.

WIEDEMANN, Joachim: GfK-Fernsehforschung. In: "Media Perspektiven" Heft 2/1985, S. 131-142.

BUSS, Michael: Die Vielseher. Fernseh-Zuschauerforschung in Deutschland. Theorie - Praxis - Ergebnisse.- Frankfurt am Main: Metzner 1985. (= Schriftenreihe Media Perspektiven 4).

SCHULZ, Winfried: Das Vielseher-Syndrom. Determinanten der Fernsehnutzung. In: "Media-Perspektiven" Heft 12/1986, S. 762-775.

BONFADELLI, Heinz u.a.: Jugend und Medien. Eine Studie der ARD/ZDF-Medienkommission und der Bertelsmann-Stiftung.- Frankfurt: Metzner 1984. (= Schriftenreihe Media Perspektiven 6).

LUGER, Kurt: Medien im Jugendalltag. Wie gehen Jugendliche mit Medien um - Was machen die Medien mit den Jugendlichen.- Wien: Böhlau 1985.

STUIBER, Heinz-Werner: Das Informationsverhalten jugendlicher Zeitungsleser.- Nürnberg: Verlag der Kommunikationswissenschaftlichen Forschungsvereinigung 1989.

NEVERLA, Irene: Fernseh-Zeit. Zuschauer zwischen Zeitkalkül und Zeitvertreib. Eine Untersuchung zur Fernsehnutzung.- München: Ölschläger 1992.

HÖMBERG, Walter; SCHMOLKE, Michael (Hrsg.): Zeit, Raum, Kommunikation.- München: Ölschläger 1992 (insbesondere alle Beiträge der Abschnitte I und IV).

ECKE, Jörg-Oliver: Motive der Hörfunknutzung.- Nürnberg: Kommunikationswissenschaftliche Forschungsvereinigung 1991.

SCHNEIDERBAUER, Christian: Faktoren der Fernsehprogrammauswahl. Eine Analyse des Programminformationsverhaltens der Fernsehzuschauer.- Nürnberg: Kommunikationswissenschaftliche Forschungsvereinigung 1991.

Beitrag "Mediaforschung" im Fischer-Lexikon PUBLIZISTIK/MASSENKOMMUNIKATION. Hrsgg. von Elisabeth NOELLE-NEUMANN, Winfried SCHULZ und Jürgen WILKE.- Frankfurt am Main: S. Fischer 1989.

HESSE, Kurt R.: Westmedien in der DDR. Nutzung, Image und Auswirkungen bundesrepublikanischen Hörfunks und Fernsehens.- Köln: Wissenschaft und Politik 1988.

Beiträge mit aktuellen Daten zur Mediennutzung in der ehemaligen DDR bzw. in den neuen Bundesländern enthält in regelmäßigen Abständen die Zeitschrift "Media Perspektiven" (ab Jahrgang 1990).

Literatur zur Medienwirkungsforschung (Auswahl)

Standardwerke mit Überblickscharakter

SCHENK, Michael: Medienwirkungsforschung. 2. Aufl.- Tübingen: Mohr 1987.

WINTERHOFF-SPURK, Peter: Fernsehen. Psychologische Befunde zur Medienwirkung.- Bern: Huber 1986.

BURKART, Roland (Hrsg.): Wirkungen der Massenkommunikation. Theoretische Ansätze und empirische Ergebnisse.- Wien: Braumüller 1987. (= Aufsatzsammlung. Beiträge gegliedert nach Kommunikator- bzw. stimulusorientierten Theorien, rezipientenorientierten und medienorientierten Theorien der Medienwirkungsforschung.)

MASSENKOMMUNIKATION. Theorien, Befunde, Methoden. Sonderheft der Kölner Zeitschrift für Soziologie und Sozialpsychologie 30/1989.- Opladen: Westdeutscher Verlag 1989. (V.a. die dort unter Kapitel VI aufscheinenden Beiträge "Zur Theorie der Medienwirkung").

Das Sonderheft MEDIENWIRKUNGSFORSCHUNG der Zeitschrift "Publizistik", 27: 1982, Heft 1-2.

DEUTSCHE FORSCHUNGSGEMEINSCHAFT (Hrsg.): Medienwirkungsforschung in der Bundesrepublik Deutschland. 2 Bde.- Weinheim 1986, S. 392-472.

MALETZKE; Gerhard: Medienwirkungsforschung. Grundlagen, Möglichkeiten, Grenzen.- Tübingen: Niemeyer 1981.

KAGELMANN, Jürgen; WENNINGER, Gerd (Hrsg.): Medienpsychologie. Ein Handbuch in Schlüsselbegriffen.- München: Urban & Schwarzenberg 1982.

MALETZKE, Gerhard: Psychologie und Massenkommunikation. Theorie und Systematik. 2. Aufl.- Hamburg: Hans-Bredow-Institut 1972.

Alle hier aufgezählten Titel enthalten zahlreiche Literaturhinweise zu allgemeinen und besonderen Fragen der Medienwirkungsforschung.

Weitere Literatur

Angesichts der Fülle der vorhandenen Literatur zur Medienwirkungsforschung (vor allem in Anbetracht der zahlreichen Beiträge in Fachzeitschriften wie "Publizistik", "Rundfunk und Fernsehen" sowie "Media Perspektiven") fällt es schwer, eine repräsentative Auswahl von Titeln zusammenzustellen. Im folgenden seien (ohne jeden Anspruch auf Vollständigkeit, Repräsentativität oder gar Ausschließlichkeit) dennoch einige weitere Titel genannt, die für das Studium zweckdienlich sein können.

MALETZKE, Gerhard: Ziele und Wirkungen der Massenkommunikation.- Hamburg: Hans-Bredow-Institut 1976.

BERGLER, Reinhold; SIX, Ulrich: Psychologie des Fernsehens. Wirkungsmodelle und Wirkungseffekte.- Bern: Huber 1979.

SCHRAMM, Wilbur: Grundfragen der Kommunikationsforschung. 4. Aufl.- München: Juventa 1971.

KUNCZIK, Michael: Gewalt und Medien.- Köln, Wien: Böhlau 1987.

KATZ, Elihu; LAZARSFELD, Paul: Persönlicher Einfluß und Meinungsbildung.- Wien: Verlag für Geschichte und Politik 1962.

RENCKSTORF, Karsten: Neue Perspektiven in der Massenkommunikationsforschung. Beiträge zur Begründung eines alternativen Forschungsansatzes.- Berlin: Spiess 1977.

PÜRER, Heinz (Hrsg.): Medienereignisse - Medienwirkungen? "Hainburg", "Holocaust" und andere Medienereignisse. Eine Tagungsdokumentation.- Salzburg: Kuratorium für Journalistenausbildung 1985. (= "Journalistik". Schriftenreihe des Kuratoriums für Journalistenausbildung 7).

WINTERHOFF-SPURK, Peter: Fernsehen und Weltwissen. - Der Einfluß von Medien auf Zeit-, Raum- und Personenschemata.- Opladen: Westdeutscher Verlag 1989.

NOELLE-NEUMANN, Elisabeth: Öffentliche Meinung. Die Entstehung der Schweigespirale.- Frankfurt am Main: Ullstein 1989.

SCHERER, Helmut: Massenmedien, Meinungsklima und Einstellung. Eine Untersuchung zur Theorie der Schweigespirale.- Opladen: Westdeutscher Verlag 1990.

SCHÖNBACH, Klaus: Das unterschätzte Medium. Politische Wirkungen von Presse und Fernsehen im Vergleich.- München: Saur 1983.

SCHÖNBACH, Klaus; SCHULZ, Winfried (Hrsg.): Massenmedien und Wahlen.- München: Ölschläger 1983.

BUSS, Michael u.a.: Fernsehen und Alltag. Eine ARD-ZDF-Studie im Wahljahr 1980.- Frankfurt am Main: Metzner 1984. (= Schriftenreihe Media-Perspektiven 3).

SAXER, Ulrich (Hrsg.): Gleichheit oder Ungleichheit durch Massenmedien? Homogenisierung - Differenzierung der Gesellschaft durch Massenkommunikation.- München: Ölschläger 1985.

Die Beiträge über die Wirkung der Fernsehserie "Holocoust" in der Zeitschrift "Rundfunk und Fernsehen" 28: 1980.

STURM, Hertha; HAEBLER, Ruth; HELMREICH, Reinhard: Medienspezifische Lerneffekte. Eine empirische Studie zu Wirkungen von Fernsehen und Rundfunk.- München 1972.

STURM, Hertha; BROWN, Ray (Hrsg.): Wie Kinder mit dem Fernsehen umgehen. Nutzen und Wirkung eines Mediums.- Stuttgart: Klett-Cotta 1979.

GREENFIELD, Patricia M.: Kinder und neue Medien. Die Wirkung von Fernsehen, Video-Spielen und Computern.- München, Weinheim: Psychologie Verlags Union 1987.

ROSENGREN, Karl Erik; WINDAHL, Sven: Media Matter. TV Use in Childhood and Adolescence.- Norwood: Ablex 1989.

JÖRG, Sabine: Per Knopfdruck durch die Kindheit.- Weinheim: Quadriga 1987.

BETTELHEIM, Bruno: Kinder brauchen Märchen.- München: dtv 1985.

CHARLTON, Michael; NEUMANN, Klaus: Medienkonsum und Lebensbewältigung in der Familie. Methode und Ergebnisse der strukturanalytischen Rezeptionsforschung mit fünf Falldarstellungen.- München, Weinheim: Psychologie Verlags Union 1986.

WINN, Marie: Die Droge im Wohnzimmer. Für die kindliche Psyche ist Fernsehen Gift.- Reinbek: Rowohlt 1979.

MANDER, Jerry: Schafft das Fernsehen ab! Eine Streitschrift gegen das Leben aus zweiter Hand.- Reinbek: Rowohlt 1979.

POSTMAN, Neil: Wir amüsieren uns zu Tode. Urteilsbildung im Zeitalter der Unterhaltungsindustrie.- Frankfurt am Main: S. Fischer 1985.

MALETZKE, Gerhard: Kulturverfall durch Fernsehen?- Berlin: Spiess 1988.

Aktuelle Literatur zu Fragen der Medienwirkung

HORSTMANN, Reinhold: Medieneinflüsse auf politisches Wissen. Zur Tragfähigkeit der Wissenskluft-Hypothese.- Wiesbaden: Deutscher Universitäts-Verlag 1991.

DONSBACH, Wolfgang: Medienwirkungen trotz Selektion. Einflußfaktoren auf die Zusendung zu Zeitungsinhalten.- Köln, Wien: Böhlau 1991.

GROEBEL, Jo; WINTERHOFF-SPURK, Peter (Hrsg.): Empirische Medienpsychologie.- München: Psychologie Verlags Union 1989.

MERTEN, Klaus: Artefakte der Medienwirkungsforschung: Kritik klassischer Annahmen. In: Publizistik 1/1991, S. 36-51.

SCHULZ, Winfried (Hrsg.): Medienwirkungen. Einflüsse von Presse, Radio und Fernsehen auf Individuen und Gesellschaft. Forschungsbericht.- Weinheim: VCH Acta humaniora 1992.

FRÜH, Werner: Medienwirkungen: Das dynamisch-transaktionale Modell.- Opladen: Westdeutscher Verlag 1991.

SCHÖNBACH, Klaus; EICHHORN, Wolfgang: Medienwirkung und ihre Ursachen. Wie wichtig sind Zeitungsberichte und Leseinteressen?- Konstanz: Universitätsverlag 1992.

THEUNERT, Helga; PESCHER, Renate; BEST, Petra; SCHORB, Bernd: Zwischen Vergnügen und Angst. Fernsehen im Alltag von Kindern.- Berlin 1992.

VITOUCH, Peter: Fernsehen und Angstbewältigung. Zur Typologie des Zuschauerverhaltens.- Opladen: Westdeutscher Verlag 1993.

3. Publizistikwissenschaft als interdisziplinäre Sozialwissenschaft

Mit dem stärker werdenden Interesse der deutschsprachigen Publizistikwissenschaft an den Ergebnissen der amerikanischen Kommunikationsforschung ist um 1960 ein Wandel im Selbstverständnis des Faches feststellbar. Die historische Perspektive, die Fixierung auf Medien- und Kommunikationsgeschichte, wird von der empirisch ausgerichteten, kommunikationswissenschaftlichen Orientierung zwar nicht verdrängt, doch wohl zunehmend überdeckt. Die Leistungen der medien- und kommunikationsgeschichtlichen Forschung bleiben aber unbestritten: Die gewonnenen Erkenntnisse über den Verlauf der historischen Entwicklung von Massenmedien und Massenkommunikation, über ihre politische und gesellschaftliche Einbettung in bestimmte historische Epochen helfen mit, dazu beizutragen, um die gegenwärtigen Strukturen der Massenmedien und der gesellschaftlichen Kommunikation besser zu verstehen und zu erklären. Die Mediengeschichte des 20. Jahrhunderts läßt deutlich werden, wie rasant sich vor allem in unserem Jahrhundert die Massenmedien gewandelt haben: das Aufkommen von Hörfunk und Fernsehen und ihre rasche Verbreitung haben die Medienlandschaft verändert; die Arbeit in und mit den Massenmedien hat sich gewandelt; und die Funktionen und Leistungen der Massenmedien sind vielfältiger geworden und haben an Bedeutung hinzugewonnen. Noch nie zuvor in der Geschichte haben die Massenmedien eine so große Verbreitung und Reichweite gehabt wie heute; noch nie ist die Medienszene - auf nationaler und internationaler Ebene - von so "totaler Aktualität", von der Überwindung räumlicher und zeitlicher Distanz zwischen Ereignis und Übermittlung des Ereignisses an die Empfänger gekennzeichnet gewesen; und noch nie ist den Massenmedien aus politischen, kulturellen und sozialen Gründen so viel Aufmerksamkeit gewidmet und Bedeutung beigemessen worden wie in der unmittelbaren Gegenwart.

Diese rasante - nicht zuletzt technologisch bedingte - Entwicklung der Massenkommunikation und ihre gesamtgesellschaftlichen Auswirkungen sind mit die Ursache dafür gewesen, daß sich viele Medienforscher für eine gegenwartsbezogene Betrachtung, für eine empirisch-analytische Aufarbeitung von Phänomenen der modernen Massenkommunikation entschieden. Die Komplexität des Materialobjekts, die politischen und wirtschaftlichen Verflechtungen, die individuellen und sozialen, direkt oder indirekt verursachten Wirkmechanismen des Zusammenspiels von Journalismus, Massenmedien und Gesellschaft mußten zu diesem zunächst ohnehin bedächtig vor sich gehenden Wandel des Selbstverständnisses der Publizistik- und Kommunikationswissenschaft führen. Heute wird es als selbstverständlich betrachtet, Phänomene der Massenkommunikation aus der Sicht verschiedener gesellschaftswissenschaftlicher Perspektiven aufzuarbeiten. So hat die Publizistik- und Kommunikationswissenschaft politologische, soziologische, (sozial-)psychologische und pädagogische Aspekte - um die wichtigsten zu nennen - zur Analyse und Erklärung ihrer komplexen Fragestellungen herangezogen. Sie (die Publizistik- und Kommunikationswissenschaft) ist ihrerseits selbst aber oft "Hilfswissenschaft" für andere Disziplinen. Im folgenden sollen jene Fragestellungen aufgezeigt werden, für deren Klärung und Beantwortung andere sozialwissenschaftliche Disziplinen von der Publizistikwissenschaft herangezogen werden.

Literatur (Auswahl)

MALETZKE, Gerhard: Kommunikationsforschung als empirische Sozialwissenschaft.- Berlin: Spiess 1980. (= AfK-Studien 10).

SAXER, Ulrich: Grenzen der Publizistikwissenschaft. In: "Publizistik" 25: 1980, S. 430-444.

LANGENBUCHER, Wolfgang R. (Hrsg.): Politische Kommunikation. Grundlagen, Strukturen, Prozesse.- Wien: Braumüller 1986.

LANGENBUCHER, Wolfgang R.: Politik und Kommunikation. Über die öffentliche Meinungsbildung.- München: Piper 1979.

SILBERMANN, Alphons; KRÜGER, Udo Michael: Soziologie der Massenkommunikation.- Stuttgart: Kohlhammer 1973.

HUNZIKER, Peter: Medien, Kommunikation und Gesellschaft. Einführung in die Soziologie der Massenkommunikation.- Darmstadt: Wissenschaftliche Buchgesellschaft 1988.

HOLZER, Horst: Kommunikationssoziologie.- Reinbek: Rowohlt 1973 und 1976.

MALETZKE, Gerhard: Psychologie der Massenkommunikation. Theorie und Systematik.- Hamburg: Hans-Bredow-Institut 1963 und 1972.

KAGELMANN, Jürgen H.; WENNINGER, Gerd (Hrsg.): Medienpsychologie. Ein Handbuch in Schlüsselbegriffen.- München: Urban und Schwarzenberg 1982.

BERGLER, Reinhold; SIX, Ulrike: Psychologie des Fernsehens.- Bern: Huber 1979.

KNOLL, Joachim; HÜTHER, Jürgen: Medienpädagogik. 18 Beiträge.- München: Nymphenburger Verlagsbuchhandlung 1976.

STURM, Hertha u.a.: Grundlagen der Medienpädagogik.- Zug: Klett und Balmer 1979.

BAUER, Thomas: Medienpädagogik. 3 Bde.- Wien, Köln: Böhlau 1979 ff.

WUNDEN, Wolfgang: Medienpädagogik - Führerschein fürs Fernsehen?- Stuttgart: Süddeutscher Rundfunk 1980. (= Südfunk-Hefte 3).

BURGER, Harald: Sprache der Massenmedien.- Berlin: de Gruyter 1984.

3.1 Politologische Aspekte der Publizistik

Unter politologischen Aspekten beschäftigt sich die Publizistik- und Kommunikationswissenschaft mit politischen, rechtlichen, wirtschaftlichen, organisatorischen, strukturellen und funktionalen Fragen der Massenkommunikation. Im Zentrum der Lehr- und Forschungsfragen stehen also Probleme der Kommunikations- und Medienpolitik. Diese oftmals synonym verwendeten Begriffe erfahren in der Literatur eine Differenzierung:

Mit *Kommunikationspolitik* werden im übergreifenden Sinne alle Aktivitäten staatlicher Institutionen bezeichnet, die sich auf die Regelung des Prozesses der gesellschaftlichen Kommunikation richten (so das HANDBUCH DER MASSENKOMMUNIKATION). Mit Kommunikationspolitik meint man also Maßnahmen, die das Verhältnis von Staat, Gesellschaft und Massenmedien ordnend beeinflussen bzw. auf die Durchsetzung rechtsverbindlicher Regeln für soziale Kommunikation zielen (Fischer-Lexikon PUBLIZISTIK/MASSENKOMMUNIKATION). In demokratischen Systemen ist Kommunikationspolitik primär auf die Medienkommunikation bezogen, in totalitären Systemen - durch Bespitzelung und Denunziation - auch auf persönliche Kommunikation.

Medienpolitik hingegen wird als Teil allgemeiner Kommunikationspolitik verstanden, der sich insbesondere mit Rechtsstellung, Organisation, Funktionsweise usw. von Presse und Rundfunk befaßt. In den Bereich der Medienpolitik gehören auch Bemühungen von Regierungen, Parteien, Arbeitgeber- und Arbeitnehmerverbänden, Kirchen und anderen gesellschaftlichen Gruppen, Einfluß auf die Medien auszuüben.

Grenzziehungen zwischen Kommunikationspolitik und Medienpolitik erweisen sich gelegentlich jedoch als schwierig, Übergänge können fliessend sein.

In allen politischen Systemen bedarf Massenkommunikation im Sinne des öffentlichen Austauschs von Informationen und Meinungen einiger wichtiger Grundvoraussetzungen: Prinzipiell muß publizistische Kommunikation gestattet und somit rechtlich garantiert sein; Massenkommunikation bedarf also in erster Linie einer fundierten rechtlichen Absicherung, die den öffentlichen Austausch gesellschaftlicher Kommunikation allen Menschen in gleicher Weise sicherstellt. Ebenso müssen "Transportmittel" vorhanden sein, über die Massenkommunikation ablaufen kann: die (Massen-) Medien als Träger und Vermittler aller jener Informationen und Meinungen und sonstiger Aussage- und Gestaltungsformen, die öffentlich ausgetauscht und verbreitet werden (sollen). Publizistik- und kommunikationswissenschaftliche Fragestellungen unter politologischem Aspekt haben daher jene allgemeinen Regelungen zum Gegenstand, unter denen sich Massenkommunikation vollzieht; das sind die folgenden, untereinander in Zusammenhang stehenden Problemkomplexe:

- die Ausstattung mit Kommunikationsgrundrechten

- die Möglichkeiten des Medienzugangs

- die Arten der Medienorganisationsformen

- die Massenkommunikationsfunktionen

3.1.1 Die Kommunikationsgrundrechte

Mit den Kommunikationsgrundrechten sind jene politischen, im Regelfalle verfassungsgesetzlich verankerten Rahmenbedingungen gemeint, ohne die freier und öffentlicher Austausch von Informationen und Meinungen nicht erfolgen kann: Meinungs- und Informationsfreiheit (kurz auch mit dem Sammelbegriff "Pressefreiheit" bezeichnet) als die rechtlich-politischen Grundvoraussetzungen publizistischer Kommunikation. Meinungs- und Informationsfreiheit ist in den meisten politischen Systemen in Staatsverfassungs-, Bundesverfassungs- oder Staatsgrundgesetzen rechtlich verankert.

Meinungsfreiheit bedeutet im wesentlichen, daß freie und öffentliche Meinungsäußerung in Wort, Schrift und Bild jedermann zusteht und daß somit jedermann potentiell die Möglichkeit (nicht jedoch die uneingeschränkte Verwirklichungsmöglichkeit) eingeräumt wird, Meinungen frei zu äußern und öffentlich zu verbreiten.

Informationsfreiheit verbürgt allgemein das Recht, Informationen an die Öffentlichkeit zu geben sowie das Recht, sich selbst öffentlich verbreiteter Informationen zu bedienen - sich zu informieren.

Die politologische Aufarbeitung der Kommunikationsgrundrechte versucht somit zunächst die Analyse der "Legalverfassung" der Presse- und Informationsfreiheit, und zwar

im weiteren Sinne

❒ ihre Beschaffenheit in verschiedenen politischen Systemen (zu Zwekken des Systemvergleichs)

❒ ihre Bedeutung für verschiedene Massenkommunikations-"Ebenen" auf nationaler, internationaler und globaler Ebene

❒ ihre Bedeutung für technologische Veränderungen im Medienbereich (z.B. Kabel- und Satellitenrundfunk)

❒ daraus folgende Konsequenzen für den Informationsaustausch auf und zwischen den verschiedenen Kommunikations-"Ebenen"

im engeren Sinne

❒ ihre konkrete nationalstaatliche Beschaffenheit und Zuständigkeit (z.B. in der Bundesrepublik die Kompetenz der Länder: Landespresse-, Rundfunk-, Mediengesetze)

❒ ihre genauere Differenzierung in "äußere" (gesetzlich auf Verfassungsebene garantierte) und "innere" (medien- und redaktionsinterne) Pressefreiheit (z.B. Redaktionsstatuten)

Die Kommunikationsgrundrechte sind übrigens Abwehrrechte des Bürgers gegen den Staat. Neben der Meinungs- und Informationsfreiheit gehören dazu auch die Versammlungsfreiheit und das Demonstrationsrecht; die Freiheit, Vereine zu gründen; sowie auch das Petitionsrecht.

Bei der Gesamtheit rechtlicher Bestimmungen und Grundlagen für die Kommunikations- und Medienfreiheit spricht man auch vom *"Recht der Massenmedien"*. Dazu gehören z.B. in der Bundesrepublik Deutschland:
- das Grundgesetz
- die Landespressegesetze
- die Landesrundfunkgesetze
- die Staatsverträge zwischen den Ländern zur Errichtung gemeinsamer Rundfunkanstalten (z.B. NDR - gemeinsame Anstalt von Schleswig-Holstein, Niedersachsen und Hamburg sowie - seit 1991 - Mecklen-

burg-Vorpommern; oder der SWF - gemeinsame Anstalt von Rheinland-Pfalz und Baden-Württemberg)
- die Medienstaatsverträge der deutschen Länder (Staatsvertrag zur Errichtung des ZDF, Medienstaatsvertrag von 1992)
- Bundesgesetze (z.B. "Deutsche Welle" und "Deutschlandfunk" betreffend)
- Entscheidungen des Bundesverfassungsgerichts (z.B. die bislang sieben Rundfunkurteile)

International von Bedeutung für den Komplex der Kommunikationsgrundrechte sind u.a.:
- die Allgemeine Erklärung der Menschenrechte der UN (1948)
- die Europäische Konvention zum Schutz der Menschenrechte (1950)
- der Menschenrechtspakt der UN (1966)
- die Schlußakte der KSZE (1975) und ihrer Folgekonferenzen
- die UNESCO-Mediendeklaration (1978)
- die Internationale Ätherordnung

3.1.2 Der Medien-"Zugang"

So in einem politischen System die Kommunikationsgrundrechte der Meinungs- und Informationsfreiheit gesetzlich garantiert sind, umfassen sie allgemein eine aktive und eine passive Komponente:

❑ die *aktive* Kommunikationsfreiheit meint das Recht des einzelnen, seine Meinung frei zu äußern und - freilich innerhalb gesetzlicher Regelungen und Einschränkungen - öffentlich bekanntzumachen, zu verbreiten: das Recht, *zu informieren;*

❑ die *passive* Kommunikationsfreiheit meint das Recht des einzelnen, sich öffentlich verbreiteter Meinungen und Informationen zu bedienen: das Recht, *sich zu informieren.*

Mit der Frage nach dem Zugang zu den Massenmedien wird daher versucht zu klären, wie die Kommunikationsgrundrechte gesellschaftlich verwirklicht sind, wie die Realverfassung ausgeprägt ist, d.h.

❑ wer "aktiven Zugang" zu den Massenmedien und somit tatsächlich die Möglichkeit hat, seine Meinung über die Massenmedien frei und öffentlich zu äußern und zu verbreiten - und somit die Möglichkeit, zur (politischen) Meinungs- und Willensbildung beizutragen und sie zu beeinflussen;

- ❒ wer (nur) "passiven Zugang" zu den Massenmedien hat und somit die Möglichkeit, sich aus den Massenmedien umfassend zu informieren und zur eigenen politischen Meinungs- und Willensbildung beizutragen.

Da der "passive Zugang" zu den Medien, die Möglichkeit für den einzelnen, Zeitung zu lesen, Radio zu hören, fernzusehen usw., infolge der dichten Verbreitung und großen Reichweite der klassischen Massenmedien Presse und Rundfunk gesellschaftlich nahezu uneingeschränkt verwirklicht ist, wird die Frage des aktiven Medienzugangs intensiver diskutiert:

- ❒ welche Konzeptionen von Öffentlichkeit, respektive politischer Öffentlichkeit denkbar und begründbar sind;
- ❒ wie politische Öffentlichkeit gesellschaftlich realisiert bzw. repräsentiert ist;
- ❒ welche Personen, Institutionen, Organisationen und gesellschaftlichen Gruppen organisatorisch und technisch über die Massenmedien verfügen;
- ❒ und welche Personen in wessen Auftrag, mit welcher Legitimation und mit welcher Kompetenz unter welchen Bedingungen die Inhalte der publizistischen Kommunikation produzieren.

3.1.3 Die Medienorganisation

Die politologische Analyse der Kommunikationswirklichkeit kann das Kommunikations- und Medienrecht ("Legalverfassung") sowie den Massenkommunikations- und Medienzugang (Teil der "Realverfassung") nicht losgelöst von den Medienorganisationsformen sehen, unter die auch die wirtschaftlichen und technischen Zwänge der Massenkommunikationsmittel fallen. Medienzugang und Medienorganisation stellen die *Realverfassung* eines Massenkommunikationssystems dar, die sich von ihrer *Legalverfassung* u.U. sehr wesentlich unterscheiden kann. Die Analyse der Organisationsstrukturen zielt darauf ab, das Massenkommunikationswesen eines politischen Systems exakt zu beschreiben und bestehende, die politische Öffentlichkeit mitbeeinflussende und mitbestimmende (Macht-)Faktoren transparent zu machen. Aus politologischer Sicht werden hinsichtlich der Medienorganisation insbesondere die folgenden Themenkomplexe untersucht:

- ❒ die vorfindbaren Organisationsstrukturen allgemein: staatlich, öffentlich-rechtlich, privatwirtschaftlich, gemischt (privatwirtschaftlich unter einem öffentlich-rechtlichen Dach) "verfaßte" Medien

- die in Zusammenhang mit der Organisationsstruktur stehenden wirtschaftlichen Bedingungen der Medienproduktion, insbesondere die Medienfinanzierung und daraus resultierende Beziehungen und Abhängigkeiten politischer und wirtschaftlicher Natur

- im besonderen die finanzielle Abhängigkeit der Massenmedien von Anzeigen- und Werbeeinnahmen auch im Hinblick auf potentielle Einwirkungen in redaktionelle Bereiche

- das umfassende Problem der Pressekonzentration besonders im Hinblick auf Monopolisierung und Bedrohung der Meinungsvielfalt

- die nationalen und internationalen Verflechtungen der Medienwirtschaft und Medienprogrammproduktion sowie daraus resultierende Beziehungen und Abhängigkeiten

- die technologischen Veränderungen sowohl im Bereich der Druck- wie auch der Funkmedien und ihre Konsequenzen für die Produktion und Rezeption der Medieninhalte

3.1.4 Die Massenkommunikationsfunktionen

Unter politologischem Aspekt wird schließlich auch die von den Massenmedien sich teils selbst angemaßte, ihnen teils gesellschaftlich zugewiesene "öffentliche Aufgabe" hinterfragt. Dabei wird der stark verallgemeinernde Funktionskatalog, wonach die Massenmedien zu informieren (Information), zu kommentieren (Meinungsbildung), zu bilden und zu belehren (Wissenserweiterung) sowie zu unterhalten (Unterhaltung) haben, etwas genauer differenziert. Den nachfolgenden Funktionskatalog findet man in der Literatur vor.

- die Funktion, *Öffentlichkeit herzustellen*, d.h. gesamtgesellschaftliche Phänomene sowie politische Entscheidungen transparent zu machen, gesellschaftliche Auffassungen widerzuspiegeln und zu artikulieren sowie politische Meinungs- und Willensbildung zu ermöglichen;

- die Funktion, politische *Kritik und Kontrolle* auszuüben, d.h. das gesamtgesellschaftliche Umfeld kritisch zu beobachten sowie das Medienumfeld selbst zu kritisieren und kontrollieren ("Rundumkontrolle");

- die *Sozialisationsfunktion*, d.h. zur gesellschaftlichen Integration beizutragen durch Spiegelung und Prägung gesellschaftlicher Normen, Werte und Verhaltensweisen, um dem Individuum die Eingliederung in das soziale Umfeld zu erleichtern;

- die *Kultur- und Bildungsfunktion*, d.h. Kunst, Kultur, Brauchtum zu überliefern, zu vermitteln sowie über alle Bildungsbereiche zu Wissenserweiterung und Volksbildung beizutragen;
- die *Unterhaltungsfunktion*, d.h. Entlastung, Entspannung und kreative Freizeitgestaltung zu ermöglichen.

Die Massenmedien leisten diese Aufgaben auf unterschiedliche Weise und mit verschiedenen Schwerpunkten (die bei der Zeitung andere sind als bei der Zeitschrift, beim Radio andere als beim Fernsehen). Die Massenmedien erfüllen noch eine weitere Aufgabe, die in den Funktionskatalogen nicht vorfindbar ist (wenngleich sie angesprochen wird): die Werbefunktion. Diese dient zwar primär ökonomischen Zwecken, der Charakter der Produktinformation durch Werbung ist jedoch nicht zu übersehen. Er gewinnt beispielsweise in Special-Interest-Zeitschriften an Bedeutung.

3.1.5 Massenmedien in totalitären Systemen

Massenmedien in totalitären Systemen sind anders organisiert als in Systemen westlich-demokratischer Prägung und haben auch andere Funktionen zu erfüllen. Sie sind in das Prinzip der Gewaltenkonzentration eingebunden (und nicht in jenes der Gewaltenteilung). Sie sind von der Exekutive (Regierung, Partei) weisungsabhängig, stellen Führungs- und Kampfinstrumente dar und besitzen nach innen Steuerungs-, nach außen Repräsentationsfunktionen. Sie zielen ab auf eine Veränderung der gesellschaftlichen Wirklichkeit. Nachrichten werden zentral über Presseanweisungen oder eigene Agenturen gelenkt. Der Berufszugang für Journalisten ist durch staatliche Kontrolle eingeschränkt, die Journalisten sind dem Staat bzw. der Partei gegenüber verpflichtet. Die Mediensysteme des Nationalsozialismus sowie der (ehemaligen) sozialistischen Länder geben Beispiele für solche Funktionen der Massenmedien und des Journalismus ab. Der Nationalsozialismus berief sich auf den dem Volk angeborenen Führungsanspruch, der Sozialismus (in Form des Kommunismus) auf "die Partei", die die objektiven Interessen aller Bürger vertrat bzw. zu vertreten beanspruchte. Die Systeme der Medienlenkung im Nationalsozialismus und später im Kommunismus wiesen relativ starke Ähnlichkeiten auf (dies galt zumindest für das nationalsozialistische Deutschland bzw. - nach 1945 - die DDR).

In der DDR hatte die Presse (und freilich auch die anderen Medien) der lenin'schen Pressetheorie folgend die Aufgabe der *Agitation* (d.h. der bewußt parteilichen Auswahl von Informationen und deren Deutung im

Sinne des Marxismus-Leninismus), der *Propaganda* (der politisch-ideologischen Erziehung durch systematische Darlegung und Erläuterung sozialistischer Ideale und Theorien) sowie der *Organisation* (d.h. der Mobilisierung der Massen zur Erfüllung der Parteibeschlüsse). Der sozialistische Journalist war außerdem zu *Parteilichkeit, Wissenschaftlichkeit* (beides im Sinne des Marxismus-Leninismus) sowie zur *Volksverbundenheit* verpflichtet. (Zum Mediensystem in der ehemaligen DDR siehe Literatur-Hinweise in Kap. 2.3.3, Seite 54)

3.1.6 Beispiele für Kommunikations- und Medienpolitik in der Bundesrepublik Deutschland

In den vergangenen 45 Jahren gab es in der Bundesrepublik Deutschland eine Fülle kommunikations- und medienpolitischer Entscheidungen. Im Überblick lassen sich die wichtigsten von ihnen wie folgt andeutungsweise darstellen:

- die Kommunikations- und Medienpolitik der Besatzungsmächte (demokratische Umerziehung, Lizenzpresse, Rundfunkpolitik)
- die Erteilung der "Generallizenz" im Jahr 1949 (und die damit verbundene Zulassung der "Altverleger")
- die Schaffung von Landesrundfunkanstalten in den Bundesländern (1950)
- die Zusammenführung der Landesrundfunkanstalten zur ARD (= Arbeitsgemeinschaft der öffentlich-rechtlichen Rundfunkanstalten der Bundesrepublik Deutschland)
- der Fernsehvertrag der Bundesländer von 1953 für die ARD (regionale bzw. lokale TV-Programme der einzelnen ARD-Anstalten zwischen 18.00 und 20.00 Uhr)
- das 1. Fernsehurteil von 1961 (mit dem besonderen Hinweis auf die Kompetenz der Länder für Kultusangelegenheiten und somit auch für den Rundfunk)
- die Gründung des ZDF (Zweiten Deutschen Fernsehens) durch einen Staatsvertrag der Länder (1961)
- die Installierung der "Michel-Kommission" zur Untersuchung des Wettbewerbs von Presse, Rundfunk und Film (1964/1967)
- die Installierung der "Günther-Kommission" zur Untersuchung der Pressekonzentration in der Bundesrepublik (1967/1968)
- das 2. Fernsehurteil des Bundesverfassungsgerichts, das zur Befreiung der Rundfunkgebühr von der Umsatz- bzw. Mehrwertsteuer führt (1971)
- die Installierung der "Kommission für den technischen Ausbau des Kommunikationssystems" KtK (1973/1976)

- das Pressestatistikgesetz von 1975, das die Verleger u.a. zur Offenlegung der Umsätze verpflichtet
- die Maßnahmen zur Pressefusionskontrolle (1976), wonach die Zustimmung des Bundeskartellamtes erforderlich ist, wenn bei Fusionen von Printmedienbetrieben die Umsatzgrenze von 25 Mio. DM überschritten wird
- der Grundsatzbeschluß der Ministerpräsidenten der Länder, vier Kabelrundfunk-Pilotprojekte versuchsweise einzurichten (1978)
- das 3. Fernsehurteil des Bundesverfassungsgerichts, das die Länder auffordert, Rahmenbedingungen für privaten Rundfunk zu erlassen (1981) und in der Folge zum dualen Rundfunksystem (öffentlich-rechtlicher Rundfunk, Privatrundfunk) führte
- den Vertrag der Ministerpräsidenten zur Errichtung von vier Kabel-TV-Projekten in Mannheim, München, Dortmund und Berlin (1982)
- die Inbetriebnahme der Kabelpilotprojekte in Mannheim-Ludwigshafen, München, Dortmund und Berlin ab 1984
- das 4. Fernsehurteil (besser: Rundfunkurteil) des Bundesverfassungsgerichts, das eine Aufgabenteilung im dualen Rundfunksystem vornimmt und dem öffentlich-rechtlichen Rundfunk eine Bestands- und Entwicklungsgarantie zuerkennt, dem privaten Rundfunk eine Start- und Entwicklungsgarantie (1986)
- das 5. Fernsehurteil des Bundesverfassungsgerichts (besser: Rundfunkurteil), das die Aufgabenteilung im dualen Rundfunksystem präzisiert und die Aufgabe der Grundversorgung (nicht Mindestversorgung!) durch den öffentlich-rechtlichen Rundfunk in besonderer Weise betont (1987)
- der Medienstaatsvertrag von 1987, der das duale Rundfunksystem (öffentlich-rechtlicher Rundfunk, privater Rundfunk) in der Bundesrepublik endgültig festschreibt
- die Freigabe terrestrischer Frequenzen in der Mehrzahl der Bundesländer für die Verbreitung der privaten bundesdeutschen Satelliten-TV-Programme SAT 1 und RTLplus (sowie im weiteren auch Tele 5 und Pro 7)
- das 6. Fernsehurteil des Bundesverfassungsgerichts (besser: Rundfunkurteil), das die Organisation des privaten Rundfunks in Nordrhein-Westfalen nach dem sog. "2-Säulen-Modell" (Betriebsgesellschaft/Veranstaltergemeinschaft) für verfassungskonform erklärt und es dem öffentlich-rechtlichen Rundfunk auch gestattet, sich (bis zu max. einem Drittel) an privaten Rundfunkveranstaltern zu beteiligen

– das 7. Fernsehurteil des Bundesverfassungsgerichts (besser: Rundfunkurteil), das es dem Hessischen Rundfunk nicht gestattet, in seinem 3. (TV-)Programm Werbung auszustrahlen
– Artikel 36 des Einigungsvertrages, der Rundfunk und Fernsehen der DDR in einer gemeinsamen "Einrichtung" aufgehen läßt, die "Abwicklung" dieser Einrichtung bis zum 31. 12. 1991 vorschreibt und die neuen Bundesländer verpflichtet, gemäß ihrer Kompetenz für Kultusangelegenheiten öffentlich-rechtlichen Rundfunk neu zu begründen

Abbildung 2

In welchem Politischen System
(Kommunikationsgrundrechte - Öffentlichkeit)

produziert **welcher 'Sender'**	**welche** (politischen) **Aussagen**	durch **welches** (Presse, Rundfunk)	an **welche Empfänger?** (includiert
• in wessen Auftrag • unter welchen Bedingungen (engeres redaktionelles, weiteres soziopolitisches Umfeld) • mit welcher Kompetenz (Ausbildung) • mit welchem (politischen) Ziel	• informierender, • kritisierender, • belehrender, • unterhaltender Art	• wie verfaßtes (privatwirtschaftlich; öffentlich-rechtlich) • in wessen Besitz befindliches **Medium**	• soziale • politische • kulturelle Momente)

Das Schema versucht
– den gesamtgesellschaftlichen Kontext zu berücksichtigen
– die gegenseitigen Relationen der Positionen zu verdeutlichen
– die Austauschbarkeit der Ausgangspositionen zu gestatten

– die Entscheidung der "Treuhand"-Gesellschaft, die ehemaligen Bezirkszeitungen der SED zu privatisieren und an westdeutsche Verlagshäuser zu verkaufen
– der neue Rundfunkstaatsvertrag der Länder von 1991 (mit Wirksamkeit vom 1.1.1992), der der Struktur des öffentlich-rechtlichen Rundfunks im wiedervereinten Deutschland Rechnung trägt, dessen Bestands- und Entwicklungsgarantie erneut festschreibt, Regelungen zur Kurzberichterstattung sowie für Sponsoring enthält und auch eine Gebührenerhöhung mit mit sich bringt

Die Analyse publizistik- und kommunikationswissenschaftlicher Fragestellungen unter politologischer Perspektive ist innerhalb der von uns vorgenommenen Systematik nicht ausschließlich, aber primär auf die Lehr- und Forschungsfelder Medium und Kommunikator hin ausgerichtet, freilich unter Berücksichtigung des Gesamtzusammenhanges 'politisches System - Kommunikationssystem'.
In Abbildung 2 ist dieser Bereich publizistik- und kommunikationswissenschaftlicher Forschung schematisch dargestellt.

Literatur (Auswahl)

Allgemeine Darstellungen mit Überblickcharakter:

LANGENBUCHER, Wolfgang R. (Hrsg.): Politische Kommunikation. Grundlagen, Strukturen, Prozesse.- Wien: Braumüller 1986.

BERGSDORF, Wolfgang: Die 4. Gewalt. Einführung in die politische Massenkommunikation.- Mainz: von Hase und Koehler 1980.

KEPPLINGER, Hans Mathias: Massenkommunikation. Rechtsgrundlagen, Medienstrukturen, Kommunikationspolitik.- Stuttgart: Teubner 1982.

RONNEBERGER, Franz: Kommunikationspolitik. 3 Bde.- Mainz: von Hase und Koehler 1978 ff.

KLATT, Hartmut u.a.: Medienpolitik.- Stuttgart: Kohlhammer 1987.

WILKE, Jürgen (Hrsg.): Pressefreiheit.- Darmstadt: Wissenschaftliche Buchgesellschaft 1984.

SCHWARTLÄNDER, Johannes; WILLOWEIT, Dietmar (Hrsg.): Meinungsfreiheit. Grundgedanken und Geschichte in Europa und USA.- Kehl: Engel 1986.

JARASS, Hans D.: Die Freiheit der Massenmedien. Zur staatlichen Einwirkung auf Presse, Rundfunk, Film und andere Medien.- Baden-Baden: Nomos 1978.

SAXER, Ulrich (Hrsg.): Politik und Kommunikation. Neue Forschungsansätze.- München: Ölschläger 1983.

HABERMAS, Jürgen: Strukturwandel der Öffentlichkeit. 4. Aufl.- Berlin: Luchterhand 1969.

LUHMANN, Niklas: Politische Planung. Aufsätze zur Soziologie von Politik und Verwaltung.- Opladen: Westdeutscher Verlag 1971.

KOSZYK, Kurt: Pressepolitik für Deutsche 1945-1949. Geschichte der deutschen Presse, Teil IV.- Berlin: Colloquium 1986.

PROSS, Harry: Politik und Publizistik in Deutschland seit 1945. Zeitbedingte Positionen.- München: Piper 1980.

HURWITZ, Harold: Die Pressepolitik der Alliierten. In: PROSS, Harry: Deutsche Presse seit 1945.- Bern, München, Wien 1965.

BAUSCH, Hans: Rundfunkpolitik nach 1945.- München: dtv 1980. (= Rundfunk in Deutschland, Bd. 3).

AUFERMANN, Jörg; SCHARF, Wilfried; SCHLIE, Otto (Hrsg.): Fernsehen und Hörfunk für die Demokratie. Ein Handbuch über den Rundfunk in der Bundesrepublik Deutschland. 2. Aufl.- Opladen: Westdeutscher Verlag 1981.

KOSCHWITZ, Hansjürgen: Publizistik und politisches System. Die internationale Presse der Gegenwart und ihre Entwicklungstendenzen in unterschiedlichen Herrschaftsordnungen.- München: Piper 1974.

ROEGELE, Otto B.: Medienpolitik - und wie man sie macht.- Osnabrück: Fromm 1973 (= Texte-Thesen 40).

Kommunikations- und Medienpolitik

KEITEL, Hannelore: Kommunikationspolitisch relevante Urteile des Bundesverfassungsgerichts. In: "Publizistik" 12: 1967, S. 122-139.

RICKER, Reinhard: Kommunikationspolitisch relevante Urteile des Bundesverfassungsgerichts seit 1967. In: "Publizistik" 19: 1976, S. 411-434.

SCHUMACHER, Birgit: Kommunikationspolitisch relevante Urteile des Bundesverfassungsgerichts seit 1976. In: "Publizistik" 32: 1987, S. 405-421.

HESSE, Albrecht: Ausgewählte Rechtsprechung mit grundsätzlicher Bedeutung für die Rundfunkordnung in der Bundesrepublik. In: "Rundfunk und Fernsehen" Heft 2/1987, S. 205-211, sowie Heft 3/1988, S. 377-391.

BERG, Klaus: Grundversorgung. Begriffe und Bedeutung im Verhältnis von öffentlich-rechtlichem und privatem Rundfunk nach der neueren Rechtsprechung des BVG. In: "Media-Perspektiven" Heft 5/1987, S. 265-274.

GLOTZ, Peter; KOPP, Reinhold (Hrsg.): Das Ringen um den Medienstaatsvertrag der Länder.- Berlin: Spiess 1987.

Das Kapitel "Kommunikationspolitik" im Fischer-Lexikon PUBLIZISTIK/MASSENKOMMUNIKATION.- Frankfurt am Main: S. Fischer 1989.

Internationale Kommunikation

ENGELHARD, Helmut: Satellitenfernsehen - neue Technologie für einen besseren internationalen Informationsfluß? Die völkerrechtliche Kontroverse zwischen Informationsfreiheit und Staatssouveränität.- Frankfurt am Main 1978.

SIGNITZER, Benno: Regulation of direct Broadcasting from Satellites. The UN Involvement.- New York, Washington, London: Praeger Publishers 1976.

BOHRMANN, Hans; HACKFORTH, Josef; SCHMIDT, Hendrik (Hrsg.): Informationsfreiheit. Free Flow of Information.- München: Ölschläger 1979.

BECKER, Jörg (Hrsg.): Free Flow of Information. Informationen zur Neuen Internationalen Informationsordnung.- Frankfurt am Main: Gemeinschaftswerk der Evangelischen Publizistik 1979.

KUNCZIK, Michael: Massenmedien und Entwicklungsländer.- Köln: Böhlau 1985.

INTERNATIONALE KOMMUNIKATIONSBEZIEHUNGEN. Sonderheft der "Publizistik" 29: 1984, (Heft 3-4).

BREUNIG, Christian: Kommunikationspolitik der UNESCO. Dokumentation und Analyse der Jahre 1946-1987.- Konstanz: Universitätsverlag 1987.

NORDENSTRENG, Kaarle; SCHILLER, Herbert: National Sovereignty und International Communication.- Norwood 1979.

VIELE STIMMEN - EINE WELT. Kommunikation und Gesellschaft heute und morgen. Bericht der Internationalen Kommission zum Studium der Kommunikationsprobleme unter dem Vorsitz von Sean McBride.- Konstanz: Universitätsverlag 1981.

Pressekonzentration, Medienkonzentration

NUSSBERGER, Ulrich: Die Mechanik der Pressekonzentration.- Berlin: de Gruyter 1971.

KISKER, Klaus Peter; KNOCHE, Manfred; ZERDICK, Axel: Wirtschaftskonjunktur und Pressekonzentration in der Bundesrepublik Deutschland.- München: Saur 1979.

NUSSBERGER, Ulrich: Das Pressewesen zwischen Geist und Kommerz.- Konstanz: Universitätsverlag 1984.

DIEDERICHS, Helmut H.: Konzentration in den Massenmedien. Systematischer Überblick zur Situation in der Bundesrepublik Deutschland.- München: Hanser 1973.

LANGENBUCHER, Wolfgang R.; ROEGELE, Otto B.; SCHUMACHER, Franz: Pressekonzentration und Journalistenfreiheit.- Berlin 1976.

NOELLE-NEUMANN, Elisabeth; RONNEBERGER, Franz; STUIBER, Heinz-Werner (Hrsg.): Streitpunkt lokales Pressemonopol. Untersuchungen zur Alleinstellung von Tageszeitungen.- Düsseldorf 1976.

RÖPER, Horst: Formationen deutscher Medienmultis 1988. In: "Media Perspektiven" 1988, S. 749-765.

RÖPER, Horst: Formationen deutscher Medienmultis 1989. In: "Media Perspektiven" 1989, S. 733-747.

RÖPER, Horst: Stand der Verflechtung von privatem Rundfunk und Presse 1989. In: "Media Perspektiven" 1989, S. 533-551.

RÖPER, Horst: Daten zur Konzentration der Tagespresse in der Bundesrepublik Deutschland im I. Quartal 1989. In: "Media Perspektiven" 1989, S. 325-338.

DIEDERICHS, Helmut H.: Daten zur Konzentration der Publikumszeitschriften in der Bundesrepublik Deutschland im IV. Quartal 1988. In: "Media Perspektiven" 1989, S. 313-324.

MUZIK, Peter: Die Medienmultis.- Wien: Orac 1989.

SPIELER, Eckart: Fusionskontrolle im Medienbereich.- Berlin: Duncker & Humblot 1988.

RICHTER, Hermann: Pressekonzentration und neue Medien. Der Einfluß neuer Wettbewerbsimpulse auf die Konzentration bei Tageszeitungen.- Göttingen: Vandenhoeck & Ruprecht 1989.

HOLTZ-BACHA; Christina: Mitspracherechte für Journalisten. Redaktionsstatuten in Presse und Rundfunk.- Köln: Hayit 1986.

SKRIVER, Ansgar: Schreiben und schreiben lassen. Innere Pressefreiheit, Redaktionsstatute.- Karlsruhe: Müller 1970.

Recht der Massenmedien

BAMBERGER, Heinz Georg: Einführung in das Medienrecht.- Darmstadt: Wissenschaftliche Buchgesellschaft 1986.

STOCK, Martin: Europäisches Medienrecht im Werden. Probleme und Chancen. In: "Rundfunk und Fernsehen" 37: 1989, S. 180 ff.

DICKE, Klaus: Eine europäische Rundfunkordnung für welches Europa? In: "Media Perspektiven" 1989, S. 193 ff.

HOFFMANN-RIEM, Wolfgang (Hrsg.): Rundfunk im Wettbewerbsrecht. Der öffentlich-rechtliche Rundfunk im Spannungsfeld zwischen Wirtschaftsrecht und Rundfunkrecht.- Baden-Baden: Nomos 1988.

SCHIWY, Peter; SCHÜTZ, Walter J. (Hrsg.): Medienrecht. Lexikon für Wissenschaft und Praxis. 2. überarb. Aufl.- Berlin: Luchterhand 1990.
BRAHNAL, Udo: Medienrecht. Eine Einführung.- Opladen: Westdeutscher Verlag 1992.
KRESSE, Herrmann: Die Rundfunkordnung in den neuen Bundesländern.- Stuttgart: Schäffer-Poeschel 1992.

Medien in totalitären Systemen

WULF, Joseph: Presse und Funk im Dritten Reich.- Gütersloh: Mohn 1964.
ABEL, Karl Dietrich: Presselenkung im NS-Staat.- Berlin: Colloquium 1968.
HALE, Oron J.: Presse in der Zwangsjacke. 1933-1945.- Düsseldorf: Droste 1965.
KOSZYK, Kurt: Deutsche Presse 1914 - 1945.- Berlin: Colloquium 1972.
FREI, Norbert; SCHMITZ, Johannes: Journalismus im Dritten Reich.- München: Beck 1989.
HOLZWEISSIG, Gunter: Massenmedien in der DDR. Überarb. Neuaufl.- Berlin: Holzapfel 1989.
BLAUM, Verena, Marxismus-Leninismus, Massenkommunikation und Journalismus.- München: Minerva 1980.
BLAUM, Verena: Ideologie und Fachkompetenz. Das journalistische Berufsbild in der DDR.- Köln: Verlag Wissenschaft und Politik 1985.
BUDZISLAWSKY, Hermann: Sozialistische Journalistik. Eine wissenschaftliche Einführung.- Leipzig 1986.
WÖRTERBUCH DER SOZIALISTISCHEN JOURNALISTIK.- Leipzig: Sektion Journalistik der Karl-Marx-Universität Leipzig 1984.

Des weiteren empfiehlt sich die Lektüre der (seit der Wende allgemein zugänglichen) "Lehrhefte" der ehemaligen Sektion Journalistik an der (ehemaligen) Karl-Marx-Universität Leipzig.

3.2 Soziologische Aspekte der Publizistikwissenschaft

Unter soziologischer Perspektive befaßt sich die Publizistik- und Kommunikationswissenschaft mit gesellschaftlichen Fragen der Massenkommunikation, und zwar in erster Linie mit dem Verhältnis Gesellschaft - Kultur - Massenkommunikation. Innerhalb dieses thematisch an sich breiten Spektrums lassen sich Schwerpunkte der publizistik- und kommunikationswissenschaftlichen Beschäftigung ausnehmen: Zum einen jene Forschungsrichtung, die der Frage nach den Sozialisationsleistungen der Massenmedien auf den Grund zu gehen versucht - der Frage also, welche Leistungen die Massenmedien als Vermittler gesellschaftlicher Normen, kultureller Werte und sozialer Verhaltensweisen erbringen. Es geht dabei also um Sozialisation durch Massenkommunikation. Diese Forschungsrichtung kam im deutschen Sprachraum um etwa 1970 auf und wird seither kontinuierlich weiterentwickelt.

Zum anderen ist hier eine Forschungsrichtung zu nennen, die sich in sehr allgemeiner Weise mit dem Verhältnis von Gesellschaft, Kultur und Massenmedien auseinandersetzt und in diesem Zusammenhang vor allem dem Fernsehen große Aufmerksamkeit schenkt. Der im deutschen Sprachraum vielbeachtete amerikanische Kommunikationsforscher Neil Postman steht stellvertretend für diese Forschungsrichtung. In diesem Abschnitt werden beide Strömungen erörtert, wobei jedoch mehr Aufmerksamkeit der Sozialisationsperspektive gewidmet wird.

3.2.1 Sozialisation

Mit *Sozialisation* bezeichnet man allgemein jenen natürlichen oder gesteuerten Prozeß, während dessen ein Individuum offene oder verdeckte Normen, Werte, Rollen und Verhaltensweisen einer Gesellschaft bzw. einer gesellschaftlichen Gruppe (eines sozialen Subsystems) lernt bzw. übernimmt und erwirbt. Im weiteren Sinne versteht man unter Sozialisation durchaus auch die Übertragung bzw. den Austausch von Normen, Werten, Rollen etc. auf bzw. zwischen Gruppen, Institutionen und Organisationen).

Sozialisation ist demnach

- ein bewußter und/oder unbewußter (Lern-)Prozeß
- in dessen Verlauf soziokulturelle Normen und Werte eines gesellschaftlichen Systems (oder Subsystems)
- meist in Form von Rollen und Verhaltensweisen
- auf Individuen - und, im weiteren Sinne, auch auf Gruppen - erworben und übernommen (und auch internalisiert) werden

Sozialisation ist ein lebenslang währender Vorgang der Führung, Betreuung und Prägung des Menschen durch Verhaltenserwartungen, Verhaltensermutigungen und Verhaltenskontrollen unserer Beziehungspartner (NEIDHARDT, in: RONNEBERGER) - zunächst der Eltern und Geschwister, dann der Schul-, Studien- und Berufskollegen, der Partner und Freunde, der Vorgesetzten (in Ausbildung und Beruf) usw. Die Massenmedien spiegeln und prägen mit ihren vielfältigen Botschaften solche Erwartungen und spielen im Prozeß der Sozialisation eine bedeutende Rolle.

Neben dem Begriff der Sozialisation stößt man des weiteren auf jene der Enkulturation sowie der Personalisation. Mit *Enkulturation* ist, wie Friedhelm NEIDHARDT schreibt, die Aneignung oder Verinnerlichung von Erfahrungen, Gütern, Maßstäben und Symbolen der Kultur zur Erhaltung, Entfaltung, Differenzierung und Sinndeutung der eigenen wie der Gruppenexistenz gemeint. *Personalisation* meint den individuellen Aspekt, also die Ausbildung, Ausprägung und Anwendung der menschlichen Fähigkeit zur Integration des sozialen und kulturellen Pluralismus (NEIDHARDT).

Der Prozeß der Sozialisation spielt sich im Rahmen vielschichtiger Handlungs- und Beziehungsgeflechte (sog. komplexer Interaktionen) ab, und zwar mit zunächst zwei unterscheidbaren Rollenkomplexen: jenem des Sozialisators und jenem des Sozialisanden.

Der *Sozialisator* (z.B. die Mutter, der Vater, der Lehrer, der Freund, der Partner) demonstriert oder oktroyiert Werte, Normen, Rollen, Verhaltensweisen, Wissen und übt allenfalls Druck durch Belohnung oder Bestrafung aus. Der *Sozialisand* (z.B. das Kind, der Bruder, der Schüler) lernt, indem er bewußt oder unbewußt Wertorientierungen, Normenbindungen, Rollenerwartungen, Verhaltensweisen, Wissen übernimmt.

Es wäre jedoch nicht richtig, den Vorgang der Sozialisation als einen ausschließlich einseitigen Vorgang der (bewußten oder unbewußten) Übertragung vom Sozialisator auf den Sozialisanden zu bezeichnen. Sozialisation spielt sich im Rahmen komplexer Interaktionsprozesse ab und der Sozialisand ist keineswegs nur Objekt. Der Sozialisand kann den Sozialisationsprozeß auf seine Weise beeinflussen: er kann (bewußt oder unbewußt) verweigern und reagieren. In der primären Sozialisation (Kindheit) erworbene persönliche Wertorientierungen, Normbindungen, Gefühle und Kenntnisse können für solche Reaktionen in der sekundären Sozialisation (ab dem Schulalter) maßgebend sein.

Neben diesen Rollenkomplexen Sozialisator und Sozialisand sind in der Sozialisation auch noch weitere Variablen zu berücksichtigen:

❒ *Sozialisationsinhalte:* die offen und latent übertragenen oder ausgetauschten Werte, Normen, Rollenmuster, Verhaltensweisen

❒ *Sozialisationsinstanzen und -felder:* die individuellen und sozialen Bereiche, in denen sozialisiert wird (Familie, Schule, Lehre, Beruf)

- ❐ *Sozialisationsstadien bzw. -phasen:* die - nicht trennscharf - unterscheidbaren Lebensabschnitte der Sozialisation:
  die *primäre* Sozialisation in der Kindheit, die vorwiegend durch Intimbeziehungen im Familienverband erfolgt;
  die *sekundäre* Sozialisation, jener lebenslang andauernde Prozeß, der Jugend- und Erwachsenenalter permanent begleitet und über persönliche wie unpersönliche und abstrakte Sozialbeziehungen im engeren und weiteren gesellschaftlichen Umfeld vor sich geht (Berufsbereich, Freundeskreis, Partnerschaft etc.)

Gelegentlich findet man auch den Begriff der *tertiären* Sozialisation, die den Prozeß des Austritts aus dem Beruf, des Alterns und damit verbundener Umstellungen auf einen neuen Lebensabschnitt meint, in welchem andere Werte, Normen, Rollen und Verhaltensweisen von Bedeutung sind und die auch aus der sozialen Umwelt vermittelt werden.

Sozialisationsrichtungen: physische, psychische, soziale, individuelle

Sozialisationssanktionen: Lob und Tadel, Bestätigung und Zurechtweisung

Sozialisationsmanifestationen: die individuellen Bereiche der Meinungen, Emotionen, des Wissens und Verhaltens gegenüber Personen, Gegenständen, Gruppen, Organisationen, Institutionen, in denen Sozialisation wirksam wird

Sozialisationsziele: beabsichtigte und/oder unbeabsichtigte Verfestigungen und Bestärkungen (Affirmationen) oder Veränderungen in Einstellungen, Emotionen, Wissen, Verhalten gegenüber Personen, Gruppen, Organisationen usw.

Unter verschiedenen Auffassungen über Ver- bzw. Ablauf der Sozialisation wird gefragt

- ❐ ob Sozialisation sich zuverlässig differenzieren läßt in der Dimension aktiv - passiv als normativer Vorgang der Anpassung des Sozialisanden an den Sozialisator

- ❐ oder als aktiv - reaktiver, wechselseitiger Vorgang der Übertragung und des Austauschs zwischen Sozialisator und Sozialisand

- ❐ wie es zu sozialisationswirksamen Beziehungen und Verhaltensweisen zwischen Sozialisator und Sozialisand kommt

- ❐ welche Persönlichkeitsmerkmale und Verhaltensweisen abhängige und unabhängige Variablen der Sozialisation darstellen

- in welchem Ausmaß ein Sozialisator auf den Sozialisanden einwirken muß und wie Sozialisanden darauf reagieren (Anpassung, Indifferenz, Ablehnung)

Sozialisation		
Variable	abstrakt (in der Theorie)	konkret (in der Praxis)
Sozialisationsakteure	Sozialisator	Mutter, Vater, Lehrer, Freund, Vorgesetzter, Partner, Masssenmedium Gruppe, Institution, Organisation
	Sozialisationsinhalt Sozialisand	Normen, Werte, Verhaltensweisen, Rollen primär Individuum, auch Gruppe, Institution, Organisation
Sozialisationsstadien (-phasen)	Primäre Sozialisation Sekundäre Sozialisation	Kindheit - Intimbeziehungen im Elternhaus und Familienverband Jugend, Erwachsenenphase - persönliche und unpersönliche, abstrakte Beziehungen im engeren und weiteren Sozialumfeld
Sozialisationsfelder (-instanzen)	Familie Vorschule Schule/Lehre Gruppen Beruf Partnerschaft Freundeskreis Freizeit	Eltern, Verwandte Kindergarten, Vorschule Vorbildung, Allgemeinbildung, Ausbildung, Leistung polit.-weltanschauliche, religiöse etc.; Gruppenzwang, -verhalten Profession, Tätigkeit, Leistung Lebensgemeinschaft, Ehe Verwandte, Bekannte, peers Hobby, Urlaub, Kreativität
Sozialisationsrichtungen	physisch psychisch sozial	Körper, Leib - individuell (z.B. Reinlichkeit) Seele - individuell (z.B. Gläubigkeit) auf Gemeinschaft gerichtet und angelegt
Sozialisationsmanifestationen	Kenntnis/Wissen Meinung/Einstellung Emotion/Gefühl Handeln/Verhalten	über Personen, Sachverhalten, Gegenständen gegenüber Personen, Sachverhalten, Gegenständen, Beziehungen gegenüber Personen, Sachverhalten, Institutionen gegenüber Personen, Sachverhalten, Institutionen
Sozialisationssanktionen	Lob/Tadel	Bestätigung, Verunsicherung, Zurechtweisung, Belohnung, Bestrafung
Sozialisationsziele	Verhalten/Handeln Veränderung } Verfestigung } Übertragung }	gegenüber Personen, Institutionen, Gruppen. von Meinungen, Einstellungen, Kenntnis, Wissen, Emotion, Gefühl, Verhalten

In der Soziologie ist das gesamte Feld der primären Sozialisation und somit die Bedeutung intimer und personenhafter Sozialbeziehungen innerhalb des Familienverbandes für die Eingliederung des Kindes in seine gesellschaftliche Umwelt relativ weit erforscht. Da jedoch immer mehr Sozialagenden an private oder öffentliche Institutionen und Organisationen abgetreten werden (Kindergarten, Schule, Vor- und Ausbildung usw.), unter denen sich auch die Massenmedien befinden, ist die sekundäre Sozialisation in großem Ausmaße Untersuchungsobjekt der Sozialwissenschaften. In Abbildung 3 sind Variablen dargestellt, die im Zusammenhang mit Sozialisation zu berücksichtigen sind.

3.2.2 Sozialisation und Massenkommunikation

Im Rahmen publizistikwissenschaftlicher Forschung wird, wie erwähnt, immer mehr auch die Bedeutung der Massenmedien für die Vermittlung und Übertragung sozialer, politischer und kultureller Werte, Normen und Verhaltensweisen intensiv untersucht. Unter soziologischem Aspekt stellen sich dabei die Fragen, welche sozialisierenden Leistungen von den Massenmedien ausgehen im Hinblick auf ihre Bedeutung als Informationsmultiplikatoren und Meinungsmacher, als Wissensvermittler und Bildungsgutträger, als Kulturübermittler und Unterhaltungsproduzenten sowie als Werbeträger für wirtschaftliche und politische Interessen.

Mit *Sozialisation durch Massenkommunikation* wird jener Lehr- und Forschungsbereich der Publizistik- und Kommunikationswissenschaft bezeichnet, dessen Untersuchungsobjekt sich nicht nur auf die Rezipienten- und Wirkungsforschung erstreckt, sondern auch in das Feld der Kommunikator- und Aussageforschung reicht, da ja die sozialisierenden Wirkungen, die von den Medien ausgehen, nicht zuletzt auf ihren vordergründigen und latenten Inhalten basieren und die Inhalte wiederum von Kommunikatoren produziert werden. Sozialisation durch Massenkommunikation darf daher nicht allein als Interdependenzverhältnis Massenmedium - Rezipient gesehen werden. Es sind allgemeine Fragen nach der Funktion der Massenkommunikation in der Gesellschaft sowie besondere Fragen nach Strukturen und Prozessen innerhalb der Medien selbst zu berücksichtigen. Wichtige Variablen der Mediensozialisation sind: der Kommunikator, die Aussagen bzw. Inhalte sowie der Rezipient.

Die (Medien-)Sozialisatoren
Innerhalb der geschilderten Perspektive werden die Kommunikatoren, also alle Medienschaffenden, die potentiell sozialisierende Inhalte der Massenmedien recherchieren, auswählen, gestalten und publizieren, als

(Medien-)Sozialisatoren bezeichnet. Sie sind bei der Produktion der Massenkommunikationsinhalte selbst sozialisierenden Einflüssen ausgesetzt und arbeiten, mehr oder weniger eigen- oder fremdbestimmt, alleine (einzeln) oder in Gruppen (kollektiv) unter je verschiedenen Produktionsbedingungen. Für die Sozialisationsforschung im Bereich Kommunikator sind Fragestellungen von Bedeutung wie

- ❐ unter welchen äußeren (Medienorganisation) und inneren (Redaktion, Technik) Bedingungen
- ❐ in welchem engeren (Redaktionshierarchie, Kollegenschaft, persönlicher Status etc.) und weiteren Sozialumfeld (Schicht- und Gruppenzugehörigkeit)
- ❐ mit welcher Sachkompetenz (Ausbildung) und Berufsauffassung (Selbstverständnis, Moral etc.)
- ❐ mit welchen persönlichen Einstellungen und mit welchem Bild von den Lesern, Hörern, Sehern
- ❐ sowie mit welcher Absicht und mit welchem Ziel
- ❐ ein Kommunikator publizistische Aussagen über welches Medium richtet?

Der gesamte Bereich der journalistischen Berufsforschung ist auf diese und ähnliche andere Fragestellungen hin ausgerichtet und ist auch der beruflichen Sozialisation von Kommunikatoren (Journalisten) auf den Grund gegangen. Darüber jedoch mehr weiter unten.

Die (Medien-)Sozialisationsinhalte
Eine weitere wichtige Variable in dem vielseitigen Beziehungsgeflecht der Mediensozialisation stellen die Inhalte der Medien dar, also alle jene publizistischen, in verschiedenen Darstellungsformen aufscheinenden Programmangebote, von denen potentiell sozialisierende Wirkungen ausgehen. Hier werden Fragestellungen untersucht wie:

- Welche konkreten Medieninhalte (über Politik, Kultur, Wirtschaft, Soziales etc.)
- mit welchen Bezugsgegenständen und -feldern (Familie, Schule, Beruf, Arbeitsplatz, Freizeit, Hobby etc.)
- mit welchen offenen oder latenten Werten (kultureller, politischer, moralischer, sittlicher usw. Art)

– in welchem Umfang (Quantität, Dosierung) und über welches Medium (Presse, Hörfunk, Fernsehen etc.)

– sozialisierende Wirkungen auf welchen Kreis von Empfängern evozieren?

Dieser Bereich der Inhaltsforschung erfaßt auch psychologische Phänomene der Medienwirkung, über die in Abschnitt 3.3 noch berichtet wird.

Die (Medien-)Sozialisanden
Die Empfänger potentiell sozialisierender Inhalte der Massenkommunikation werden als (Medien-)Sozialisanden bezeichnet. Sie bedienen sich in unterschiedlichen sozialen Beziehungen und Situationen mit verschiedenen Interessen sozialisierender Programmangebote der Massenmedien, vielfach ohne sich ihrer Rolle - trotz bzw. wegen ständig auf sie einwirkender sozialisierender Einflüsse - als Mediensozialisanden bewußt zu sein und vielfach auch ohne zu wissen, daß sie als Leser, Hörer und Seher die Massenmedien nicht nur gebrauchen, sondern von den Medien auch gebraucht werden (z.B. in der Werbung). Hier wird versucht, zu ergründen:

– In welcher individuellen Entwicklungsphase (Geschlecht, Alter, Bildungsstand etc.) und

– welchem engeren (Familie, Beruf) und weiteren Sozialumfeld (Status, Schicht) zugehörig

– mit welchem Wertsystem (politischer, moralischer, kultureller, sittlicher usw. Art) ausgestattet

– in welchem Umfang (Quantität) und mit welchen Zuwendungs- und Auswahlgewohnheiten (zufälliges, gezieltes Lesen, Hören, Sehen)

– sich welche Medienempfänger welchen Inhalten zuwenden

– und welche sozialisierenden Wirkungen festzustellen sind?

3.2.3 Befunde

Zum Themenkomplex Sozialisation durch Massenkommunikation liegt eine große Fülle von Studien und empirischen Befunden vor. Folgende Themenkreise werden angesprochen:

❒ Zunächst die bei den Journalisten - den "Mediensozialisatoren" - selbst wirksamen Sozialisationsmechanismen. Art und Weise des Hineinwachsens und der Integration in eine Redaktion spielen für die

Übernahme von journalistischen Rollen, Berufsauffassungen und für die Ausübung des journalistischen Berufs eine Rolle. Sie finden in den Medieninhalten ihren Niederschlag. Die journalistische Berufsforschung vor allem der 70er Jahre ist diesem Themenkreis auf den Grund gegangen;

- die Bedeutung des Zusammenwirkens von Massenmedien, Gruppenkontakten, Meinungsführern und persönlichen Kontakten für die Übernahme von Werten, Normen, Rollen und Verhaltensweisen durch die Mediennutzer (wodurch u.a. die These eine Bestätigung erfährt, daß Medienwirkung nicht direkt, sondern über den Umweg von Meinungsführern erfolgt - der "two-step-flow of communication");

- die Eröffnung sozialer Erfahrungen durch Informationsvermittlung von Massenmedien und das damit verbundene Problem der "Erfahrungen aus zweiter Hand" - Medieninhalte und wahrgenommene Alltagswirklichkeit: die Rolle der Medien als "definers of social reality";

- die Verbreitung und Prägung von Stereotypen und Vorurteilen durch Massenmedien (z.B. gegenüber Minoritäten, Randgruppen, Außenseitern der Gesellschaft);

- die Bedeutung der Medien für den Berufs- und Geschlechtsrollenerwerb, das Verhalten gegenüber Partnern, Vorgesetzten, Untergebenen, das Erlernen der Geschlechtsrollenunterschiede;

- der Einfluß der Massenmedien, vor allem von Fernsehen und Film, im Hinblick auf sexuelle Beziehungen zwischen den Geschlechtern - die mediale Darstellung sexueller und partnerbezogener Verhaltensweisen (die vor allem bei heranwachsenden, jungen Menschen zu hohen Erwartungen und späteren Enttäuschungen führen kann);

- die Medien als Darsteller und Vermittler von Angst und Gewalt und daraus resultierende Folgen für Individuum und Gesellschaft - die "Kultivierung" von Angst durch Massenmedien;

- die Bedeutung der Massenmedien für die Vermittlung und Prägung politischer Wertvorstellungen (und daraus allenfalls resultierender Konsequenzen für politische Partizipation und Wahlverhalten);

- die Bedeutung der Fernsehwerbung für die Übernahme von Werten, Rollen und Verhaltensweisen sowie für die Vermittlung von Gefühlskategorien (wie Erotik, Glück, Genuß, Erlebnisse etc.);

❒ Familiensozialisation durch Fernsehwerbung (die Darstellung der Familie als Schutz- und Konsumgesellschaft, die Propagierung des arbeitsteiligen Prinzips, die Bestärkung traditioneller geschlechtsspezifischer Rollen und altersadäquater Verhaltensmuster);

Ulrich SAXER faßt in dem 1988 erschienenen Sonderheft "SOZIALISATION DURCH MASSENMEDIEN" der Zeitschrift "Publizistik" die neueren Erkenntnisse im Zusammenhang mit Sozialisation durch Massenkommunikation zusammen:

– Medienkommunikation strukturiert in umfassender Weise Zeit und Umwelt und prägt Zeit- und Raumvorstellungen.

– Unter Medieneinfluß erwerben Personen in unterschiedlicher Weise Medienkompetenz mit entsprechenden Konsequenzen für den späteren Sozialerfolg (in Beruf, gesellschaftlichem Umfeld und Familie).

– Medien als Freizeitangebote fördern (mit Ausnahme des Buches) die kognitive Sozialisation äußerst fragmentarisch und vermitteln nur beiläufiges Konversationswissen.

– Emotionale Sozialisation durch Medien erfolgt in so vielfältiger und auch unterschiedlicher Weise, daß Verallgemeinerungen schwerfallen.

– Die vielen Formen von Sozialisation im engeren Sinne - vor allem was das Hineinwachsen in soziale Rollen betrifft - erfolgt in erster Linie durch "modellhaftes Lernen".

– Für das Erlernen institutioneller Partizipation, respektive politischer Anteilnahme, ist Medienkommunikation von Bedeutung; die Leistungsfähigkeit der Druckmedien für politisch strukturiertes Wissen scheint bedeutender zu sein als jene der anderen Medien.

3.2.4 Kultur - Medien - Gesellschaft

Im Zusammenhang mit soziologischen Aspekten der Publizistik- und Kommunikationswissenschaft sind (in den Bereich der Soziologie gehörende) kulturwissenschaftliche Gesichtspunkte des Verhältnisses Kultur - Medien - Gesellschaft zu erwähnen, denen in jüngster Zeit viel Beachtung zuteil wird. Drei Thesen stehen dabei, wie Michael KUNCZIK zusammenfaßt, im Widerstreit:

❒ die These, wonach die Medien die in einer Gesellschaft dominanten Wertvorstellungen bzw. kulturellen Leitmotive (nur) reflektieren und nicht umgekehrt etwa prägen *(= Reflexionsthese)*

- die These, wonach massenmediale Inhalte kulturelle Trends schaffen und prägen und der Wertewandel auf die Medien zurückzuführen ist *(= Kontrollthese)*

- die These, wonach massenkulturelle Produkte zur Systemstabilisierung wesentlich beitragen, wobei davon ausgegangen wird, daß diese Produkte allein für den Massenmarkt unter dem Gesichtspunkt der Verkäuflichkeit und des Warencharakters hergestellt werden *(= These der sozialen Kontrolle)*

Im Verlaufe der Diskussion über das Verhältnis Kultur - Medien - Gesellschaft ist das Faktum nicht zu übersehen, daß jedes neue Medium zunächst negativ bewertet und angegriffen wird. Keine der drei "Kommunikationsrevolutionen" - die Erfindung der Schrift, die Erfindung des Drucks mit beweglichen Lettern, die Erfindung elektrischer (bzw. später elektronischer) Übertragungstechniken blieb von dieser Diskussion verschont.

So habe die *Schrift* zu einer Trennung von Mythos und Geschichte geführt und werde Kultur unabhängig von Personen. (Plato meinte u.a., die Schrift führe zu Vergessenheit infolge der Erinnerung).

Die *Drucktechnik* habe zu einem Machtverlust der Eliten geführt, eine Änderung der Überlieferung und Traditionsfixierung zur Folge gehabt und biete Möglichkeiten zu kritischer Reflexion sowie zu Manipulation.

Die *Funktechnik* ist der größten Kritik ausgesetzt und Generalangriffe werden vor allem in Richtung Fernsehen geführt. Protagonisten dieser Kritik sind u.a. Jerry MANDER, Marie WINN und Neil POSTMAN.

Folgende Vorwürfe werden gegen das Fernsehen erhoben, wie Gerhard MALETZKE zusammenzufassen versucht:

- das Fernsehen beschleunige den beobachtbaren Kulturverfall

- die Menschen würden nicht mehr historisch denken (das Fernsehen mit seinem Aktualitätszwang behindere historisches Denken)

- Fernsehen bedrohe die Buch- und Lesekultur

- Fernsehen trage nichts zum Wissen bei und zerstöre außerdem die kulturelle Identität (vor allem durch amerikanische Serien)

- Fernsehen mache alles zur Unterhaltung, sei nichts als Showbusiness

- durch das Fernsehen verkümmere der öffentliche Diskurs und verflache die Politik

- die Informationsflut überwältige den Menschen, Fernsehnachrichten seien nutzlos und schädlich
- Fernsehen mache die Menschen passiv und anteilnahmslos, vor allem im gesellschaftlichen bzw. politischen Engagement
- Fernsehen verstärke und fördere die Gewalttätigkeit
- Fernsehen gefährde das Familienleben und die persönliche Kommunikation
- Fernsehen beeinträchtige wertvolle Eigenschaften des Individuums

Diese Argumente wurden in den vergangenen Jahren einer intensiven und sehr kontrovers geführten Diskussion unterzogen. Kritik wurde vor allem daran geübt, daß Erscheinungen der US-amerikanischen Medien- und Kommunikationskultur nahezu uneingeschränkt und in undifferenzierter Weise auf europäische bzw. deutschsprachige Verhältnisse übertragen wurde. Gewarnt wurde auch vor monokausalen Erklärungsversuchen und Kurzschlüssen. Dennoch sind viele der gegen das Fernsehen gerichteten Argumente einer kritischen Prüfung und Würdigung zu unterziehen.

Literatur (Auswahl)

Zum Grundstudium

RONNEBERGER, Franz (Hrsg.): Sozialisation durch Massenkommunikation. Der Mensch als soziales und personales Wesen, Bd. 4.- Stuttgart: Enke 1971.

BONFADELLI, Heinz: Die Sozialisationsperspektive in der Massenkommunikationsforschung.- Berlin: Spiess 1981.

HÜTHER, Jürgen: Sozialisation durch Massenmedien. Ziele, Methoden, Ergebnisse einer medienbezogenen Jugendkunde.- Opladen: Westdeutscher Verlag 1975.

SOZIALISATION DURCH MASSENMEDIEN. Sonderheft der Zeitschrift "Publizistik" 1988.

FREY, Hans-Peter: Theorie der Sozialisation. Integration von system- und rollentheoretischen Aussagen in einem mikrosoziologischen Ansatz.- Stuttgart: Enke 1974.

Weiterführende Literatur und Einzelfragen

EINFÜHRUNG IN DIE KOMMUNIKATIONSWISSENSCHAFT. Der Prozeß der politischen Meinungs- und Willensbildung. Ein Kurs im Medienverbund, erarb. von einer Projektgruppe am Institut für

Kommunikationswissenschaft der Universität München. 2 Teile.- München: Verlag Dokumentation 1976 (bes. Studieneinheit 10, S. 323-358).

FERNSEHEN UND BILDUNG. Internationale Zeitschrift für Medienpsychologie und Medienpraxis.- München: Verlag Dokumentation. (Der gesamte Jahrgang 1975 - die Hefte 1-3 beinhalten schwerpunktmäßig Fragen der Sozialisation durch Massenkommunikation).

ESCHER, Ronald: Familiensozialisation durch Fernsehwerbung. Phil. Diss.- Salzburg: Landespressebüro 1978. (= Salzburg Dokumentationen 25).

GEISSLER, Rainer: Politische Bewußtseinsbildung durch Massenmedien. Zur Rolle der Massenmedien in der politischen Sozialisation. In: "Vorgänge" 1973, Heft 6, S. 30-50.

GOTTSCHALCH, Wilfried u.a.: Sozialisationsforschung. Materialien, Probleme, Kritik.- Frankfurt am Main: Fischer 1971. (= Texte zur politischen Theorie und Praxis).

HERMANNS, Arnold: Sozialisation durch Werbung. Sozialisationswirkung von Werbeaussagen in den Massenmedien.- Düsseldorf: Bertelsmann 1972. (= Gesellschaft und Kommunikation 15).

KREUTZ, Henrik: Einfluß von Massenmedien, persönlicher Kontakt und formelle Organisation. Kritik und Weiterführung der These des "two-step flow of communication". In: RONNEBERGER, Franz (Hrsg.): Sozialisation durch Massenkommunikation, a.a.O., S. 172-241.

KUNCZIK, Michael: Massenkommunikation. Eine Einführung. Köln, Wien: Böhlau 1977 (bes. S. 185-206).

LEIFER, Aimee Dorr: Kind und Fernsehen - Aktionsplan für künftige Forschungen. In: "Fernsehen und Bildung" 9: 1975, Heft 1, S. 9-28.

MCQUAIL, Denis: Soziologie der Massenkommunikation. Berlin: Spiess 1973. (Beiträge zur Medientheorie und Kommunikationsforschung 10.)

SESAME STREET-International. In: "Fernsehen und Bildung" 10: 1976, Heft 1-2, (Themenheft zu Sesame Street).

SILBERMANN, Alphons; KRÜGER, Udo Michael: Soziologie der Massenkommunikation.- Stuttgart, Berlin, Köln, Mainz: Kohlhammer 1973.

STURM, Hertha: Fernsehen und Entwicklung der Intelligenz. Kritische Überlegungen zu medienspezifischen Sozialisationswirkungen. In: RONNEBERGER, Franz (Hrsg.): Sozialisation durch Massenkommunikation, a.a.O., S. 290-304.

WEIDMANN, Fred: Grundlagen einer Kommunikationssoziologie.- Hamburg: Buske-Verlag 1972.

GERNERT, Wolfgang; BEAUGRAND, Günter: Fernsehen und Familie als gesellschaftliches Problem.- Hamm: Hoheneck 1978.

SILBERMANN, Alphons: Mediensoziologie. Bd. 2: Rundfunk.- Kastellaun: Henn 1977.

KINDER - MEDIEN - FERNSEHEN. Ein Literatur- und Forschungsbericht.- Frankfurt am Main: Metzner 1981. (= Schriftenreihe Media Perspektiven).

WINTERHOFF-SPURK, Peter: Fernsehen und Weltwissen. Der Einfluß der Medien auf Zeit-, Raum- und Personen-Schemata.- Opladen: Westdeutscher Verlag 1989.

KRZEMINSKI, Michael: Vermittlung sozialer Erfahrung im Fernsehen. Eine Falluntersuchung zum ZDF-Jugendmagazin DIREKT.- Berlin: Spiess 1979.

Sozialisation von Journalisten

GRUBER, Thomas: Die Übernahme der journalistischen Berufsrolle.- Nürnberg 1975. (= Nürnberger Forschungsberichte).

DONSBACH, Wolfgang: Legitimationsprobleme des Journalismus.- München, Freiburg: Alber 1982.

KEPPLINGER, Hans-Mathias (Hrsg.): Angepaßte Außenseiter. Was Journalisten denken und wie sie arbeiten.- München, Freiburg: Alber 1979.

RÜHL, Manfred: Berufliche Sozialisation von Kommunikatoren. Zum Beispiel: Volontäre. In: RONNEBERGER, Franz (Hrsg.): Sozialisation durch Massenkommunikation, a.a.O., S. 126-150.

JOURNALISMUS ALS BERUF. Sonderheft der Zeitschrift "Publizistik" 1974/75.

Kultur - Medien - Gesellschaft

KUNCZIK, Michael: Medien, Kommunikation, Kultur. Zum Einfluß der Medien auf Kultur und Gesellschaft. In: Bertelsmann-Briefe Heft 123 vom Mai 1988, S. 5-19.

ROCEK, Roman: Mediengefahr. Mißverständnisse, Analysen, Wirkungen.- Wien, München: Jugend und Volk 1974.

PLUCH, Thomas: Großer Bruder Fernsehen. Die elektronische Kulturrevolution.- Wien: Bundesverlag 1984.

POSTMAN, Neil: Wir amüsieren uns zu Tode. Urteilsbildung im Zeitalter der Unterhaltungsindustrie.- Frankfurt am Main: S. Fischer 1985.

MANDER, Jerry: Schafft das Fernsehen ab! Eine Streitschrift gegen das Leben aus zweiter Hand.- Reinbek: Rowohlt 1979.

WINN, Marie: Die Droge im Wohnzimmer. Für die kindliche Psyche ist Fernsehen Gift.- Reinbek: Rowohlt 1979.
MALETZKE, Gerhard: Kulturverfall durch Fernsehen?- Berlin: Spiess 1988.
ECO, Umberto: Apokalyptiker und Integrierte. Zur kritischen Kritik der Massenkultur.- Frankfurt am Main: S. Fischer 1985.
MALETZKE, Gerhard: Kulturverfall durch Fernsehen?- Berlin: Spiess 1988.
HUTER, Alois: Zur Ausbreitung von Vergnügung und Belehrung. Fernsehen als Kulturwirklichkeit.- Zürich: Interfrom 1988.
FRANK, Bernward; MALETZKE, Gerhard; MÜLLER-SACHSE, Karl H.: Kultur und Medien. Angebote, Interessen, Verhalten. Eine Studie der ARD/ZDF-Medienkommission.- Baden-Baden: Nomos 1991.
DIE MEDIEN - DAS LETZTE TABU DER OFFENEN GESELLSCHAFT. Die Wirkung der Medien auf Politik und Kultur.- Mainz: v. Hase & Koehler 1966.

3.3 Psychologische Aspekte der Publizistik

Während sich, wie im vorhergehenden Abschnitt erläutert wurde, die soziologische Orientierung publizistikwissenschaftlicher Forschung mehr mit gesellschaftlichen Fragen der Medienwirkungen beschäftigt und in diesem Zusammenhang sozialisierenden Einflüssen der Medien nachgeht (bei denen auch das gesellschaftliche Umfeld, Gruppenkontakte, Meinungsführer etc. eine Rolle spielen), untersucht man in der Publizistik- und Kommunikationswissenschaft unter psychologischem Aspekt jene Prozeßabläufe zwischen Kommunikator, Medieninhalt und Rezipient, die sich (nicht nur in der zwischenmenschlichen, persönlichen Kommunikation, sondern auch) in der Massenkommunikation ereignen und mittelbar oder unmittelbar Wirkungen beim Rezipienten auslösen können. Innerhalb dieser Perspektive liegt das besondere Interesse in der Erforschung der Wirkung von Kommunikation und Massenkommunikation auf das Individuum (das freilich nicht losgelöst von seinem gesellschaftlichen Umfeld gesehen werden kann). Im folgenden wird daher versucht darzustellen, welche kommunikativen Faktoren für Massenkommunikationswirkungen ausschlaggebend sein können sowie welche konkreten Massenkommunikationswirkungen man feststellen kann.

3.3.1 Wirkungsfaktoren

Aus psychologischer Sicht können bestimmte Merkmale, Qualitäten und Attribute des *Kommunikators* (der in der Massenkommunikation gewöhnlich als Journalist, Politiker, Fachmann, Gruppenrepräsentant usw. in Erscheinung tritt), die vom Kommunikator vermittelten *Aussagen* (in welcher Darbietungsform auch immer) sowie vor allem die *Rezipienten* als Empfänger (als Leser, Hörer oder Seher - und somit als Kommunikations-"Partner") die wichtige Wirkungsfaktoren darstellen.

Beim *Kommunikator* konfigurieren u.a. die folgenden Variablen, die für die Wirkung einer Kommunikation beim Empfänger (auch bei der von den Medien übermittelten Kommunikation) von Bedeutung sind bzw. sein können:

- seine Persönlichkeit
- seine physischen und psychischen Attribute
- seine Gruppenzugehörigkeit und sein Status
- seine (scheinbare oder tatsächliche) Sachkompetenz
- seine Glaubwürdigkeit
- sein Prestige

Diese Merkmale können - mehr oder weniger intensiv - zur Bewertung des Kommunikators durch den Rezipienten beitragen und eine Wirkung auslösen.

Für die *Aussage*, also den Kommunikationsinhalt, sind u.a. folgende Variablen zu benennen, die eine Wirkung mitbeeinflussen (können):

- ihr Sinn und Gehalt
- ihre Form und ihr Stil
- ihre Sprache und Verständlichkeit
- ihre Glaubwürdigkeit
- ihre Art der Argumentation und der Schlußführung

Diese Merkmale der Aussage können zur Einschätzung und Bewertung durch den Rezipienten beitragen, zu ihrer Annahme oder Zurückweisung - und damit zu Wirkungen.

Den wichtigsten Faktor in der Kommunikationswirkung stellt der *Rezipient* selbst dar. Folgende Merkmale sind u.a. zu unterscheiden:

In der *"präkommunikativen Phase"* (jener Phase also, bevor eine Kommunikation stattfindet)

- sein Wissensstand über den Kommunikationsinhalt
- seine dazu (vielleicht schon) vorgefaßte Meinung
- seine aktuelle Kommunikationsbedürfnislage
- seine Kommunikationserwartung und -motivation
- seine Ich-Beteiligung

In der *"kommunikativen Phase"* (jener Phase also, in der eine Kommunikation tatsächlich stattfindet)

- seine Kommunikations- (Aufnahme-) Situation
- sein Auswahlmechanismus ("selektive Wahrnehmung")
- sein individueller "Filter" (bei dem u.a. auch Werte, Urteile, Vorurteile eine Rolle spielen)
- seine physische und psychische Konstitution
- seine Einschätzung des Kommunikators und des Kommunikationsinhalts
- seine Übereinstimmung oder Nichtübereinstimmung mit dem Kommunikator und/oder der Aussage

In der *"postkommunikativen Phase"* (jener Phase also, nachdem eine Kommunikation stattgefunden hat)

- sein (selektives) Behalten und sein Erinnerungsvermögen
- seine zusätzlichen interpersonellen Kommunikationskontakte zum Kommunikationsinhalt
- allfälliger Empfang anderer Aussagen zum selben Kommunikationsinhalt

Das Zusammenwirken der hier aufgezählten Merkmale der unmittelbar an einer Kommunikation beteiligten Faktoren bedingt Kommunikationswirkung, von Person zu Person freilich unterschiedlich stark oder schwach, kurz- oder langfristig, physisch oder psychisch ausgeprägt.

Jene Faktoren psychologischer und soziologischer Art, die in der Massenkommunikation eine Rolle spielen und für Medienwirkung von Bedeutung sind, hat Gerhard MALETZKE in seinem Buch "Psychologie der Massenkommunikation" aufgeschlüsselt, systematisch zusammengefaßt und auch schematisch dargestellt (siehe Abbildung 5, Seite 151). Es sind dies:

Beim Rezipienten:	sein Selbstbild, seine Persönlichkeit, seine sozialen Beziehungen, seine Rolle als Glied des dispersen Publikums, sein Bild vom Medium und vom Kommunikator; Art des Auswählens und Aufnehmens der Aussagen sowie allenfalls sich einstellende Wirkungen hängen von den genannten Kriterien ab.
Beim Kommunikator:	sein Selbstbild, seine Persönlichkeit, seine Position und Arbeit im (Redaktions-)Team und in der Medieninstitution, seine sonstigen sozialen Beziehungen sowie Einflüsse der Öffentlichkeit, Zwänge der Aussage bzw. des Programms und ihrer mediengerechten Gestaltung; welche Aussagen der Kommunikator schließlich für die Publikation auswählt, wie er sie gestaltet und präsentiert, hängt von den genannten Variablen ab.
Die Aussage	muß (vom Kommunikator) den technischen und dramaturgischen Eigengesetzlichkeiten des je verwendeten Mediums angepaßt werden - es sind dies bei der Zeitung andere als beim Radio, beim Medium Fernsehen wieder andere als beim Radio; vielfach wird bei der Gestaltung der Aussage seitens der Kommunikatoren auch auf das vermutete Publikum Rücksicht genommen.
Das Medium	zeichnet sich durch Eigengesetzlichkeiten aus, die für das Erleben von Wirkung von Bedeutung sind. Dabei spielt auch die Empfangssituation eine Rolle, ebenso die nutzungsspezifischen Besonderheiten (die Zeitung wird situationsspezifisch, das Radio backgroundspezifisch, das Fernsehen noch weitgehend freizeitspezifisch genutzt).

3.3.2 Wirkungen

Die Frage nach den Wirkungen von Kommunikation und Massenkommunikation kann pauschal nicht beantwortet werden. Die methodischen Verfahren, mit deren Hilfe sie zu erforschen versucht wird (z.B. unter künstlich geschaffenen Bedingungen im "Labor" oder unter natürlichen Empfangsgegebenheiten "im Feld"), sind verschieden, die Vielzahl der Wirkungsarten ist komplex, individuelle und soziale Wirkungs-Faktoren, psychologische und soziologische Kriterien können vielfach nicht getrennt voneinander betrachtet werden. Ebenso erscheinen Systematisierungsversuche problematisch.

Festzustellen sind Wirkungen der Massenkommunikation allgemein in den Bereichen des *Wissens* (Wissenserweiterung und Wissensdifferenzierung durch Informations-, Dokumentations-, Bildungs- und Kulturprogramme usw. der Massenmedien), der *Wahrnehmung* (Wahrnehmungserweiterung und -differenzierung durch Massenkommunikation), der *Meinungen und Einstellungen* (Einstellungsbildung, -verstärkung, -veränderung, -bestätigung durch Massenkommunikation), der *Gefühle* und *Empfindungen* (Freude, Trauer, Angst etc.) sowie des *Verhaltens* und des *Handelns* (Handlungsanregung oder -hemmung, Handlungsänderung oder -differenzierung durch Massenkommunikation).

Der nachfolgende Thesenkatalog bezieht sich in erster Linie auf Wirkungen im Bereich der Einstellungen und des Verhaltens und orientiert sich in seiner versuchten Systematik zunächst an den Erkenntnissen der traditionellen Wirkungsforschung, die lange Zeit von einem sehr einfachen Ursache-Wirkungs-Denken (stimulus-response) ausging. Es sind dies folgende Thesen:

- die These, wonach primär persönliche *Attribute des Kommunikators* wie hohe Glaubwürdigkeit und hohes Prestige sowie die gute Aufbereitung des Kommunikationsinhalts für die Wirkung von Bedeutung sind;

- die These, wonach primär *Form und Inhalt der Aussage* sowie die Art der Argumentation (ein- und zweiseitig) und Schlußführung (starke und schwache Argumente) die Wirkung einer Kommunikation ausmachen (sog. "wissenschaftliche Rhetorik", HOVLAND);

- die These, wonach die Wirkung der Massenmedien mehr durch *Eigenschaften des Publikums* als durch den Inhalt der Medien bestimmt wird (d.h. ein und dieselbe Kommunikation erzielt verschiedene Wirkungen je nach Alter, Geschlecht, Intelligenz, politischer Einstellung, sozialer Situation, Gruppenzugehörigkeit, Wissen, Vorstellungen, Erwartungen, Wertsystem, psychischer Stabilität, augenblicklicher Verfassung des Empfängers; KLAPPER, "mediating factors");

- die These der *selektiven Wahrnehmung*, wonach der Rezipient aus dem Angebot der Massenmedien vorwiegend jene Inhalte auswählt, die seine bereits bestehenden, vorgefaßten Einstellungen bestätigen; dagegen werden dissonante Aussagen entweder überhört oder - in der Erinnerung - im Sinn und Gehalt verändert ("Balance-Theorie", "Theorie der kognitiven Dissonanz", FESTINGER, 1957, 1964); die These der selektiven Wahrnehmung besagt somit im wesentlichen, daß Massenkommunikation bestehende Meinungen verstärkt - und nicht ändert;

- die These, wonach die Wirkung einer Kommunikation abhängt von der *Möglichkeit der Auswahl aus einem vielfältigen Angebot*, d.h. je geringer die Selektionsmöglichkeit für den Rezipienten, desto stärker die Wirkung;

- die These, wonach die Medien nicht direkt auf die Rezipienten wirken, sondern in zwei - oder mehr - Etappen über *Meinungsführer*, die sich intensiv mit den Medieninhalten befassen und sie bei Bekannten, Verwandten oder Freunden - also meist in Gruppen - weiterverbreiten ("two-step flow of communication");

- die These, wonach starke Bindungen des Rezipienten an *Normen und Werte von Gruppen* für die Wirkung der Massenmedien ausschlaggebend sind.

Unter sozialpsychologischem und soziologischem Aspekt wird den Wirkungen der Massenkommunikation auf das Verhalten besondere Aufmerksamkeit geschenkt. Allgemein kann man hier unter folgenden Effekten differenzieren:

- Der *Modell-Effekt*
  d.h. ein Rezipient beobachtet in der Massenkommunikation ihm nicht bekannte oder von ihm bisher noch nicht erworbene Verhaltensweisen, die er in der Folge übernimmt und sich selbst aneignet (Verhaltens-Innovation, Verhaltens-Imitation).

- Der *hemmende/enthemmende Effekt*
  d.h. ein Rezipient beobachtet wiederholt ihm zwar bekanntes, von ihm selbst bisher jedoch nicht übernommenes Verhalten. Durch die Beispielgebung und damit verbundene Identifikation übernimmt er in der Folge die beobachteten Verhaltensweisen, die er früher vielleicht unterdrückt hat (= enthemmendes Modell).

Oder: ein Rezipient beobachtet wiederholt Verhaltensweisen, die er bisher gekannt und auch übernommen hat, die er in der Folge beobachteten Verhaltens jedoch ablegt oder zumindest zurückhält (= hemmendes Modell).

- Der *stimulierende Effekt*
  d.h. ein Rezipient beobachtet in der Massenkommunikation wiederholt Verhaltensweisen, die ihn in der Folge veranlassen, sich (in vergleichbaren, ähnlichen oder entsprechenden Situationen) differenzierter als bisher zu verhalten.

Folgewirkungen von Massenkommunikation innerhalb des Verhaltens sind in den nachstehenden konkreten Lebensbereichen Gegenstand publizistik- und kommunikationswissenschaftlicher Untersuchungen:

- im *Kaufverhalten* (Kaufanregung, Kaufverweigerung etc.) als Folge massenkommunikativ vermittelter Werbebotschaften;
- im *politischen Verhalten* (Streik, Protest, Wahlverhalten, Demonstration, solidarisches Handeln) als Folge massenkommunikativ vermittelter, überzeugender politischer Aussagen oder Verhaltensweisen;
- im *sozialen Verhalten* als Folge massenkommunikativ vermittelter Rollenverhaltensweisen (z.B. Vorgesetzten, Gleichgestellten oder Untergebenen gegenüber) in Spielfilmen und in der Unterhaltungskommunikation;
- *gewalttätiges Verhalten* als Folge massenkommunikativ vermittelter, gewalttätiger Handlungs- und Verhaltensweisen.

Bezogen auf die Wirkung gewaltdarstellender Massenkommunikationsinhalte (z.B. in Kinospiel- und Fernsehfilmen) differieren die Auffassungen über folgende Fragen

- ob (daß) die Beobachtung gewalttätiger Verhaltensweisen in den Massenmedien beim Zuseher Aggression abbaut und den Antrieb zur Ausführung einer aggressiven, violenten Handlung vermindert *(= Katharsis-These);*
- ob (daß) die Beobachtung von gewalttätigen Verhaltensweisen beim Zuseher Aggressions-Angst auslöst und daher seine Bereitschaft mindert, selbst gewalttätiges oder aggressives Verhalten zu zeigen *(= Inhibitionsthese);*
- ob (daß) die Beobachtung gewalttätiger Verhaltensweisen beim Zuseher Aggressivität steigert und gewalttätige oder aggressive Handlungen zur Folge hat *(= Stimulationsthese);*

- ob (daß) durch die ständige Beobachtung und Konfrontation des Massenkommunikationsempfängers mit Gewaltdarstellungen in den Massenmedien dessen Sensibilität gegenüber Gewalt abstumpft und sich der Zuseher daran gewöhnt, Gewalt als täglich und normal anzusehen *(= Habitualisierungs-These).*

Bei der Aufarbeitung der Wirkung der Massenkommunikation müssen, wie aus manchen Themenkomplexen indirekt hervorgeht, soziologische und psychologische Aspekte verquickt werden, um zu abgesicherten Erkenntnissen zu gelangen.

In der publizistik- und kommunikationswissenschaftlichen Wirkungsforschung werden - nicht nur unter psychologischer Orientierung - gemeinsam mit den Fragen der Wirkungsbereiche (Meinungen, Verhalten, Wissen, Wahrnehmung) auch andere Wirkungsdimensionen ergründet. Es sind dies unter anderem Fragen nach den Wirkungs-*Richtungen* (physische, psychische, individuelle, soziale), nach den Wirkungs-*Zielen* (Innovation, Verfestigung, Affirmation, Veränderung), nach der Wirkungs-*Intensität* (starke, schwache), nach den Wirkungs*arten* (direkte, indirekte) und nach der Wirkungs*dauer* (kurz-, mittel-, langfristig). In einer Zusammenschau läßt sich dieser Fragen- und Themenkomplex wie folgt systematisch darstellen:

Wirkungs-*"Akteure"*	Kommunikator Inhalt/Aussage Medium Rezipient
Wirkungs*bereiche*	Wissen/Wahrnehmung Meinungen/Einstellungen Gefühle/Empfindungen Verhalten/Handeln
Wirkungs*arten*	direkte Wirkungen indirekte Wirkungen
Wirkungs*richtungen*	physische Wirkungen psychische Wirkungen individuelle Wirkungen soziale Wirkungen
Wirkungs*intensität*	starke Wirkungen schwache Wirkungen

Wirkungs*dauer*	kurzfristige Wirkungen mittelfristige Wirkungen langfristige Wirkungen	
Wirkungs*weisen*	bewußte Wirkungen unbewußte Wirkungen	
Wirkungs*ziele*	Neubildung Verstärkung/ Vertiefung Veränderung	von Wissen und Wahrnehmungen, Meinungen und Einstellungen, Gefühlen und Empfindungen, Handlungen und Verhaltensweisen

3.3.3 Theorien zur Wirkung der Massenmedien

In der publizistik- und kommunikationswissenschaftlichen Wirkungsforschung fallen einige der hier aufgezeigten Wirkungen der Massenkommunikation in den Bereich der sogenannten "Stimulus-Reaktions-These", die im wesentlichen die Frage stellt: *Was machen die Medien mit den Menschen?* Ein solches Denkmodell geht dabei von den Vorstellungen über den massenmedialen Kommunikationsprozeß als einem linearen Vorgang aus, d.h. "Ursachen" oder "Stimuli" (in unserem Fall also massenmediale Aussagen) werden im Zusammenhang mit "Wirkung" oder "Responses" (in unserem Falle Meinungs-, Einstellungs- oder Verhaltensänderungen durch Massenkomunikation auf Seiten des Rezipienten) gesehen. Dieser Wirkungsansatz orientiert sich somit an einem Reiz-Reaktions-Schema, daher auch: **"Stimulus-Reaktions-Theorie".** Kritiker bemängeln an ihm nicht zu Unrecht, daß dieser Wirkungsansatz den gesamten Massenkommunikationsprozeß in unzulässiger und nicht zutreffender Weise sehr einseitig und linear vom Sender zum Empfänger verlaufend sieht und daß der Rezipient als Glied des Kommunikationsprozesses zu isoliert betrachtet wird. Wirkungen gehen diesem Modell zufolge direkt von den Inhalten der Medien aus. Als Beispiel wird in diesem Zusammenhang oft "Die Invasion vom Mars" genannt, jene Radio-Sendung, die Ende der 30er-Jahre panikartige Reaktionen von Radio-Hörern zur Folge hatte (CANTRIL, Hadley: Die Invasion vom Mars. In: PROKOP, Dieter (Hrsg.): Massenkommunikationsforschung. Band 2: Konsumption.- Frankfurt am Main: Fischer 1973, S. 198-212).

Es gibt aber noch andere Theorien zur Wirkung der Massenmedien, die sich politologischer, soziologischer und (sozial-)psychologischer Erklärungsmodelle bedienen. Es sind dies:

Das "Zwei- oder Mehr-Stufen-Modell" der Medien-Wirkung
Es geht ursprünglich auf Elihu KATZ und Paul LAZARSFELD zurück, die bereits in den 40er Jahren in der (politischen) Wählerforschung den Einfluß von sog. Meinungsführern im Zusammenhang mit Medienwirkung herausgefunden haben. Diese auch als "two-step-flow of communication" bezeichnete Wirkungstheorie besagt, Medienbotschaften würden nicht direkt auf ihre Empfänger einwirken, sondern den Umweg über "opinion leaders" gehen: das sind am politischen bzw. gesellschaftlichen Leben stark anteilnehmende Personen, die die Medien in vielfältiger Weise nutzen und die im zwischenmenschlichen Gespräch über medial vermittelte Themen die Wirkung von Medieninhalten positiv oder negativ beeinflussen. (Beispiel: KATZ, Elihu und LAZARSFELD, Paul: Persönlicher Einfluß und Meinungsbildung.- Wien: Verlag für Geschichte und Politik 1962).

Der "Nutzen-Ansatz" (auch "uses and gratifications approach")
Eine dritte, vielbeachtete Medienwirkungstheorie sieht die Medienempfänger nicht als passive Glieder, sondern als aktive Teilnehmer im Prozeß der Massenkommunikation. Diese Theorie, der "Nutzen-Ansatz" (oder auch "uses and gratifications-approach") geht davon aus, daß die Rezipienten aus verschiedenen Motiven, Erwartungshaltungen und Bedürfnislagen heraus die Massenmedien nutzen und sich von Mediennutzung auch Gratifikationen erwarten (sowie den rezipierten Inhalten auch Bedeutung beimessen). Denis MCQUAIL hat den folgenden Bedürfniskatalog erarbeitet, der dem Fischer-Lexikon PUBLIZISTIK/MASSENKOMMUNIKATION entnommen ist:

- *das Informationsbedürfnis* (also Orientierung über relevante Ereignisse, Ratsuche, Befriedigung von Neugier, Lernen, Weiterbildung, Streben nach Sicherheit durch Wissen);

- *das Bedürfnis nach persönlicher Identität* (also Bestärkung persönlicher Werterhaltung, Suche nach Verhaltensmodellen, Identifikation mit anderen, Selbstfindung);

- *das Bedürfnis nach Integration und sozialer Interaktion* (also ein Gefühl von Zugehörigkeit haben, Grundlagen für Gespräche und soziale Interaktion erhalten, Ersatz für Geselligkeiten oder Partnerschaften finden, Hilfe bei der Annahme sozialer Rollen bekommen, Kontakte finden);

- *das Unterhaltungsbedürfnis* (also Wirklichkeitsflucht, Ablenkung von Problemen, Entspannung, kulturelle und ästhetische Erbauung, emotionale Entlastung, sexuelle Stimulation).

Diese Bedürfnisse steuern den gesamten Kommunikationsprozeß in allen Kommunikationsphasen, in denen sich der Rezipient den Medien selektiv zuwendet, die Medienbotschaften selektiv auswählt und aufnimmt sowie selektiv behält und für sich interpretiert. (ROSENGREN, Karl Erik; WENNER, Lawrence A.; PALMGREEN, Philip (Ed.): Media Gratifications Research. Current Perspectives.- Beverly Hills: Sage 1985. Des weiteren auch: RENCKSTORF, Karsten: Neue Perspektiven in der Massenkommunikationsforschung. Beiträge zur Begründung eines alternativen Forschungsansatzes.- Berlin: Spiess 1977). Der Nutzen-Ansatz kehrt die Fragestellung des Stimulus-Response-Ansatzes gleichsam um und fragt: *Was machen die Menschen mit den Medien?*

Der "Themenstrukturierungs- (auch Agenda-Setting-)Ansatz"
Eine weitere Medienwirkungstheorie sieht das Wirkungspotential der Massenmedien darin, daß diese eine Strukturierung der Wirklichkeit leisten und die Welt für uns gleichsam definieren. Die Rede ist vom Themenstrukturierungsansatz der Massenmedien, auch "Agenda-setting-Ansatz" genannt. Diese Wirkungstheorie besagt, daß die Massenmedien mit ihrer Berichterstattung über politische oder in anderer Weise bedeutende Ereignisse ständig eine "Tagesordnung von Themen" vorgeben, dadurch gleichsam Aufmerksamkeit erzwingen und somit Themen für das aktuelle Gespräch der Gesellschaft bereitstellen. In diesem Prozeß stellen die Massenmedien auch Rangordnungen von Themen auf (mehr und weniger wichtige); diese Rangordnungen können, müssen jedoch nicht bei der Einschätzung der Rangfolge ihrer Bedeutsamkeit durch das Publikum mit der von den Medien vorgegebenen Rangfolge übereinstimmen. Innerhalb der Agenda-Setting-Forschung gibt es einer von MC COMB getroffenen Differenzierung zufolge drei Ansätze:

- *das Awareness-Modell:* es besagt einfach, daß das Publikum durch die Medien auf bestimmteThemen aufmerksam gemacht wird;

- *das Salience-Modell:* es besagt, daß die unterschiedliche Hervorhebung bestimmter Themen durch die Medien unterschiedlich starke Beachtung beim Publikum zur Folge hat;

- *das Priorities-Modell:* es führt zur Annahme, daß sich die Themen-Rangfolge der Medien (media agenda) spiegelbildlich in einer ebensolchen Publikums-Agenda niederschlägt.

Beim Vergleich verschiedener Medien gibt es vereinzelt Hinweise darauf, daß von den Zeitungen etwas stärkere Agenda-Setting-Effekte ausgehen als vom Fernsehen, das Themen eher "spotlightartig" aufwirft. (SHAW, Donald L.; MCCOMBS, Maxwell E.: The Emergence of American Political Issues. The Agenda-Setting Function of the Press.- St. Paul 1977. Des weiteren: EHLERS, Renate: Themenstrukturierung durch Massenmedien. Zum Stand der empirischen Agenda-Setting-Forschung. In: "Publizistik" 28: 1983, S. 167-186.

Die "Wissenskluft- (Knowledge-Gap-)Theorie"

Im Zusammenhang mit Medienwirkungen ist des weiteren auf die These von der wachsenden Wissenskluft (kurz "Wissenskluft-These" bzw. Knowledge-gap-These) zu verweisen. In ihrem ursprünglichen Kern besagte diese Theorie, daß der Wissenserwerb aus den Massenmedien bei Gruppen aus höheren Sozialschichten schneller vonstatten geht als bei unteren sozialen Gruppen. Massenkommunikation schien also Bildungsdefizite zu vergrößern statt zu verringern bzw. bestehende Wissensklüfte zwischen gut und weniger gut Gebildeten eher zu vertiefen als auszugleichen. Aus neueren empirischen Studien geht jedoch hervor, daß der Faktor "Bildung" alleine nicht als hinreichende Erklärung für die Wissenskluft-These herangezogen werden kann, sondern u.a. das "Interesse" einer Person an einem Sachverhalt für die Bereitschaft zur Aufnahme von (neuem) Wissen eine Rolle spielt. Dieses Interesse kann, muß aber nicht mit dem Faktor Bildung korrelieren. (HORSTMANN, Reinhold: Medieneinflüsse auf politisches Wissen. Zur Tragfähigkeit der Wissenskluft-Hypothese.- Wiesbaden: Deutscher Universitätsverlag 1991. Ebenso: BONFADELLI, Heinz: Die Wissenskluft-Perspektive. Massenmedien und gesellschaftliche Information.- München: Ölschläger 1993).

Die "Theorie der besonderen Wirkung des Fernsehens"

Eine fünfte, in der Kommunikationsforschung sehr kontroversiell diskutierte Wirkungstheorie ist jene, die dem Medium Fernsehen bei der Wirkungsfrage eine Sonderstellung einräumt. Folgende Gründe werden dafür verantwortlich gemacht: Beim Fernsehen sei die Programmauswahl eingeschränkt (im Gegensatz zu den vielen existierenden Zeitungen). Außerdem sei der Rezipient beim Fernsehen gezwungen, dem Programmablauf zu folgen, - Fernsehen, sagt Elisabeth NOELLE-NEUMANN, könne man nicht "umblättern" (wie die Zeitung, die insgesamt individueller zu handhaben sei). Außerdem habe das Fernsehen gegenüber der Zeitung einen Aktualitätsvorsprung, könne es Themen zuerst artikulieren und habe es damit auch die Chance der ersten Themenbewertung. Schließlich sei das Fernsehen durch Bild und Ton auch das vergleichsweise glaubwürdigere Medium als Radio oder Zeitung. (NOELLE-NEUMANN, Elisabeth: Der getarnte Elefant. Über die Wirkung des Fernsehens. In: NOELLE-NEUMANN, Elisabeth: Öffentlichkeit als Bedrohung. Beiträge zur empirischen Kommunikationsforschung.- Freiburg, München: Alber 1979, S. 115-126).

Die "Theorie der Schweigespirale"

Im Zusammenhang mit dieser These von der Sonderstellung des Mediums Fernsehen im Wirkungsprozeß der Massenmedien verdient schließlich eine weitere Wirkungstheorie Beachtung, die sich aus eher sozialpsychologischer Sicht mit der Entstehung von öffentlicher Meinung beschäftigt: für ihre (der öffentlichen Meinung) Entstehung spielen dieser Auffassung zufolge nicht nur das Fernsehen und auch die anderen Medien eine besondere Rolle, sondern auch die Tendenz vieler Presse- und Rundfunkjournalisten, öffentlichkeitsbedeutsame und öffentlichkeitswirksame Themen in großer Übereinstimmung der Darstellungsweisen und Themenbewertung in den Massenmedien zu präsentieren. Durch diese Konsonanz der Medienberichterstattung entstünden in der Öffentlichkeit Meinungen, die als Meinungen der Mehrheit erscheinen, selbst wenn sie keine Mehrheitsmeinungen sind. Viele Menschen tendierten dazu, solche oftmals gar nicht persönlichen Auffassungen entsprechende (scheinbare) Mehrheitsmeinungen in der Gesellschaft zu äußern und die eigene Meinung zurückzuhalten, um sich von den Mitmenschen nicht zu isolieren. Es ist dies die im deutschen Sprachraum von Elisabeth NOELLE-NEUMANN vertretene Theorie der Schweigespirale (NOELLE-NEUMANN, Elisabeth: Die Schweigespirale. Öffentliche Meinung - unsere soziale Haut.- Zürich, München: Piper 1980).

Der "dynamisch-transaktionale Ansatz"

Ein erst in der jüngsten Zeit entwickelter, neuer Ansatz zur Medienwirkung ist im "dynamisch-transaktionalen Modell" zu sehen, das von Werner FRÜH und Klaus SCHÖNBACH entwickelt wurde. Dieser Ansatz bemüht sich um eine *Integration von Wirkungs- (Stimulus-Response-Ansatz) und Nutzen-Ansatz*. Danach entstehen in der Massenkommunikation Vorstellungs- und Verhaltensänderungen aus Wechselwirkungsprozessen zwischen Kommunikatoren und Rezipienten; diese Prozesse werden als "Transaktionen" bezeichnet. Sog. *Inter*-Transaktionen finden ständig zwischen Rezipienten und Kommunikator statt: bei der Gestaltung einer Botschaft bringt der (Medien-)Kommunikator sein Bild vom Rezipienten ein, bei der Interpretation der Botschaft durch den Rezipienten spielt dessen Bild vom Kommunikator eine Rolle. Neben den Inter-Transaktionen gibt es *Intra*-Transaktionen, die im kognitiven System sowohl des Kommunikators als auch des Rezipenten ablaufen. Gemeint sind damit Interaktionsprozesse zwischen Wissen und Aktivation, d.h. dem Interesse an einer Botschaft. Indem Transaktionen zwischen Kommunikator und Rezipient als fortgesetzte Austauschprozesse über einen kurzen oder längeren Zeitraum verstanden werden, führt dieser Ansatz durch den Faktor Zeit auch einen dynamischen Aspekt ein. Nach diesem Modell wird der Rezipient in einer aktiven und einer passiven Rolle gesehen: Der aktive Rezipient bringt Motive in den Kommunikationsprozeß ein, die passive Rolle beschreibt das habituelle Medienverhalten (das durch Motive nicht jeweils neu zu begründen ist). (FRÜH, Werner: Medienwirkungen. Das dynamisch-transaktionale Modell. Theorie und empirische Forschung.- Opladen: Westdeutscher Verlag 1991.)

Literatur (Auswahl)

BURKART, Roland (Hrsg.): Wirkungen der Massenkommunikation. Theoretische Ansätze und empirische Ergebnisse.- Wien: Braumüller 1987. (Bei diesem Buch handelt es sich um jene sehr zweckmäßige Aufsatzsammlung mit Beiträgen zur "stimulusorientierten" Perspektive, zur "rezipientenorientierten" Perspektive des Nutzen-Ansatzes, zur "medienorientierten" Perspektive des Agenda-Setting-Ansatzes, zu "Wirkungsaspekten des Fernsehens" sowie zum "dynamisch-transaktionalen Ansatz").

SCHENK, Michael: Medienwirkungsforschung.- Tübingen: Mohr 1987. (Schenk gliedert sein Buch in fünf Abschnitte: 1. Wirkungen auf Einstellungen, Emotionen, Kognitionen; 2. Massenkommunikation und interpersonale Kommunikation; 3. Gesellschaftliche Wirkungen der Massenkommunikation; 4. Publikums- und Gratifikationsforschung; 5. Zum Stand der Medienwirkungsforschung).

WINTERHOFF-SPURK, Peter: Fernsehen: Psychologische Befunde zur Medienwirkung.- Bern: Huber 1976. (Leicht lesbarer Überblick über wichtige Theorien zur Medienwirkung).

MEDIENWIRKUNGSFORSCHUNG IN DER BUNDESREPUBLIK DEUTSCHLAND. Hrsgg. von der Deutschen Forschungsgemeinschaft. (Teil I: Berichte und Empfehlungen; Teil II: Dokumentation, Katalog der Studien).- Weinheim: VCH 1987.

MASSENKOMMUNIKATION. Theorien, Methoden, Befunde. Sonderheft der Kölner Zeitschrift für Soziologie und Sozialpsychologie (Sonderheft 30/1989).- Opladen: Westdeutscher Verlag 1989 (besonders Kapitel "VI. Zur Theorie der Medienwirkung", S. 392-472).

MALETZKE, Gerhard: Psychologie der Massenkommunikation. Theorie und Systematik. 2. Aufl.- Hamburg: Hans-Bredow-Institut 1972.
NASCHOLD, Frieder: Kommunikationstheorien. In: LANGENBUCHER, Wolfgang R. (Hrsg.): Publizistik- und Kommunikationswissenschaft. Ein Textbuch zur Einführung in ihre Teildisziplinen.- Wien: Braumüller 1986, S. 40-81.
SCHERER, Helmut: Massenmedien, Meinungsklima und Einstellung. Eine Untersuchung zur Theorie der Schweigespirale.- Opladen: Westdeutscher Verlag 1990.
BERGLER, Reinhold; SIX, Ulrike: Psychologie des Fernsehens.- Bern: Huber 1979.
KAGELMANN, Jürgen H.; WENNINGER, Gerd: Medienpsychologie. Ein Handbuch in Schlüsselbegriffen.- München: Urban & Schwarzenberg 1982.
GROEBEL, Joe; WINTERHOFF-SPURK, Peter (Hrsg.): Empirische Medienpsychologie.- Weinheim: 1988.
Fischer-Lexikon PUBLIZISTIK/MASSENKOMMUNIKATION. Hrsgg. von Elisabeth NOELLE-NEUMANN, Winfried SCHULZ und Jürgen WILKE.- Frankfurt am Main: Fischer 1989 (besonders die Abschnitte "Kommunikationsprozeß", "Kommunikationstheorien" und "Wirkung der Massenmedien").
WEISCHENBERG, Siegfried; SCHOLL, Armin: Wirken die Medien? Eine Warnung vor einfachen Antworten. Lehren aus einem Forschungsprojekt. Werkstattberichte der Forschungsgruppe Journalistik der Universität Münster, Heft 1.- München 1990.
Siehe auch die Literaturhinweise zu Kapitel "2.2.4 Rezipient/Wirkung" in diesem Buch.

3.4 Pädagogische Aspekte der Publizistik

Die pädagogisch orientierte Beschäftigung mit Phänomenen der Kommunikation und Massenkommunikation ist nicht eine Folge sozialwissenschaftlichen Denkens in der Publizistik- und Kommunikationswissenschaft, sondern hat ihren Ursprung bereits in der geisteswissenschaftlich-normativ orientierten Zeitungswissenschaft. Seit ihrer Etablierung in den zwanziger Jahren im deutschen Sprachraum haben sich Vertreter des Faches unter verschiedenen Auffassungen mit medienpädagogischen Fragen befaßt, und jede Phase publizistik- und kommunikationswissenschaftlicher Reflexion unter pädagogischem Aspekt hat ihre Fragestellungen wenn schon nicht abgeändert, so doch entsprechend modifiziert.

Weltanschauliche, ideologische, wissenschaftliche und technische Faktoren spielen dabei ebenso eine Rolle wie die Tatsache, daß Medienangebot und Medienreichweite sowie Mediennutzung und Medienkonsum vor allem in jüngerer und jüngster Zeit sprunghaft angestiegen sind. Die Folge im medienwissenschaftlichen Bereich war vor allem Anfang der siebziger Jahre eine intensive Phase medienpädagogisch geleiteter Beschäftigung mit den Massenmedien. Dabei hat sich der Akzent der Fragestellung von Medienerziehung (und Medienkunde) weg und hin zu einer neuen Kommunikationspädagogik verschoben.

3.4.1 Konzepte der Medienpädagogik

Die verschiedenen Phasen der Publizistik- und Kommunikationswissenschaft sind, wie bereits angedeutet, in der pädagogisch geleiteten Beschäftigung mit den Massenmedien von recht unterschiedlichen Auffassungen und Orientierungen gekennzeichnet. Aus der fachspezifischen Diskussion über diese verschiedenen Auffassungen lassen sich die folgenden sechs Konzeptionen ableiten, die u.a. auch eng mit der theoretischen Entwicklung des Faches in Verbindung zu sehen sind.

Die normativ-geisteswissenschaftliche Konzeption
Diese medienpädagogische Auffassung hat analog der Entwicklung der Zeitungswissenschaft die Thematisierung von pädagogischen Fragen zum Gegenstand, die die *Zeitung* als pädagogisches Problem betreffen. Es geht dabei aber weniger um die Vermittlung von Fakten über Zeitung und Zeitungswesen (einschließlich politischer, wirtschaftlicher, organisatorischer und technischer Bedingungen) und auch nicht etwa um theorieleitende Ideen, sondern vielmehr um ethische und moralische - also in der Tendenz stark wertende - Probleme und Gefahren des Zeitungskonsums und damit verbundener negativer Auswirkungen. Diese Phase medienpädagogischen Denkens erstreckt sich primär über den Zeitraum von etwa 1930 bis 1950 und kann als normative Medienerziehung charakterisiert werden. Zu ihren Vertretern zählen u.a. Emil DOVIFAT, Gustav ASCHAFFENBURG und Hans A. MÜNSTER.

Die kulturpessimistische Orientierung
Eng in Zusammenhang mit der normativ-geisteswissenschaftlichen Auffassung steht die "kulturpessimistische" Betrachtung der Massenmedien. Ihre Argumente richten sich in verstärktem Ausmaß gegen alle jene Gefahren, die nicht nur von der Zeitung, sondern vor allem von den Medien Fernsehen und Film ausgehen wie

- Begünstigung konformistischer und passiv-rezeptiver Verhaltensweisen in der Folge ungehemmten Medienkonsums
- Behinderung und Lähmung der eigenschöpferischen Phantasie und Kreativität
- sowie Furcht vor den Massenmedien primär als Unterhaltungs- und Manipulationsinstanzen

Diese Phase medienpädagogischen Denkens, die heute in eher konservativen weltanschaulichen Gesellschaftsgruppen immer noch vorfindbar ist, hat theoretisch und praktisch etwa zwischen 1950 und 1965 in verstärktem Ausmaß ihren Niederschlag gefunden und sich eher realitätsverneinend mit den Massenmedien befaßt. Zu ihren Vertretern ist u.a. Josef A. ZÖLLER zu zählen.

Die technokratisch (und technologisch) orientierte Konzeption
Die technokratisch orientierte Medienpädagogik dagegen akzeptiert die Massenmedien als Realität und sieht in ihnen primär die vielfältigen Möglichkeiten des Einsatzes und der Verwendung der Massenmedien für Schule, Unterricht, Erziehung und Erwachsenenbildung unter drei wesentlichen Aspekten:

- als Hilfsmittel und Instrumente der didaktischen Vermittlung und somit also im Einsatz für besseren und anschaulicheren Unterricht (= Medien-Didaktik)
- als Informations- und Programmträger mit vielfältigen Gestaltungsmöglichkeiten zur Entlastung des organisierten Bildungswesens und somit als Lern- und Bildungsangebote sowie als Sozialisationsagenturen
- als Produktionsmittel selbst hergestellter und erarbeiteter "Programme" (Umgang mit, Handhabung von Medien, technische Unterweisung, Unterrichtstechnologie).

Technokratisch orientierte Medienpädagogen sehen in den Medien primär die Leistungen und Funktionen als Informationsträger und didaktische Vermittler. Diese Form der Mediendidaktik und Medienkunde setzt in der zweiten Hälfte der 60er Jahre ein. Zu ihren Vertretern zählen u.a. Joachim KNOLL, Jürgen HÜTHER und Horst DICHANZ.

Die kommunikationstheoretische Konzeption
Diese Konzeption geht von den soziologischen Forschungsergebnissen der erfahrungswissenschaftlichen Pädagogik aus; sie bedient sich der empirisch orientierten Publizistik- und Kommunikationswissenschaft,

um im allgemein zugänglichen Bildungsbereich den Gesamtzusammenhang 'Massenkommunikation - soziale Kommunikation - individuelle, interpersonale Kommunikation' transparent zu machen. Ziel ist die bildungsstufenadäquate Aufarbeitung

- der gesamtgesellschaftlichen (= politischen, wirtschaftlichen, sozialen, organisatorischen, technischen etc.) Bedingungen der Massenkommunikation
- der Strukturen und Funktionen, der Eigengesetzlichkeiten und Wirkungen der Massenkommunikation
- der Einsichten in Gestaltungsmöglichkeiten, Darstellungsformen, Verstehensweisen und Beeinflussungsmöglichkeiten von Massenkommunikation und zwischenmenschlicher, interpersonaler Kommunikation

Kommunikationstheoretische Medienpädagogik meint demzufolge sowohl realitätsbejahende, kritische Medienkunde, Mediendidaktik und Medientheorie. Zu ihren Vertretern gehören u.a. Adolf STEINER, Franz ZÖCHBAUER, Thomas BAUER, Hertha STURM.

Die ideologiekritisch orientierte Medienpädagogik
Die ideologiekritische Medienpädagogik hat die Massenmedien selbst als Anlaß und zum Gegenstand kritischer Reflexion und Analyse; ihre Medienkritik ist zu sehen und verstehen als Kritik

- an den (kapitalistisch) dominierten Programmstrukturen und Medieninhalten
- an der Programmproduktion unter kapitalistischen Produktionsbedingungen und ihren Konsequenzen
- an den systemerhaltenden und systemstabilisierenden Funktionen und Leistungen der Massenmedien

Diese Auffassung von Medienpädagogik zielt demzufolge auf kritische Medienerziehung und Medienkunde. Zu ihren Vertretern zählen u.a. Manfred HÜLSWEDE, Dieter BAACKE, Horst HOLZER, Alex DIEL.

Die kommunikations- und handlungsorientierte Konzeption
Dieses praxisorientierte Konzept sieht als *Medienpädagogik* die Medien als Mittel selbsttätiger, eigenschöpferischer Mediengestaltung und Medienproduktion, und zwar:

- Medienarbeit als Mittel der Darstellung individueller Bedürfnisse und Artikulation in Ergänzung und im Gegensatz zu der von den Medien produzierten und etablierten Wirklichkeit

In der *Kommunikationspädagogik* sieht es die Befähigung des einzelnen zu (aktiver und passiver) zwischenmenschlicher Kommunikation

- Medienarbeit und Kommunikationsübungen als Mittel zur Selbsterfahrung und Verhaltensänderung sowie zur bewußten Erfassung kommunikativer Handlungs- und Verhaltensstrategien

Diese medienpädagogische Orientierung versteht sich als Medien- und Kommunikationspädagogik und findet ihre intensive theoretische und praktische Umsetzung in Kommunikationstrainings, Arbeit mit Video u.a.m. Zu ihren Vertretern zählen Dieter BAACKE, Alex DIEL, Franz ZÖCHBAUER, Henk HOEKSTRA und andere.

3.4.2 Begrifflichkeit der Medienpädagogik

Im gesamten Bereich von Bildung und Erziehung wird in der pädagogisch orientierten Betrachtung der Massenkommunikation - auch in der pädagogisch orientierten Publizistik- und Kommunikationswissenschaft - mit einer oftmals nicht klar abgegrenzten, unscharfen Begrifflichkeit operiert. Termini wie Medien-*Erziehung*, Medien-*Pädagogik*, Medien-*Kunde* und Medien-*Didaktik* wurden und werden synonym verwendet, obwohl mit den Begriffen Verschiedenes gemeint ist. Bei dem Versuch, die Begrifflichkeit zu ordnen und eine klare Terminologie zu schaffen, könnte die folgende Begriffs-"Hierarchie" erstellt werden:

- der Begriff *Medienpädagogik* als übergeordnete Bezeichnung für die pädagogisch orientierte Beschäftigung mit den Massenmedien generell
- der Begriff *Medienerziehung* als Bezeichnung für die erzieherisch-praktische Umsetzung medienpädagogischer Zielsetzungen (welcher Art auch immer)
- der - enge - Begriff *Mediendidaktik* als Bezeichnung für den praktischen Einsatz von Medien als technische Hilfsmittel für die Unterrichtsgestaltung.

Die *Mediendidaktik* als Lehre über den funktionsgerechten Einsatz für Unterrichtsgestaltung und Wissensvermittlung in Bildung und Erziehung fragt somit nach

- der spezifischen Eigenart verschiedener Medien als Träger von Lehr- und Lerninhalten

- der Brauchbarkeit der Medien als Hilfsmittel für die Gestaltung von Lernprozessen
- der Einschätzung audiovisueller Medien im Hinblick auf je verschiedene Lern- und Unterrichtssituationen
- der kommunikationsunterstützenden und/oder kommunikationstragenden Funktion von Medien für Lehr- und Lernprozesse
- der Überprüfung der Folgewirkung des Medieneinsatzes im Bildungsbereich auf das Verhältnis zwischen Lernenden und Lehrenden ("Schüler - Lehrer")
- und somit nach dem Abbau vertikaler Kommunikationsstrukturen "Lehrer - Schüler" (z.B. Vortrag) und der Begünstigung horizontaler Gesprächsfunktionen zwischen Lehrenden und Lernenden.

Die *Medienerziehung* als Lehre über die Erziehung durch die Medien und zu den Medien umfaßt eine passive und eine aktive Komponente:

Passive Medienerziehung in Schule und Erwachsenenbildung meint

- die Vermittlung und Diskussion der rechtlichen Grundlagen, der politischen und wirtschaftlichen Bedingungen, der organisatorischen Strukturen, der Eigengesetzlichkeiten, der Wirkmechanismen u.a.m.
- sowie die Hinführung zur realitätskritischen Nutzung des massenmedialen Angebots.

Aktive Medienerziehung besteht in der Herausführung des Medienkonsumenten aus der passiven Rolle als Massenkommunikationsempfänger durch Anleitung zur aktiven Teilnahme und somit zur eigenschöpferischen Anteilnahme an Kommunikation und Massenkommunikation durch

- Artikulation und Darstellung individueller Bedürfnisse und Erfahrungen in den Medien
- Erziehung des einzelnen zu Kommunikationsfähigkeit und zur kommunikativen Verhaltensdifferenzierung im interpersonalen, privaten Bereich

Aus der Darstellung der verschiedenen medienpädagogischen Konzeptionen sowie aus der versuchten Differenzierung der Begrifflichkeit der Medienpädagogik geht hervor, daß die Aufarbeitung von Phänomenen der Massenkommunikation unter pädagogischer Perspektive einem Wandel unterliegt: sie kehrt ab von der "traditionellen" Medienerziehung und schafft eine neue Kommunikationslehre, d.h.

im Gegensatz zur *Medienerziehung*	möchte die *Kommunikationslehre*
(nicht nur)	(sondern)
❐ Grundinformationen über Massenkommunikation	❐ umfassende Information, Reflexion und Diskussion über alle interpersonalen und massenmedialen Kommunikationsbeziehungen und Kommunikationssysteme
(nicht nur)	(sondern)
❐ kritischen Medienkonsum	❐ spontanes Eingreifen in alle Kommunikationsvorgänge individueller und sozialer Art
(nicht nur)	(sondern)
❐ passive Teilnahme an Kommunikation und Massenkommunikation (Zuhören, Zusehen, Lesen)	❐ aktive, der konkreten Situation entsprechende Teilnahme an privater und öffentlicher Kommunikation

Die Ziele einer solchen *Kommunikationslehre* für Schule und Erwachsenenbildung, für Erziehung und Bildung generell, lassen sich wie folgt zusammenfassen:

❐ die Befähigung des einzelnen zur Einordnung des Phänomens Massenkommunikation in den gesamtgesellschaftlichen Zusammenhang *(= Transparenz)*

❐ die Befähigung des einzelnen zur bewußten Anteilnahme an der von den Medien mitgetragenen politischen und kulturellen Bildung der Gesellschaft *(= Partizipation)*

❐ die Befähigung zur individuellen Standortbestimmung in der Gesellschaft und zum Erkennen möglicher kommunikativer Existenz- und Standorträume *(= Emanzipation)*

❐ die Inanspruchnahme kommunikativ und massenkommunikativ dominierter Existenzräume in der Gesellschaft *(= Kreativität)*

- die Befähigung zum emanzipatorischen Mediengebrauch, d.h. zur eigenständigen und eigenschöpferischen kommunikativen und publizistischen Aktivität *(= Kompetenz)*

Literatur (Auswahl)

Zum Grundstudium:

BAUER, Thomas: Medienpädagogik. Einführung und Grundlegung. 3 Bde.: Band 1: Theorie-Diskussion: Der Kommunikationssinn. Band 2: Didaktische Modelle: Politik in Massenmedien. Band 3: Didaktische Modelle: Unterhaltung durch Massenmedien.- Wien, Köln: Böhlau 1979 ff.

DICHANZ, Horst u.a.: Medien im Unterrichtsprozeß. Grundlagen, Probleme, Perspektiven.- München: Juventa 1974.

DIEL, Alex (Hrsg.): Kritische Medienpraxis. Ziele, Methoden, Mittel.- Köln: DuMont Schauberg 1974.

KNOLL, Joachim; HÜTHER, Jürgen (Hrsg.): Medienpädagogik. 18 Beiträge.- München: Nymphenburger Verlagsbuchhandlung 1976. (= Nymphenburger Texte zur Wissenschaft; Modelluniversität 26.)

KÖCK, Peter: Didaktik der Medien.- Donauwörth: Auer 1974.

STUKE, Franz R.; ZIMMERMANN, Dietmar: Medium Fernsehen. Eine Studie zum Problemkreis Medienpädagogik und Schulfernsehen am Beispiel einer Felduntersuchung.- Münster: Regensberg 1976. (= Dialog der Gesellschaft 9.)

STURM, Hertha u.a.: Grundlagen der Medienpädagogik.- Zug: Klett & Balmer 1979.

WUNDEN, Wolfgang: Medienpädagogik - Führerschein fürs Fernsehen?- Stuttgart: Süddeutscher Rundfunk 1980. (= Südfunk-Hefte 3).

MEDIENKOMPETENZ ALS HERAUSFORDERUNG AN HERAUSFORDERUNG AN SCHULE UND BILDUNG. Ein deutsch-amerikanischer Dialog. Kompendiumzu einer Konferenz der Bertelsmann-Stiftung.- Gütersloh: Bertelsmann 1992.

Weiterführende Literatur (und Einzelfragen)

ALBRECHT, Gerd: Neuorientierung der Medienpädagogik. In: "Film, Bild, Ton" 1970, Heft 6.

ASCHAFFENBURG, Gustav: Die Zeitung in der Psychologie der Jugendlichen. In: KALLEN, Gerhard (Hrsg.): Erziehungswesen und Presse. Bonn, Köln 1931.

BAACKE, Dieter: Kommunikation und Kompetenz. Grundlegung einer Didaktik der Kommunikation und ihrer Medien.- München: Juventa 1973.

BAACKE, Dieter (Hrsg.): Mediendidaktische Modelle: Fernsehen.- München: Juventa 1973.

BAACKE, Dieter (Hrsg.): Mediendidaktische Modelle: Zeitung und Zeitschrift.- München: Juventa 1973.

DIEL, Alex: Ziele, Methoden und Mittel einer emanzipatorischen Medienpädagogik. In: DIEL, Alex (Hrsg.): Kritische Medienpraxis a.a.O., S. 271-281.

DOVIFAT, Emil: Die Zeitung im Leben der Jugend. In: MAASS, Hermann (Hrsg.): Geistige Formen der Jugend unserer Zeit.- Berlin 1931.

HOLZER, Horst: Kinder und Fernsehen. Materialien zu einem öffentlichrechtlichen Dressurakt.- München: Hanser 1974. (= Reihe Hanser 160).

HÜLSWEDE, Manfred: Gegenwärtige Positionen der Medienpädagogik. In: DIEL, Alex (Hrsg.): Kritische Medienpraxis, a.a.O., S. 12-24.

KERSTIENS, Ludwig: Unterrichtsthema: Massenkommunikation. Grundlagen, Erziehungs- und Lernziele, Vorschläge für den Unterricht.- Bad Heilbrunn: Klinkhardt 1974.

KERSTIENS, Ludwig: Medienkunde in der Schule. Lernziele und Vorschläge für den Unterricht.- Bad Heilbrunn: Klinkhardt 1971.

MALETZKE, Gerhard: Fernsehen im Leben der Jugend.- Hamburg: Hans-Bredow-Institut 1959.

MÜNSTER, Hans Amandus: Jugend und Zeitung.- Berlin 1932.

SCHWARZ, Reent: Didaktik der Massenkommunikation 1: Manipulation durch Massenmedien - Aufklärung durch Schule; Eine Bestandsaufnahme.- Stuttgart: Metzler 1974.

SCHWARZ, Reent (Hrsg.): Didaktik der Massenkommunikation 2: Materialien zum Fernsehunterricht. Unterrichtspraxis, Programmanalysen, Medientheorie.- Stuttgart: Metzler 1976.

PAECH, Joachim: Didaktik der Massenkommunikation 3: Schulfernsehen - Schüler machen Filme.- Stuttgart: Metzler 1977.

STEINER, Adolf; ZÖCHBAUER, Franz; BRANDSTETTER, Alfred: Massenmedien in Unterricht und Erziehung. Grundlagen und Unterrichtsbeispiele zu Presse, Film, Funk, Fernsehen.- Frankfurt am Main, Berlin, Bonn, München: Diesterweg 1969.

ZÖCHBAUER, Franz; HOEKSTRA, Henk: Kommunikationstraining. Ein Erfahrungsbericht.- Heidelberg: Quelle und Meyer 1974.

ZÖLLER, Josef Othmar (Hrsg.): Massenmedien - die geheimen Führer. Ein Sachbuch über Presse, Film, Funk, Fernsehen.- Augsburg: Verlag Winfried-Werk 1965.

FURIAN, Martin; MAURER, Monika: Praxis der Fernseherziehung in Kindergarten, Hort, Heim und Familie. 2. Aufl.- Heidelberg: Quelle und Mayer 1979.
HÜTHER, Jürgen; BREUER, Klaus Detlef; SCHORB, Bernd (Hrsg.): Neue Texte Medienpädagogik. Jahrbuch für Forschung und Praxis.- München: Ehrenwirth 1979.
BACHMAIR, Ben: Medienverwendung in der Schule. Analyse- und Planungsbeispiele für den Unterricht mit audiovisuellen Medien.- Berlin: Spiess 1979.
THULL, Martin: Fernsehkunde in der Schule.- Bad Heilbrunn: Klinkhardt 1977.
BAEYER, Alexander; BUCH, Bernhard: Wörterbuch Kommunikation und Medienpraxis für Erziehung und Ausbildung. Begründungen und Erläuterungen aus Praxis, Wissenschaft und Technik.- München: K. G. Saur 1979.
WODRASCHKE, Georg (Hrsg.): Medienpädagogik und Kommunikationslehre.- München: Ölschläger 1979. (Schriftenreihe der Deutschen Gesellschaft für Publizistik und Kommunikationswissenschaft, Bd. 4).

3.5 Sprachwissenschaftliche Aspekte der Publizistik

In den Vordergrund gesellschaftswissenschaftlicher Aspekte der Publizistik- und Kommunikationswissenschaft rücken in jüngster Zeit auch sprachwisenschaftliche Gesichtspunkte. In allen Formen zwischenmenschlicher und öffentlicher Kommunikation spielt die Sprache eine wesentliche Rolle. Sie ist ein System unbegrenzter Ausdrucksmöglichkeiten und der wichtigste Informationsträger, von dem alle anderen Formen der Kommunikation abhängen. Die Sprache ist für die Bewußtwerdung des Individuums ebenso von großer Bedeutung wie für die Speicherung und Weitergabe neuer Erfahrungen. Das Denken erfolgt im Prinzip nach den Regeln der Sprache. Ebenso vermittelt die Sprache gesellschaftliche und kulturelle Werte. Individuelle wie soziale Kommunikation sind auf Sprache angewiesen, wenngleich Verständigung in sehr einfachen Ausdrucksformen oft auch durch nonverbale Kommunikation erfolgen kann. Von nonverbalen Formen der Kommunikation unterscheidet sich Sprache vor allem dadurch, daß jeder Sprache die Möglichkeit innewohnt, eine beinahe unendliche Anzahl von Bedeutungen auszudrücken und zu verstehen. Sprache vermag Tatsachen, Meinungen, Probleme zu vermitteln; nicht-sprachliche Kommunikation (Mimik, Gestik, Körperbewegungen etc.) erweitert die Ausdrucksfähigkeit sprachlicher Kommunikation und stellt oft erst die emotionale Beziehung zum Ausgesprochenen her.

Die Sprachwissenschaft selbst beschäftigt sich ihrerseits wieder unter verschiedensten Gesichtspunkten mit dem Phänomen Sprache. So befaßt sich u.a. die *Semiotik* mit der allgemeinen Lehre von den Zeichen, Signalen, Ikonen (Bildern) und Symbolen. Die *Semasiologie* erörtert die Bedeutung der sprachlichen Zeichen und Zeichenfolgen sowie ihres Wandels. Die *Semantik* widmet sich der Bedeutung der Wörter, Satzteile, Sätze und Texte (Wortbedeutungslehre). Die *Syntaktik* geht den Beziehungen der Zeichen, Wörter und Sätze untereinander auf den Grund, befaßt sich also vor allem mit der Grammatik, dem System der Sprachregeln. Die *Pragmatik* behandelt die Beziehungen zwischen Zeichen und Zeichenbenutzern beziehungsweise Zeicheninterpreten. Die *Soziolinguistik* wiederum geht der gesellschaftlichen Bedingtheit der Sprache auf den Grund.

Aus publizistischer beziehungsweise kommunikationswissenschaftlicher Sicht sind unter anderem die folgenden sprachwissenschaftlichen Aspekte von Interesse: Die Funktionen der Sprache, die soziale (schichtspezifische) Bedingtheit von Sprache; Verstehen und Verständlichkeit; die Sprache der nonverbalen Kommunikation sowie medienspezifische Bedingtheiten, Gesetzmäßigkeiten und Eigenschaften von Sprache.

3.5.1 Funktionen von Sprache

Aus sprachwissenschaftlicher Sicht wird in Anlehnung an Karl BÜHLER im allgemeinen zwischen drei Funktionen von Sprache unterschieden:

- ❒ der *Ausdrucksfunktion* (der Möglichkeit also, Gedanken und Empfindungen auszudrücken);
- ❒ der *Darstellungsfunktion* (der Möglichkeit, Sachverhalte und Dinge zu beschreiben);
- ❒ der *Appellfunktion* (die Möglichkeit also, mittels Sprache das Verhalten des Interaktionspartners beeinflussen zu können).

In je unterschiedlichen Sprachsituationen dominiert jeweils eine dieser Funktionen.

Aus anthropologischer und soziologischer Sicht erfüllt Sprache aber noch weitere Funktionen, nämlich:

- die *Vergesellschaftungsfunktion*, d.h. Sprache als gleichsam soziale Institution dient dazu, gesellschaftliches Bewußtsein zu bilden und zu stabilisieren;

- die *Entlastungsfunktion*, d.h. daß Sprache für den einzelnen die Komplexität der Umwelt zu einer kulturellen Umwelt reduziert.

In diesem Zusammenhang ist auf die Sprachforscher Eduard SAPIR und Benjamin Lee WHORF zu verweisen, die das "linguistische Relativitätsprinzip" formulierten. Es besagt, daß Sprache Wahrnehmung und Bewußtsein strukturiert, Sprechen ein Prozeß der Konstruktion von Wirklichkeit ist; und diese Wirklichkeit von Faktoren wie Alter, Bildung, Geschlecht etc. abhängig ist.

Eine weitere Funktion der Sprache ist in der *Ästhetik-Funktion* zu sehen. Gemeint ist damit der Einsatz von Sprache im kulturell-literarischen Schaffen.

3.5.2 Schichtspezifische Unterschiede von Sprache

Mit schichtspezifischen Unterschieden der Sprache beschäftigt sich die *Soziolinguistik*. Sie bestimmt Sprache als Produkt der kulturellen Produktion. Sprache leitet sich demzufolge aus der sozialen Situation des Menschen ab. Basil BERNSTEIN ist sozialdifferenzierten Sprachstilen auf den Grund gegangen und hat die Unterscheidung in restringierte Sprachcodes und elaborierte Sprachcodes getroffen.

Mit *restringiertem Code* ist eine Merkmalsstruktur im Sprachgebrauch der Unterschicht gemeint (einfacher Satzbau, geringer Abstraktionsgrad, Bedeutung von Gesten und Anweisungen, hohe Anschaulichkeit, unvollständige Sätze, mitunter starker Appellcharakter).

Mit *elaboriertem Code* ist die Merkmalsstruktur des Sprachgebrauchs der Mittel- und Oberschicht gemeint (hoher Abtraktionsgrad, komplexer Satzbau, Sprache der Bildung, Kultur und Politik).

Für Unterschicht-Angehörige können Barrieren der Mittelschicht-Sprache Probleme für sozialen Aufstieg bedeuten. Die Massenmedien tragen zwar die Sprache der Mittelschicht an die Unterschichten heran, vermögen das Sprach- und Kommunikationsverhalten der Unterschicht jedoch nicht von Grund auf zu verändern. Die vor allem unter Unterschicht-Angehörigen feststellbare, wenig ausgeprägte Lesefähigkeit wird u.a. auf die Barrieren der Sprachcodes der Mittelschicht zurückgeführt. Im Zusammenhang mit schichtspezifischen Unterschieden der Sprache stellen sich u.a. die folgenden Fragen:

- ob die Boulevard-Presse mit ihrem einfachen, plakativen Stil und ihrem relativ geringen Wortschatz Unterschicht-Lesern entgegenkommt und neue Leser zu erschließen vermag;
- ob die gehobenere Sprache der Elite-Presse schichtspezifische Sprachunterschiede weiterhin begünstigt und Wissensklüfte zwischen den Bevölkerungsschichten vertieft;
- wie Zeitungssprache so strukturiert werden kann, daß sie einerseits eine maximale kommunikative Reichweite erzielt (also möglichst für alle verständlich ist), ohne jedoch ihren von Medium zu Medium individuellen Charakter einzubüßen?

3.5.3 Verstehen und Verständlichkeit

Der Umstand, daß die Massenmedien - übrigens nicht nur die Zeitung - Sprachbarrieren darstellen können, hat linguistisch orientierte Kommunikationsforscher veranlaßt, Fragen der Verständlichkeit und des Verstehens zu klären. Zwischen Verständlichkeit und Verstehen gibt es einen Zusammenhang: wenig verständlich verfaßte Texte sind oft auch nur schwer zu verstehen. Dennoch ist auf einen wichtigen Unterschied zwischen Verstehen und Verständlichkeit hinzuweisen:

- *Verständlichkeit* bezieht sich auf die objektiven Eigenschaften eines Textes, also auf sein Vokabular, die Satzlängen, die Gliederung etc.; die Verständlichkeit ist am Text (bzw. in Radio und Fernsehen) an den anderen dramaturgischen bzw. auditiven und visuellen Gestaltungsmöglichkeiten orientiert und somit ein statischer Wert.
- *Verstehen* bezieht sich auf die subjektiven Faktoren (kognitiver und emotionaler Art), die bei der Textverarbeitung durch den Rezipienten eine Rolle spielen. Verstehen ist am Kommunikationsprozeß orientiert und damit ein dynamischer Vorgang auf Seiten des Rezipienten, des Lesers, Hörers oder Zusehers.

In der Sprachwissenschaft wurden mehrere Modelle entwickelt, Verständlichkeit zu messen. Es sind dies:

- einfache Häufigkeitslisten, die Textverständlichkeit auf das Vokabular, de facto auf das Wortverständnis reduzierten;

- die Lesbarkeit- bzw. Readability-Forschung, die quantitative Textparameter bestimmte (z.B. Wortlängen, Satzlängen, Anzahl der Silben etc.) und Formeln für deren Messung entwickelte, z.B. die FLESCH-Formel;

- symbolisch-grammatikalisch orientierte Modelle (die nach Wortklassen oder Satztiefen klassifizierten);

- das Modell der Hamburger Sprachforscher (LANGER, SCHULZ, v.THUN, TAUSCH), das auf einem Rating-Verfahren basiert und bei dem Texte im Hinblick auf vier Dimensionen auf ihre Verständlichkeit eingeschätzt werden; diese Dimensionen sind:

Einfachheit (Gegenteil: Kompliziertheit)

Gliederung/Ordnung (Gegenteil: Ungegliedertheit, Zusammenhangslosigkeit)

Kürze/Prägnanz (Gegenteil: Weitschweifigkeit)

anregende Zusätze (Gegenteil: keine anregenden Zusätze)

- wahrnehmungs-, perzeptionsorientierte Modelle mit Versuchspersonen, wo vom Verstehen der Probanden auf die Verständlichkeit der Texte geschlossen wurde (dazu gehören u.a. Handlungs- und Reaktionstests, bei denen mit Versuchpersonen gearbeitet, eine Handlung beschrieben und das Glücken der Handlung als Maß für Verständlichkeit galt; oder sog. Lückentests, bei denen Versuchpersonen im Text ausgelassene Wörter ergänzen müssen; oder sog. Mehrfachwahltests, bei denen an Versuchpersonen Fragen zum Inhalt eines Textes gestellt und das Textverständnis von der Richtigkeit der Antwort abhängig gemacht wird).

Aus den hier dargestellten Verfahren, Verständlichkeit zu messen, wird ersichtlich, daß Verständlichkeit oft nur an Verstehensleistungen überprüft werden kann. Hinzu kommt, daß es in der Massenkommunikation nicht nur um Verständlichkeit und Verstehen bei den Printmedien geht, sondern auch um Verständlichkeit und Verstehen bei Radio und Fernsehen. Sprache muß also in unterschiedlicher Weise auf die Eigengesetzlichkeiten, die Ausdrucks- und Gestaltungsmöglichkeiten der Medien Bedacht nehmen, die bei der Zeitung andere sind als beim Radio, wieder andere beim Fernsehen (wo neben der gesprochenen Sprache auch noch das Bild, das ja auch eine Sprache spricht, eine Rolle spielt). Diese je nach Medium zu berücksichtigenden Eigengesetzlichkeiten der Sprache hat Harald BURGER in seinem Buch "Sprache der Massenmedien" synoptisch zusammengefaßt. Objektive Stilparameter geschriebener Texte gehen aus den Merkmalen der Verständlichkeit hervor, wie sie J. MRAZEK dargestellt hat; subjektive Stilparameter sind aus dem Hamburger Modell von LANGER, SCHULZ v.THUN, TAUSCH ersichtlich. Von Ludwig REINERS stammt der Versuch, Vorgaben für Verständlichkeit von Texten nach der Anzahl der Wörter, der Länge der Sätze sowie des Anteils von Verben, Substantiven und vorkommenden Personen zu machen. Eine Zusammenstellung der rezeptionsspezifischen Unterschiede von Zeitunglesen, Radiohören und Fernsehen ist dem Buch von Heinz PÜRER über "Praktischen Journalismus in Zeitungen, Radio und Fernsehen" zu entnehmen.

3.5.4 Sprache in Zeitung, Radio und Fernsehen

Gesondert nach den Medientypen Zeitung, Radio und Fernsehen kann man u.a. auf folgende Autoren verweisen, die sich mit dem Zusammenhang von Sprache, Verständlichkeit, Verstehen und den Eigengesetzlichkeiten der Medien befaßt haben.

Werner FRÜH hat in seinem Buch "Lesen, Verstehen, Urteilen" für Texte in der *Zeitung* Faktoren ausfindig gemacht, die Verstehen begünstigen. Es sind dies:

❐ *graphische Strukturierung:* also die Verwendung verschiedener Schrifttypen, Balken, Kästen, Raster, Unterstreichungen etc. - das gesamte typographische Arsenal also, das im Printjournalismus zur Verfügung steht. (Dabei kommt es freilich auf die richtige Dosierung an. Im Prinzip gilt: Wohldosiert eingesetzte optische Hilfen erleichtern Verstehen, Behalten und Erinnern.);

❐ *Wortfrequenz:* Von Vorteil für Verstehen, Erinnern und Behalten ist die Wiederholung gleicher Wörter in gemäßigtem Maße. Lexikalische Varianz - die Verwendung von synonymen Wörtern, um Gleichklang und Zusammenstoß zu verhindern - soll nur dort erfolgen, wo sie nicht zu Mißverständnissen führt;

❐ *Verhältnis von Verben zu Substantiva:* ein zu hoher wie geringer Verbanteil geht ebenso mit schlechtem Textverständnis und Verstehen einher wie die Häufung von Hauptwörtern und Nominalisierungen;

❐ *Satzlänge, Satzverschachtelung:* Je länger und verschachtelter die Sätze sind, umso schlechter Verständlichkeit und Verstehen, Behalten und Erinnnern;

- *Satzmonotonie:* bei mäßig erhöhter Satzmonotonie - also abwechselnd mäßig kurzen und mäßig langen Sätzen - steigen Verständlichkeit und Verstehen;

- *die Geläufigkeit des Vokabulars:* Je geläufiger das Vokabular, je weniger Fremdwörter und Fachsprache, umso besser Verständlichkeit und Verstehen.

FRÜH hat aber auch darauf hingewiesen, daß es eine Banalitätsschwelle für Texte gibt. Wenn Texte zu einfach sind, hört der Leser auf zu lesen.

Mit Problemen der Verständlichkeit und des Verstehens im *Hörfunk* haben sich vor allem die Tübinger Sprachforscher um Erich STRASSNER sowie neuerlich die Wiener Sprachwissenschaftler Benedikt LUTZ und Ruth WODAK befaßt. Für das Verstehen im Hörfunk sind neben Merkmalen des Textes zunächst die hörergeleiteten Verstehensbedingungen wichtig wie Alter, Schichtzugehörigkeit, Betroffenheit, Vorwissen etc. des Zuhörers. Hinzu kommt, daß Verstehen im Hörfunk (vor allem bei den Hörfunknachrichten) im sog. "integrativen Modell" erfolgt. LUTZ und WODAK weisen in ihrem Buch "Information für Informierte" in besonderer Weise auf das *integrative Verstehen* hin. Es erfolgt:

- *konstruktivisch:* d.h. die Hörer konstruieren in ihrem Gedächtnis eine Vergegenwärtigung des Gehörten, sie machen sich ein Bild, denken nach oder voraus;

- *zyklisch:* d.h. sie interagieren zwischen Text und Kontext mit auf- und absteigenden kognitiven Verarbeitungsprozessen;

- *interpretativ:* d.h. der Hörer interpretiert für sich das Gehörte, er konstruiert Sinn;

- *schemageleitet:* d.h. Verstehen erfolgt nicht auf einer tabula rasa des menschlichen Geistes, sondern ist abhängig von schematischem Vorwissen inhaltlicher, formaler und emotiver Natur; die formalen Schemata werden durch die Medien selbst geprägt (z.B. Schlagzeilen zu Beginn, Wetter am Ende);

- *strategisch:* d.h. Verstehen erfolgt nicht nach starren Regeln, sondern beim Hörer setzt eine strategisch organisierte Sinnsuche ein, eine Aktivierung aller bewußten Informationen zur Herstellung von Vollständigkeit.

Für dieses Verstehen im integrativen Modell benötigt der Hörer Zeit. Daher soll im ohnedies sehr flüchtigen Medium Radio nicht zu schnell und innerhalb bestimmter Zeiteinheiten auch nicht zu viel gesprochen werden.

Auf besondere Probleme der Verständlichkeit und des Verstehens beim *Fernsehen* haben u.a. Erich STRASSNER, Manfred MUCKENHAUPT sowie Bernward WEMBER hingewiesen. WEMBER hat in seinem Buch "Wie informiert das Fernsehen" mit Nachdruck auf die *Bild-Text-Schere* der Fernsehinformation aufmerksam gemacht. Seine Vorwürfe:

- ❒ die Fernsehbilder vor allem der Informationssendungen frönen zu sehr dem "Augenkitzel", dem (vom Auge an sich als angenehm empfundenen) "orientierenden Reflex";
- ❒ dieser Reflex kann durch rasche Kamera-Bewegungen, zu starke Intensivierung der Bildinhalte (Perspektivenwechsel, Tricks), durch übermäßige Induktionseffekte (Bildverschmelzung) sowie durch extreme Bildausschnitte (groß - klein) hergestellt werden;
- ❒ durch diesen ständig überstrapazierten Augenkitzel verkomme Sehen aber zum Glotzen;
- ❒ nicht selten stimmten zudem Bild- und Textinformation nicht überein - lenke das Bild vom Text ab, sei der Text oft nur Geräuschkulisse zu nichtssagenden Bildern;
- ❒ diese Geräuschkulisse, der "Ohrenkitzel", führe zu einer Verseuchung der Hörwelt;
- ❒ Bilder und Texte würden einander im Fernsehen oft behindern, erschlagen, sich gegenseitig paralysieren;
- ❒ die Verseuchung der Sehwelt ("Augenkitzel") und der Hörwelt ("Ohrenkitzel") habe beim Zuseher eine "Verseuchung der Denkwelt" zur Folge.

WEMBER lehnt solche "Verpackungstricks" der Fernsehinformation ab. Er verlangt insgesamt ruhigere Bilder und zu den Bildern passende Texte. Auch sei es sinnvoll, Bilder gelegentlich für sich sprechen zu lassen oder Texte statt mit Bildern mit Inserts, Graphiken, Schaubildern etc. zu unterlegen, um bessere Verständlichkeit und in der Folge besseres Verstehen zu erzielen. WEMBERS Postulat für TV-Hintergrundberichte: Wenn im Text tatsächlich Hintergründe und Zusammenhänge benannt werden, dann müßte dazu ein sehr ruhiges, allgemeines Bild gezeigt werden, das dem Zuschauer die Chance läßt, seine Aufmerksamkeit wirklich (auch) dem Text zuzuwenden.

Für Verständlichkeit in Hörfunk und Fernsehen sind auch noch "paraverbale" Aspekte des Sprechens von Bedeutung, also das *Tempo* (Sprechgeschwindigkeit und Sprechpausen), die *Dynamik* (Betonung und Satzmelodie), die *Melodik* (Klangfarbe und Klangfülle) sowie die *Artikulation* (Deutlichkeit, Lautstärke, Lautwechsel). Beim Fernsehen kommen noch nonverbale Faktoren der Sprecher (Mimik, Gestik, Körperhaltung etc.) hinzu, die auch in der zwischenmenschlichen Kommunikation wahrgenommen werden. Generelle Hindernisse für Verstehen und Verständlichkeit in allen Medien sind Fachbegriffe und Fremdwörter; ein komplizierter Satzbau bzw. komplexe Satzstrukturen; Nominalstil und Substantivierungen; Schachtelsätze; sowie nicht eindeutig lexikalische Varianten.

Zu sprachwissenschaftlichen Aspekten der Publizistik, zum Thema Sprache der Massenmedien, liegt eine Fülle von Studien vor. Für den Bereich der Printmedien gibt es Einzelarbeiten (wie "Die Sprache der 'Bild'-Zeitung", "Sprache des 'Spiegel'" u.a.m.). Für den Bereich des Hörfunks dominieren Studien, die sich mit der Sprache von Nachrichtensendungen befassen; auch im Hinblick auf das Fernsehen wird der Sprache von Informationssendungen große Aufmerksamkeit gewidmet. Ein eigenes Kapitel für sich stellt die Sprache der Karikatur dar.

Exkurs: Sprache und nonverbale Kommunikation
Auch nonverbale Kommunikation hat mit Sprache zu tun. Dazu gehören u.a. raumbezogenes Verhalten und Körperhaltungen, Mimik und Vokalisation sowie Gestik. Nonverbale Kommunikation verfügt über sehr einfache, also wenig komplexe Code-Systeme. Sie begleitet vor allem zwischenmenschliche Kommunikation ständig. Nonverbale Kommunikation stellt, wie Reinhold BERGLER und Ulrike SIX in ihrem Buch über "Psychologie des Fernsehens" schreiben, oft erst die eigentliche emotionale Beziehung zum Angesprochenen her: "Die nonverbale Kommunikation

- reguliert unmittelbar soziale Kontakte: Weckt Sympathie (Kontaktbereitschaft) oder Antipathie
- bereitet den Zuhörer auf kommende verbale Informationen vor
- hält das Interesse des Zuhörers wach: weckt Aufmerksamkeit und Bereitschaft zur weiteren Informationsaufnahme
- ist die glaubwürdige Information im Falle auftretender Diskrepanzen zwischen verbaler und nonverbaler Kommunikation
- unterstützt verbale Kommunikation

– ersetzt und ergänzt verbale Kommunikation" (BERGLER/SIX)

Nonverbale Kommunikation kann sich übrigens verschiedener Kommunikationskanäle bedienen: optisch-visueller, akustisch-auditiver, kinetisch-taktiler (in Form von Berührungen), chemisch-olfaktorischer (dabei spielen Gerüche eine Rolle) sowie thermischer (Körperwärme). Vor allem auch in der Intimkommunikation ist nonverbale Kommunikation von Bedeutung.

3.5.5 Personale und institutionale Faktoren

Die sprachliche Gestaltung von Medieninhalten kann nicht losgelöst von den Medienschaffenden sowie den Bedingungen gesehen werden, unter denen Programmschaffende oder Journalisten arbeiten. Im FERNSTUDIUM KOMMUNIKATIONSWISSENSCHAFT sind jene personalen und institutionalen Faktoren dargestellt, die für die sprachliche Gestaltung journalistischer und publizistischer Aussagen eine Rolle spielen. Es sind dies auf Seiten des Journalisten, also die *personalen* Faktoren:

- ❒ seine sprachliche Kompetenz, die Kenntnis also, die ein Benutzer von (s)einer Sprache hat (der aktive und passive Wortschatz) und die Fähigkeit, sie umzusetzen;
- ❒ seine Sachqualifikation (die Kompetenz, ein Thema inhaltlich bearbeiten und mediengerecht darstellen zu können);
- ❒ seine soziale Prägung (seine Herkunft aus einer sozialen Schicht, die für seinen Spracherwerb von Bedeutung war);
- ❒ seine Berufsauffassung, die Art und Weise, wie er seine Rolle als Journalist versteht (objektiv-vermittelnd, kritisch-kontrollierend oder engagiert-anwaltschaftlich).

Als (medien-) *institutionale* Faktoren sind dies:

- ❒ Produktionsvorgaben (verfügbare Produktionsmittel, verfügbare Zeit);
- ❒ Arbeitsbedingungen (personelle, finanzielle und technische Ausstattung einer Redaktion);
- ❒ Produkt-Vorgaben (Raumvolumina, Zeitvolumina, Form- und Plazierungsvorgaben);
- ❒ interne (Medienbetreiber) und externe (Leser, Hörer, Seher, Inserenten, gesellschaftliche Institutionen) Kontrollen.

Breiten Raum nehmen praktisch-handwerkliche Fragen im Zusammenhang mit der Anwendung und Handhabung von Sprache (im Sinne der Sprachbeherrschung, des Ausdrucks, der korrekten Schreibe, des guten Stils der mediengerechten Umsetzung etc.) ein. Stellvertretend für andere Autoren stehen hier vor allem Wolf SCHNEIDER sowie (für Radio und Fernsehen) Jürg HÄUSERMANN und Heiner KÄPPELI. Die journalistische Praktikerliteratur geht großteils auch auf solche Fragen ein (vgl. auch die Literaturangaben zu Kap. 2.2.1).

Literatur (Auswahl)

BALLSTAEDT, Stefen P. u.a.: Texte verstehen, Texte gestalten.- München: Urban & Schwarzenberg 1981.

BECHSTEIN, Gabriele: Werbliche Kommunikation. Grundinformation zur semiotischen Analyse von Werbekommunikation.- Bochum: Studienverlag Brockmeyer 1987.

BENTELE, Günther (Hrsg.): Semiotik und Massenmedien.- München: Ölschläger 1981.

BERGLER, Reinhold; SIX, Ulrike: Psychologie des Fernsehens.- Bern: Huber 1979.

BERNSTEIN, Basil u.a.: Soziale Schicht, Sprache und Kommunikation.- Düsseldorf 1973.

BRANDT, Wolfgang: Die Sprache der Wirtschaftswerbung.- Marburg/Lahn: Forschungsinstitut für deutsche Sprache 1973.

BURGER, Harald: Sprache der Massenmedien.- Berlin: de Gruyter 1984.

DER ÖFFENTLICHE SPRACHGEBRAUCH. Band 1: Die Sprachnormdiskussion in Presse, Hörfunk, Fernsehen. Hrsgg. von der Deutschen Akademie für Sprache und Dichtung.- Stuttgart: Klett-Cotta 1980.

EBNER, Wolfgang: Kommunikative Probleme tagesaktueller Berichterstattung im Fernsehen.- Frankfurt am Main: Verlag Peter Lang 1986.

FERNSTUDIUM KOMMUNIKATIONSWISSENSCHAFT. 2. Bde. Hrsgg. vom Modellversuch Journalisten-Weiterbildung. 2. Aufl. (Band 2, Kapitel VI: Zeichen, Sprache und journalistischer Sprachgebrauch).- München: Ölschläger 1989.

FRÜH, Werner: Lesen, Verstehen, Urteilen. Untersuchungen über den Zusammenhang von Textgestaltung und Textwirkung.- Freiburg: Alber 1980.

HÄUSERMANN, Jürg; KÄPPELI, Heiner: Rhetorik für Radio und Fernsehen. Regeln und Beispiele für mediengerechtes Schreiben, Sprechen, Kommentieren, Informieren, Interviewen, Moderieren.- Aarau, Frankfurt am Main: Sauerländer 1986.

LANGER, Inhard; SCHULZ v. THUN, Friedemann; TAUSCH, Reinhard: Sich verständlich ausdrücken. 2. Aufl.- München, Basel: Reinhard 1981.

LÜGER, Heinz Helmut: Pressesprache.- Tübingen: Niemeyer 1983.

LUTZ, Benedikt; WODAK, Ruth: Information für Informierte. Linguistische Studien zu Verständlichkeit und Verstehen von Hörfunknachrichten.- Wien: Verlag der Akademie der Wissenschaften 1987.

MRAZEK, J.: Verständnis und Verständlichkeit von Lesetexten. Frankfurt am Main: Verlag Peter Lang 1979.

MUCKENHAUPT, Manfred: Text und Bild. Grundfragen der Beschreibung von Text-Bild-Kommunikation aus sprachwissenschaftlicher Sicht.- Tübingen: Narr 1986.

NARR, Andreas: Verständlichkeit im Magazinjournalismus. Probleme einer rezipientengerechten Berichterstattung im Hörfunk.- Frankfurt am Main: Peter Lang 1988.

PETERS, Robert: Zeitungssprache.- Essen: Verlag die blaue eule 1984.

PÜRER, Heinz: Praktischer Journalismus in Zeitung, Radio und Fernsehen.- München: Ölschläger 1990. (Kapitel "Grundsätze der Mediensprache").

REINERS, Ludwig: Stilfibel.- München: dtv 1971.

SCHNEIDER, Wolf: Deutsch für Profis. Handbuch der Journalistensprache. Wie sie ist und wie sie sein könnte. 3. Aufl.- Hamburg: Gruner & Jahr 1982.

SCHNEIDER, Wolf: Deutsch für Kenner. 3. Aufl.- Hamburg: Gruner & Jahr 1988.

SCHULZ v. THUN, Friedemann: Miteinander reden: Störungen und Klärungen. Psychologie der zwischenmenschlichen Kommunikation.- Reinbek: Rowohlt 1983.

STRASSNER, Erich (Hrsg.): Nachrichten. Entwicklungen, Analysen, Erfahrungen.- München: Fink 1975. (Hörfunknachrichten)

STRASSNER, Erich: Fernsehnachrichten. Eine Produktions-, Produkt- und Rezeptionsanalyse.- Tübingen: Niemeyer 1982.

WATZLAWICK, Paul u.a.: Menschliche Kommunikation. Formen, Störungen, Paradoxien.- Bern: Huber 1969.

WEMBER; Bernward: Wie informiert das Fernsehen. Ein Indizienbeweis. 3., erweiterte Aufl.- München: List 1983.

WHORF, Benjamin Lee: Sprache - Denken - Wirklichkeit. Reinbek: Rowohlt 1984.

4. Theoretische Ansätze der Publizistikwissenschaft

Seit es eine intensivere wissenschaftliche Beschäftigung mit den Massenmedien gibt, ist immer wieder versucht worden, das über die Massenmedien gesammelte Wissen zu systematisieren, wissenschaftlich abgesicherte Erkenntnisse und Forschungsergebnisse zusammenzufassen und aus den Resultaten dieses Erkenntnisprozesses nicht nur Hypothesen, sondern - soweit überhaupt möglich - auch allgemeine Gesetze und "Theorien" abzuleiten. Unter Theorien werden hier allgemein Begründungszusammenhänge verstanden, die eine gesellschaftliche Wirklichkeit - *das Ganze* - oder eine Teilwirklichkeit - *die Teile* - zu interpretieren, zu erklären versuchen. Dabei werden unter Anwendung je eigener Ordnungsprozesse und Interpretationsmuster die systematisch erarbeiteten Erkenntnisse und Einzelerkenntnisse (und somit Ganzes und Teile) zueinander in Beziehung gesetzt. In jeder Theorienbildung ist das Ordnungsgefüge von Werten, das vom Forscher mehr oder weniger subjektiv vorausgesetzt wird, von Bedeutung; besonders in der sozialwissenschaftlichen Theorienbildung spielt die Wertfrage eine wichtige Rolle. Aus publizistik- und kommunikationswissenschaftlicher Sicht ist "das Ganze" das gesellschaftliche Phänomen sozialer Kommunikation, insbesondere die Massenkommunikation; die "Teile" sind jene Faktoren und Variablen, die sie als soziopolitische, organisatorische, strukturelle und funktionale Rahmengegebenheiten bedingen und bewirken.

Theorien sind also Versuche der Wirklichkeitsdeutung (die eine Wirklichkeit modellhaft wiedergeben). Theorien setzen immer eine planmäßige und systematische (= wissenschaftliche) Beschäftigung mit einem Phänomen voraus. Theorien bauen auf Ordnungsprozessen auf, die die Regelung von Beziehungen und Gegenständen bzw. Faktoren untereinander beinhaltet; und Theorien bedienen sich bestimmter Selektions- und Interpretationsmuster, für die die zugrunde gelegten oder vorausgesetzten Werte eine Rolle spielen (Axiomatik).

Bei der Analyse publizistik- und kommunikationswissenschaftlicher Theorienbildung hat man es sowohl mit beschreibenden wie auch mit erklärenden Theorien zu tun. Die *beschreibenden Theorien*, im streng sozialwissenschaftlichen Sinne eigentlich keine Theorien, definieren, klassifizieren, typologisieren und systematisieren das Phänomen Massenkommunikation. Die *erklärenden Theorien* versuchen, allgemeine Gesetze zu finden, mit deren Hilfe sie das Phänomen Massenkommunikation erklären, in einen gesamtgesellschaftlichen Zusammenhang stellen und somit eine Wirklichkeitsdeutung von Massenkommunikation geben können.

Da weder die "beschreibenden" noch die "erklärenden" Theorien der Publizistikwissenschaft strengen wissenschaftstheoretischen Ansprüchen im sozialwissenschaftlichen Sinne wegen des noch unzureichend ausgebildeten und zuwenig verläßlichen Methodeninstrumentariums und zwar zahlreich vorhandener, aber noch zu wenig abgesicherter empirischer Daten genügen, wird in den nachfolgenden Ausführungen immer nur von theoretischen Ansätzen gesprochen. Mit der Darstellung dieser theoretischen Ansätze sollen jene im Fach vorfindbaren Denk- und Interpretationsmodelle (unterschiedlichen Abstraktionsgrades) vorgestellt werden, mit deren Hilfe versucht wird, Massenkommunikation mehr oder weniger kritisch zu hinterfragen, zu analysieren und zu interpretieren.

Im Zuge dieser Darstellung werden schwerpunktmäßig theoretische Erklärungsversuche der deutschsprachigen Publizistik- und Kommunikationswissenschaft erörtert. Im Anschluß daran erfolgen auch Hinweise auf Theorien bzw. theoretische Modelle anglo-amerikanischer Kommunikationsforscher. In jedem Falle liegt das Schwergewicht auf solchen Theorien, die versuchen, publizistische bzw. Massenkommunikation theoretisch bzw. modellhaft darzustellen und zu erklären.

Literatur (Auswahl)

ALBERT, Hans: Probleme der Wissenschaftslehre in der Sozialforschung - In: KÖNIG, René (Hrsg.): Handbuch der empirischen Sozialforschung. Bd. 1.- Stuttgart: Enke 1973.

BETH, Hanno; PROSS, Harry: Einführung in die Kommunikationswissenschaft.- Stuttgart, Berlin, Köln, Mainz: Kohlhammer 1976 (bes. S. 35-69)

SCHARF, Wilfried; SCHLIE, Otto: Zur Diskussion wissenschaftstheoretischer Probleme in Publizistik- und Kommunikationswissenschaft. In: "Rundfunk und Fernsehen" 21: 1973, S. 54-71.

KUNCZIK, Michael: Kommunikation und Gesellschaft. Theorien zur Massenkommunikation.- Wien, Köln: Böhlau 1984.

MALETZKE, Gerhard: Massenkommunikationstheorien. Tübingen: Niemeyer 1988.

MCQUAIL, Denis; WINDAHL, Sven: Communication Models for the Study of Mass Communications.- London, New York: Longman 1981.

FAULSTICH, Werner: Medientheorien. Einführung und Überblick.- Göttingen: Vandenhoeck und Ruprecht 1991.
BENTELE, Günther; RÜHL, Manfred (Hrsg.): Theorien öffentlicher Kommunikation. Problemfelder, Positionen, Perspektiven.- München Ölschläger 1993.
Fischer-Lexikon PUBLIZISTIK/MASSENKOMMUNIKATION. Hrsgg. von Elisabeth NOELLE-NEUMANN, Winfried SCHULZ und Jürgen WILKE.- Frankfurt am Main: Fischer 1989 (besonders das Kapitel "Kommunikationstheorien").

4.1 Historischer Exkurs: Frühe Ansätze der Beschäftigung mit den publizistischen Medien

Die wissenschaftliche Reflexion über die publizistischen Mittel beginnt nicht erst etwa mit der Begründung der Zeitungswissenschaft im zweiten Jahrzehnt dieses Jahrhunderts. Die Befassung mit publizistischen Mitteln setzt in Europa bereits in der Antike ein, als die großen Redner der griechischen (z.B. Aristoteles) und später der römischen Kultur (z.B. Cicero) Regeln für die Rhetorik, also die Gesprächstechnik der öffentlichen Rede entwickelten. Solche Regeln gab es für die Ratsrede (auf der Polis bzw. dem Forum), die Gerichtsrede (Anklage, Verteidigung) und die Festrede. Hinter diesen Regeln standen bereits damals nicht nur Gebote für Aufbau und Form, sondern auch die Absicht, mit Hilfe von Argumentation und Schlußführung in der öffentlichen Rede ein Höchstmaß an politischer Überzeugung zu erreichen. Insofern kann man im Zusammenhang mit der Rhetorik der Antike von einer publizistischen Theorie sprechen. Das Mittelalter war "theorielos", obwohl sich vor allem in den politischen Liedern, den publizistischen Mitteln dieser Epoche, publizistische Merkmale manifestierten.

Gegen Ende des Mittelalters, mit dem Aufkommen des Drucks mit beweglichen Lettern um ca. 1440 und den daraus resultierenden Vervielfältigungs- und Publikationsmöglichkeiten, wird von politischer Seite, vor allem der damals politisch einflußreichen Kirche, den allmählich aufkommenden publizistischen Mitteln Aufmerksamkeit geschenkt.

Eine in ersten Ansätzen aufkommende wissenschaftliche Reflexion über die publizistischen Mittel erfolgte vereinzelt bald nach dem Erscheinen periodisch gedruckter Medien im 17. Jahrhundert durch Privatgelehrte, Moralisten und Politiker. (1609 gab es in Deutschland die ersten Zeitungen, den "Aviso" und die "Straßburger Relationen".) Es handelt sich dabei um Dogmatiker, die Fragen nach dem Nutzen und der Moral der Zeitungen stellten und Typologisierungsversuche sowie gemeinsame publizistische Wesensmerkmale der Zeitungen, wie Aktualität und Universalität, erarbeiteten. (Man trifft hier auf Namen wie Caspar von STIELER, Gregor WINTHERMONAT, Ahasver FRITSCH, Ludwig HARTMANN, Christian WEISE, Daniel HARTNACK u.a.)

Ab Mitte des 18. Jahrhunderts folgten erste Bestandsaufnahmen und Systematisierungsversuche von Zeitungen, wurden Fragen des Presserechts aufgegriffen, die "öffentliche Meinung" diskutiert und fand ansatzweise auch eine erste Beschäftigung mit ökonomischen Zwängen der Nachrichtenbeschaffung und Zeitungsherstellung statt. Für Zeitungen als Mittel der Volksbildung wurden Anleitungen zu deren vernünftigem Gebrauch entwickelt. Man kann vorsichtig von staatswissenschaftlichen und soziologischen Denkansätzen sprechen. Zu erwähnen sind hier Namen wie Franz A. LÖFFLER, Albert E. SCHÄFFLE, Robert E. PRUTZ u.a.

So hat Franz A. LÖFFLER ein weitangelegtes System der Preßwissenschaft erstellt, das u.a. die Wissenschaft des Preßbegriffs, eine Philosophie des Preßrechts und eine Geschichte der Druckerpresse umfaßt. LÖFFLER befaßte sich auch mit dem Phänomen "öffentliche Meinung".

Von Robert E. PRUTZ stammt eine "erste, großangelegte Gesamtgeschichte des deutschen Zeitungs- und Zeitschriftenwesens" (GROTH 1948) in seinem Werk über die "Geschichte des deutschen Journalismus" (Hannover 1845), in der alle publizistischen Phasen und signifikanten Erscheinungen des deutschen Zeitungs- und Zeitschriftenwesens von seiner Entstehung bis in die Zeit des Vormärz dargestellt sind.

Albert E. SCHÄFFLE entwickelte in seinem "gesellschaftlichen System der menschlichen Wirtschaft", einem Lehr- und Handbuch der Nationalökonomie, ökonomische und soziologische Aspekte der Presse.

In der zweiten Hälfte des 19. Jahrhunderts, mit dem Aufkommen der Massenpresse, wuchs das Interesse an der wissenschaftlichen Beschäftigung mit Zeitungen und Zeitschriften rapide; Ende des 19. Jahrhunderts wurden dann auch erste Vorlesungen und Kurse über das Zeitungswesen eingerichtet.

Zu Beginn des 20. Jahrhunderts finden sich neben primär historischen Arbeiten erste bescheidene Ansätze systematisch-empirischen Denkens in der Forderung Karl BÜCHERS (1907) nach statistischen Daten des Zeitungswesens (Zahl der Zeitungen, Auflage, Verbreitung, Häufigkeit des Erscheinens, verlagswirtschaftliche Fragen, Bedeutung der Inserate), mit deren Hilfe Fragen der Zeitungs-Wirkung beantwortet werden sollten. (Karl BÜCHER hat 1916 das Leipziger zeitungswissenschaftliche Institut als erstes im deutschen Sprachraum begründet). Ein weiterer umfassender Plan zur Erhebung der Soziologie des Zeitungswesens stammt von Max WEBER. Der Grundriß dieses nie realisierten Forschungsplanes hat Fragen der Kommunikatorforschung (soziographische Daten der Journalisten, Probleme der Stoffbeschaffung und Stoffauswahl), der Medienforschung (Inhalt), des Institutionen- und Macht-Charakters der Presse sowie der gesellschaftlichen Leistungen und Wirkungen aufgegriffen. Vorgelegt wurde dieser Plan auf dem 1. Deutschen Soziologentag Frankfurt im Jahre 1910.

Karl D'ESTER, ab 1924 Lehrstuhlinhaber in München, hat in seinen zahlreichen Aufsätzen auch soziologische Aspekte der Zeitung im Hinblick auf ihre Wirkung auf Jugendliche und u.a. eine Typologie des Zeitungswesens nach geistigen, technischen und kaufmännischen sowie historischen Gesichtspunkten erstellt.

Otto GROTHS vierbändiges Werk "Die Zeitung" umfaßt eine "Allgemeine Zeitungskunde" ("Theorie der Journalistik") sowie in der detaillierten Beschreibung des deutschen Zeitungswesens eine "Spezielle Zeitungskunde". Sein kulturwissenschaftliches Verständnis der Zeitungswissenschaft ist geprägt von einer Art Methodenpluralismus, der ansatzweise soziologische, psychologische, volkswirtschaftliche, vor allem aber historische Aspekte enthält.

Karl JÄGER (1926) erkennt in der Zeitung "Ausdrucksmittel des gesellschaftlichen Bewußtseins" und sieht als Zentralprobleme der Zeitungswissenschaft die "öffentliche Meinung" sowie die Zeitungsgeschichte in ihrer politischen und sozialen Bedeutung. Demzufolge soll die Beschäftigung mit der Publizistik nach zwei verschiedenen Gesichtspunkten erfolgen: historisch und aktuell. Aus der geschichtlichen Beschreibung und gegenwartsbezogenen Analyse der Publizistik - er schließt insbesondere "Öffentlichkeit" und "öffentliche Meinung" mit ein - sollen Maßstäbe für eine publizistische Lehre abgeleitet werden.

In diesem Verständnis der wissenschaftlichen Beschäftigung mit den publizistischen Medien (Zeitung, Zeitschrift) ist die Suche nach einer Medien-Theorie erkennbar. JÄGER leitet mit seiner Auffassung eine Phase zeitungswissenschaftlichen Denkens ein, in der Grundzüge publizistikwissenschaftlicher Orientierung vorhanden sind.

Zu erwähnen ist in diesem Zusammenhang auch Wolfgang RIEPL, der eine Geschichte des Nachrichtenwesens schrieb und damals bereits die These vertrat, daß ein neu aufkommendes Medium ein altes noch nie verdrängt habe (Aber, wie wir heute ergänzen würden, in Struktur und Funktion verändert).

Literatur (Auswahl)

D'ESTER, Karl: Typologie des Zeitungswesens. In: "Zeitungswissenschaft" 3: 1928, Heft 1.

EBERHARD, Fritz: Franz Adam Löffler und Max Weber. Zwei Pioniere der Publizistik. In: "Publizistik" 8: 1963. Festschrift für Hans Braun, S. 436 ff.

GROTH, Otto: Die Geschichte der deutschen Zeitungswissenschaft. Probleme und Methoden.- München: Weinmayer 1948.

GROTH, Otto: Die Zeitung. Bd. 1: Ein System der Zeitungskunde.- Mannheim, Berlin, Basel: Benzheimer Verlag 1928-1930.

JÄGER, Karl: Von der Zeitungskunde zur publizistischen Wissenschaft.- Jena 1926.

LÖFFLER, Franz Adam: Über die Gesetzgebung der Presse. Ein Versuch zur Lösung ihrer Aufgabe auf wissenschaftlichem Weg. Erster Teil.- Leipzig 1837.

PRUTZ, Robert E.: Geschichte des deutschen Journalismus. Erster Teil. (Faksimiledruck nach der 1. Auflage von 1845).- Göttingen: Vandenhoeck und Ruprecht 1971. (= Reihe Texte des 19. Jahrhunderts).

RIEPL, Wolfgang: Das Nachrichtenwesen des Altertums.- Berlin: Teubner 1919. (Unveränderter Nachdruck: Hildesheim: OLMS-Verlag 1972).

SCHÄFFLE, Albert E. Fr.: Bau und Leben des socialen Körpers. 1. Aufl., 4 Bde.- Tübingen: Houpp 1875-1878.

SCHÖNE, Walter: Drei Jahrhunderte Leipziger Presse. In: "Zeitungswissenschaft" 11: 1936, S. 554 ff.

STIELER, Caspar von: Zeitungs Lust und Nutz. Vollständiger Neudruck der Originalausgabe von 1695. (Hrsgg. von Gert HAGELWEIDE).- Bremen: Schünemann 1969.

WEBER, Max: Zu einer Soziologie des Zeitungswesens. Neu veröffentlicht in: LANGENBUCHER, Wolfgang R. (Hrsg.): Publizistik- und Kommunikationswissenschaft. Ein Textbuch zur Einführung in ihre Teildisziplinen.- Wien: Braumüller 1986, S. 10-24.

Im folgenden werden jene publizistikwissenschaftlichen Theorien (besser: theoretischen Ansätze) dargestellt, die im deutschen Sprachraum allgemein Bekanntheit gefunden haben. Dabei wird chronologisch vorgegangen, wodurch es auch möglich wird, die Theorienentwicklung in je verschiedenen Etappen der Publizistikwissenschaft nachzuvollziehen.

4.2 Die "Normative Publizistik" (nach Emil DOVIFAT)

Ein erster theoretischer Ansatz der Publizistik ist bei Emil DOVIFAT (1928 bzw. 1933) vorfindbar. Seiner geisteswissenschaftlichen Auffassung von Publizistik zufolge nimmt in der Zeitung die Vielfältigkeit des öffentlichen Lebens Formen an, und Aufgabe der Zeitungswissenschaft ist es, die Erforschung des Wechselspiels zwischen den geistigen und materiellen Faktoren der Zeitung in den Griff zu bekommen. Wesentlich ist dabei, daß sich nach DOVIFAT Publizistik prinzipiell auf der Grundlage weltanschaulicher Haltungen vollzieht. Er definiert Publizistik wie folgt:

> *"Publizistik ist jede öffentlich bedingte und öffentlich geübte geistige Einwirkung auf die Öffentlichkeit, um diese ganz oder in ihren Teilen durch freie Überzeugung oder kollektiven Zwang mit Gesinnungskräften über Wissen und Wollen im Tun und Handeln zu bestimmen."*

Die wesentlichen Merkmale dieses Verständnisses von Publizistik sind:

- ❐ Publizistik hat in jedem Fall Öffentlichkeitscharakter (... öffentlich bedingte und öffentlich geübte Einwirkung auf die Öffentlichkeit ...);
- ❐ Publizistik vollzieht sich - wie erwähnt - prinzipiell auf der Grundlage weltanschaulicher Haltungen (... geistiges Einwirken; ... mit Gesinnungskräften);
- ❐ Publizistik erhebt immer (geistigen) Führungsanspruch (... über Wissen und Wollen im Tun und Handeln zu bestimmen ...);
- ❐ Publizistik verläuft - modellhaft dargestellt - diesem Denken zufolge vertikal und normativ vom Sender ("oben") auf die Empfänger ("unten"). Der Sender wirkt auf die Empfänger meinungs- und willensbildend ein;
- ❐ Publizistik muß nicht, kann aber Zwangscharakter einnehmen (... freie Überzeugung oder kollektiven Zwang ...).

DOVIFATS Verständnis von "Publizistik als öffentlich bestimmter und öffentlich bewirkter Einsatz aller Mittel, die Öffentlichkeit in Wissen und

Wollen zu bestimmen" (DOVIFAT 1964) lebt einerseits zwar vom Element der Öffentlichkeit, stellt andererseits aber auch ein vertikales, normatives Denkmodell dar, das heute in der Gesinnungspublizistik, in der Parteien-, Verbands- und Kirchenpublizistik immer noch vorfindbar ist und prinzipiell die Problematik des politischen (Macht-)Mißbrauchs in sich trägt. So hat der "kollektive Zwang" der Publizistik im Dritten Reich deutlich seinen praktischen Niederschlag gefunden, der sich auch in der unmittelbaren Gegenwart in totalitären Systemen und überall dort fortsetzt, wo die Medien gemaßregelt sind.

Besonderes Anliegen der geisteswissenschaftlich geprägten Publizistikwissenschaft DOVIFATS im Verständnis der Öffentlichkeitslehre war es, die publizistischen Führungsmittel und Wirkungsgesetze der Meinungs- und Willensbildung zu ergründen, die im allgemeinen bei den Medien nach gleichen Grundsätzen funktionieren.

Literatur (Auswahl)

DOVIFAT, Emil (Hrsg.): Handbuch der Publizistik. Bd. 1: Allgemeine Publizistik.- Berlin: de Gruyter 1968, S. 5

DOVIFAT, Emil: Aufgaben der Publizistikwissenschaft. In: "Publizistik" 9: 1964, S. 347 ff.

4.3 Die "Systematische Publizistik" (nach Walter HAGEMANN)

Im Mittelpunkt der in Ansätzen bereits deutlich sozialwissenschaftlich orientierten "systematischen Publizistik" Walter HAGEMANNS steht die Systematisierung des publizistischen Prozesses, also Entstehung, Verarbeitung, Verbreitung und Aufnahme publizistischer Aussagen. Der publizistische Prozeß wird von HAGEMANN als einseitig verlaufend gesehen, der ausgehend von einem Ereignis über den "Aussageträger" (der Journalist, Redner, Prediger usw.) und eventuell zwischengeschaltete Medien linear zum "Aussageempfänger" (Leser, Hörer, Seher) führt und eine publizistische Wirkung hervorrufen will. Im besonderen fragt HAGEMANN, wie öffentliche Aussagen entstehen, wie sie ver- und bearbeitet werden, wie sie verbreitet und wie sie aufgenommen werden. Als Ausgangspunkt und Endpunkt der öffentlichen Aussage sieht HAGEMANN den Menschen. Gegenstand der Publizistikwissenschaft im HAGEMANN'schen Verständnis ist also:

> *"Die Lehre von der öffentlichen Aussage aktueller Bewußtseinsinhalte."*

Dieser Definitionsversuch von Publizistik enthält sowohl die originärpublizistische (öffentliche Rede, Predigt, Straßentheater etc.) als auch die medial (über technische Massenmedien) vermittelte Publizistik; folgende Elemente sind in diesem Verständnis von Bedeutung:

- Publizistik vollzieht sich öffentlich;
- Publizistik hat Aussagen zum Gegenstand;
- das besondere Merkmal dieser Aussagen ist, daß sie aktuell sind.

So entwickelt HAGEMANN am Beispiel dieser drei Grundelemente eine Systematik der Publizistikwissenschaft, und zwar eine Systematik der Öffentlichkeit, eine der Aussage und eine der Aktualität.

Systematik der *Öffentlichkeit*
HAGEMANN unternimmt zwar keinen Umschreibungs- oder gar Definitionsversuch des in der Geschichte der Zeitungs- und der Publizistikwissenschaft vieldiskutierten Öffentlichkeits-Begriffes, grenzt Öffentlichkeit aber scharf von "privat" ab und differenziert zwischen

a) räumlich versammelter Vielheit
(Publikum, Ansammlung, Versammlung in der originären Publizistik durch Rede, Vortrag, Theater, Lied usw.);

b) räumlich verstreuter Vielheit
(die Zeitungsleser und Rundfunkhörer an verschiedenen Orten in der medial vermittelten Publizistik).

Systematik der *Aussage*
So wie HAGEMANN den publizistischen Prozeß beeinflußt sieht durch unterschiedliche situative Bedingungen der Aufnahme publizistischer Inhalte, betrachtet er auch verschiedene Aussageformen als bedeutungsvoll für die Publizistik. Er unterscheidet zwischen mehreren Aussage-Variablen, und zwar:

a) einfache Aussagen
(nur Sprache, nur Mimik) stellt er zusammengesetzten Aussagen (Sprache und Mimik) gegenüber;

b) Aussageträger
(als Individuen die Redakteure, als Gruppe ein Redaktionsteam) grenzt er ab von den Aussagemitteln, die er in körperliche, geistige und technische untergliedert;

c) schließlich unterscheidet er auch noch zwischen Aussagemotiven (spontane, intentionale, instrumentale) und Aussagezielen (Unterrichtung, Belehrung, Beeinflussung).

Systematik der *Aktualität*
Hier differenziert HAGEMANN zwischen primärer, sekundärer, künstlicher und ideeller Aktualität. Mit *primärer* Aktualität ist das unmittelbar Wichtige gemeint; *sekundäre* Aktualität meint das seit längerer Dauer gültig Aktuelle, das von Interesse ist; *künstliche* Aktualität ist erzeugte, protegierte Aktualität, *ideelle* Aktualität bezeichnet dauernd gültige Werte. In dieser Aktualitätssystematik bringt HAGEMANN allerdings die verschiedenen zeitlichen, räumlichen, politischen, sozialen, psychologischen, zeitlos gültigen und medieninternen Dimensionen nicht unter.

Im weiteren systematisiert HAGEMANN genau den publizistischen Prozeß, den er vom Ereignis ausgehend über die geistige Erfassung durch den Aussageträger, die direkte (in der originären Publizistik) oder indirekte (in der medialen Publizistik) Weitergabe, den Empfang durch die Leser, Hörer und Seher genau verfolgt bis hin zur Wirkung in den Folgen der Begegnung des Aussageempfängers mit der Aussage.

Die "systematische Publizistik" der geschilderten Art unterscheidet sich von der "normativen Publizistik" durch den Verzicht auf den publizistischen Führungsaspekt, durch die intensive Hinwendung auf die Analyse der Motive und Wirkungen der Publizistik sowie die deutlich sozialwissenschaftliche Orientierung, die sich allerdings in der Beschreibung publizistischer Phänomene erschöpft. Die besonderen Leistungen dieses theoretischen Denk- und Ordnungsmodells liegen darin, daß

❒ diese Systematik für alle Medien (und nicht etwa nur auf Zeitungen und Zeitschriften) anwendbar ist;

❒ diese Systematik im Prinzip auch heute noch die systematische Beschreibung und Ordnung publizistischer Erscheinungen gestattet;

❒ Publizistik als gesellschaftlicher Prozeß (und nicht etwa nur als historisches, politisches oder wirtschaftliches Ereignis bzw. Phänomen) gesehen und verstanden wird.

Literatur (Auswahl)

HAGEMANN, Walter: Grundzüge der Publizistik. (Hrsgg. von Henk PRAKKE).- Münster: Regensberg 1966. (= Dialog der Gesellschaft 1).

4.4 Die "funktionale Publizistik" (nach Henk PRAKKE)

Auch in der sozialwissenschaftlichem Denken entspringenden "funktionalen Publizistik" nach Henk PRAKKE steht im Mittelpunkt der Überlegungen der publizistische Prozeß, allerdings unterscheidet sich dieses Prozeßverständnis doch wesentlich von jenem der systematischen Publizistik. Im "funktionalen Ansatz" wird der Prozeßablauf publizistischer Kommunikation nicht als vertikal und einseitig verlaufend gesehen (also vom Sender ausgehend hin zum Empfänger), sondern als eine "Funktion" zwischen Kommunikator und Rezipient im Sinne "gesellschaftlichen Zwiegesprächs" zwischen den Sendern und den Empfängern. Kommunikator und Rezipient verständigen sich gewissermaßen via Medien als Kommunikationskanäle über Themen, die von gesellschaftlicher Relevanz sind. Beide, Sender und Empfänger, wissen über diese Themen Bescheid, weil sie unter den annähernd gleichen Bedingungen im selben gesellschaftlichen Umfeld leben. Zudem ist der Kommunikator aufgrund der Inspiration und Reaktion durch den Empfänger motiviert, den Bedürfnissen der Empfänger entsprechend zu publizieren. Sender und Empfänger kommunizieren miteinander auf der Basis eines gemeinsamen Zeichensystems. PRAKKE benennt außerdem konkret die gesellschaftlichen Funktionen der publizistischen Kommunikation: Information (d.h. Unterrichtung und Belehrung); Kommentar (d.h. Meinungsbildung und Meinungsbestätigung); Unterhaltung (d.h. Sozius-, Freundersatzfunktion). Die "funktionale Publizistik" wird von PRAKKE definiert als

> *"...die Lehre von der zwischenmenschlichen Kommunikation besonders in ihren öffentlichen Leistungen als Informator, Kommentator und Sozius - und deren gesellschaftliche Regelung."*

Diese "zwischenmenschliche Kommunikation" wird zur Publizistik, wenn sie *öffentlich* vor sich geht und *aktuelle Bezüge* nachweist. Die Betonung der publizistischen Kommunikation als "zwischenmenschliche Kommunikation" soll außerdem den Charakter des funktionalen Verständnisses, fast im Sinne von Rede und Gegenrede, Frage und Antwort, auch und vor allem in der medial vermittelten, also eben publizistischen Kommunikation, verdeutlichen. Dieses Verständnis von Publizistik ist auch das Neue am "funktionalen Ansatz": die Sicht von Kommunikator und Rezipient als - idealiter - gleichberechtigte Gesprächspartner, die gewissermaßen dialogisch über die Medien miteinander kommunizieren. So ist die "funktionale Publizistik", das öffentlich vor sich gehende Zwiegespräch der Gesellschaft, determiniert durch:

- den für Kommunikator und Rezipient gemeinsamen soziokulturellen Hintergrund, in welchem beide unter annähernd gleichen gesellschaftlichen Bedingungen leben;
- die kommunikativen Bedürfnisse in der Gesellschaft nach Information (also Unterrichtung und Belehrung), Kommentar (also Meinungsbildung und Meinungsbestätigung) sowie Unterhaltung (also Regeneration und Freizeitgestaltung);
- sowie vor allem diese dem Kommunikator gegenwärtige Bedürfnissituation, durch die er ständig inspiriert wird (Inspiration) und entsprechend publiziert (Publikation). Die Rezipienten reagieren durch Annahme oder Ablehnung (durch direkte Reaktion über Leserbriefe oder Anruf beim Kommunikator oder durch indirekte Reaktion durch Wahl eines anderen Mediums oder anderen Programms); diese Reaktion wird als Rückkopplung oder "feed back" bezeichnet.

PRAKKE versteht weiters die "funktionale Publizistik" als einen publizistischen Prozeß mit unmittelbar prozeßbezogenen Faktoren und nicht prozessualen Elementen. In Anlehnung an die Prozeßformel LASSWELLS und unter Auflösung des publizistischen Prozesses in einzelne Elemente anhand der Abfolge von Fragepronomina zählt PRAKKE zu den *direkt am publizistischen Prozeß beteiligten Faktoren*: den Kommunikator (quis), den Kommunikationsinhalt (quid), den "Kanal" und das verwendete Zeichensystem (Medium, quomodo, quibus auxiliis), den Rezipient (ad quem) sowie die Wirkung (quo effectu). Als nicht unmittelbar, sondern nur mittelbar (indirekt) beteiligte Elemente sieht PRAKKE wo (ubi), wann (quando) und warum (cur) eine Kommunikation, insbesondere publizistische Kommunikation, stattfindet. Modellhaft hat PRAKKE die "Funktionale Publizistik" - wie in Abbildung 4 wiedergegeben - dargestellt.

Wie aus diesem Modell ersichtlich ist, erwartet der *Rezipient* von den Medien Kommunikation; durch diese Erwartungshaltung erst erfährt der *Kommunikator* seine Bedeutung und Bestimmung als Entscheidungsträger für die Auswahl und Bewertung der publizistischen Botschaften. Das gesamte *Zeichensystem*, über das Kommunikator und Rezipient im gemeinsamen sozialen Umfeld (soziokulturelles System) kommunizieren (der Kommunikator verschlüsselt die Botschaften und wandelt sie in Sprache, Zeichen und Symbole optisch, akustisch oder optisch-akustisch um; der Rezipient entschlüsselt sinngemäß), stellt jenes Verständigungssystem (meist Sprache) dar, das notwendig ist, um Inhalte, Botschaften, Aussagen auszutauschen.

Abbildung 4 PRAKKE (1968) - Schema der "funktionalen Publizistik"

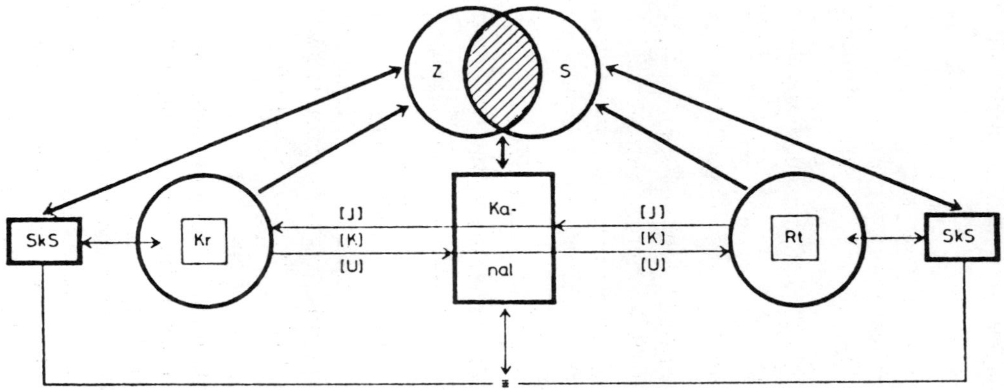

KR = Kommunikator; RT = Rezipient; Kanal = Sammelbegriff für Medien; I, K, U = Information, Kommentar, Unterhaltung; Zs = Zeichensystem (= Verständigungs-System zwischen KR und RT); SkS = soziokulturelles System.

Quelle: PRAKKE, Henk: Kommunikation der Gesellschaft. Einführung in die funktionale Publizistik.- Münster: Regensberg 1968.

Ausgehend von dem funktionalpublizistischen Modell PRAKKES und vor allem um die publizistischen *Funktionen* deutlich herauszustellen, kann das funktionale Verständnis von Publizistik wie folgt charakterisiert werden:

Publizistik als Funktion bedeutet

nicht *Aussage*	sondern *Kommunikation*
nicht *Aussageträger*	sondern *Kommunikator*
nicht *Aussageempfänger*	sondern *Rezipient*
nicht *Öffentlichkeit*	sondern *Soziales System*
nicht *Empfangsbereitschaft des Publikums*	sondern *Reaktion und Inspiration durch das Publikum*
nicht *publizistische Ziele des 'Senders'*	sondern *publizistische Funktionen zwischen Rezipient und Kommunikator*
nicht *Führung und Leitung des Publikums*	sondern *Spiegelung und Prägung gesellschaftlicher Bedürfnisse*
nicht *öffentliche Aufgabe*	sondern *Erwartungsorientierung*
nicht *Struktur*	sondern *System*
nicht *publizistisches Handeln des 'Senders'*	sondern *kommunikatives Verhalten durch Rezipient und Kommunikator*

Die besondere Leistung der "funktionalen Publizistik" liegt zweifellos darin, publizistische Kommunikation als gesellschaftliches Phänomen und als gesamtgesellschaftliche Notwendigkeit erkannt zu haben. Sie orientiert sich in erster Linie an den kommunikativen Bedürfnissen der Gesellschaft, die rückgekoppelt werden und durch die Medien abzudecken sind. Der "funktionale Ansatz" fragt dagegen nicht (oder nur kaum) nach der Art der inhaltlichen Beschaffenheit dieser Bedürfnisse, wodurch sie als relativ abstrakte Auffassung erscheint, die von den konstitutiven Bedingungen der Gesellschaft - den politischen, wirtschaftlichen, kulturellen, sozialen usw. - absieht. Außerdem begünstigt nach Auffassung von Kritikern des Prakkeschen Ansatzes die Zwiegesprächsformel "... zu sehr soziale Harmonie, die dazu angetan ist, Interessenskonflikte zu verschleiern" (so der PRAKKE-Schüler Franz DRÖGE).

Zu bemängeln ist des weiteren, daß dieser theoretische Versuch der Erklärung von gesellschaftlicher Kommunikation Kommunikator und Rezipient als gleichberechtigte Gesprächspartner sieht. Das ist eine idealistische Deutung, die der Wirklichkeit nicht entspricht.

Dennoch hat die funktionale Publizistik wesentlich zu einem sozialwissenschaftlich ausgeprägten Selbstverständnis der Publizistik- und Kommunikationswissenschaft geführt. Ihr Denkansatz hat in vielen Bereichen Forschungsimpulse gesetzt und gemeinsam mit den Überlegungen Gerhard MALETZKES zu der allgemein anerkannten Systematisierung der Publizistik- und Kommunikationswissenschaft in die Bereiche der Kommunikator-, Aussagen-, Medien-, Rezipienten- und Wirkungsforschung im interdisziplinären Verständnis geführt.

Literatur (Auswahl)

DRÖGE, Franz: Der Funktionalismus in der Kommunikationswissenschaft. Henk Prakke zum 70. Geburtstag. In: "Publizistik" 15: 1970, S. 93-97.

PRAKKE, Henk: Alle Publizistik ist Zwiegespräch. In: "Publizistik" 5: 1960, S. 208-210.

PRAKKE, Henk: Das Selbstverständnis der Publizistik- und Zeitungswissenschaft. In: "Publizistik" 9: 1964, S. 350-353.

PRAKKE, Henk: Kommunikation der Gesellschaft. Einführung in die funktionale Publizistik. (Unter Mitarbeit von Franz W. DRÖGE, Winfried B. LERG und Michael SCHMOLKE). Münster: Regensberg 1968. (= Dialog der Gesellschaft 2).

4.5 Der "massenkommunikative Ansatz" (nach Gerhard MALETZKE)

Dem funktionalpublizistischen Modell ähnlich ist der von Gerhard MALETZKE erarbeitete, aus der anglo-amerikanischen Literatur der Kommunikationsforschung abgeleitete "massenkommunikative" Ansatz, in welchem nicht mehr von "Publizistik" oder "publizistischer Kommunikation" die Rede ist, sondern in Anlehnung an die anglo-amerikanische Terminologie von "Massenkommunikation" (in der wörtlichen Übernahme von "mass communication"). MALETZKE beschreibt Massenkommunikation als

> *"jene Form der Kommunikation, bei der Aussagen öffentlich, durch technische Verbreitungsmittel indirekt und einseitig an ein disperses Publikum vermittelt werden."*

Markante Kennzeichen dieses Verständnisses von Massenkommunikation sind (wie bereits im Kapitel 1.2 bei der Klärung von Begriffen ausgeführt), daß sie öffentlich und über technische Verbreitungsmittel, vor allem aber indirekt und einseitig abläuft. Der publizistische Prozeß ist nach diesem Verständnis demzufolge wie auch bei PRAKKE horizontal angeordnet, allerdings betont MALETZKE nicht so sehr die von Prakke zu idealistisch und modellhaft gesehene "Rückkopplung", also die permanente Wechselbeziehung zwischen Kommunikator und Rezipient durch Inspiration und Reaktion.

Das Schema der Massenkommunikation ist vielmehr bestimmt von den vier Grundfaktoren Kommunikator, Aussage, Medium und Rezipient (einschließlich Wirkung). Alle vier Grundfaktoren sieht MALETZKE in ein- oder gegenseitigen Beziehungen und Abhängigkeiten (Dependenzen und Interdependenzen), die für alle Medien - freilich unter Berücksichtigung ihrer technischen und psychologischen Eigengesetzlichkeiten - in gleicher Weise zutreffen. Obwohl also auch diesem Modell zufolge der Rezipient fallweise reagiert und zum Kommunikator direkt oder indirekt rückkoppelt, wird Massenkommunikation von MALETZKE in erster Linie als ein in der Regel doch eher einseitig verlaufender Prozeß vom Kommunikator zum Rezipienten mit fallweisen Reaktionen des Rezipienten gesehen. Im Modell stellt sich der - übrigens sehr stark psychologisch orientierte - "massenkommunikative Ansatz" Maletzkes, wie in Abbildung 5 veranschaulicht, dar.

Tragende Elemente des Feldschemas der Massenkommunikation sind demzufolge:

- Der *Rezipient* wird verstanden als Persönlichkeit mit eigenem Selbstbild, aber in einem vielschichtigen sozialen Beziehungsgeflecht und vor allem als Glied des dispersen (also räumlich oder raumzeitlich verstreuten) Publikums.

- Der *Kommunikator* wird ebenfalls als Persönlichkeit gesehen innerhalb eines sozialen Beziehungsgeflechts, vor allem aber auch unter den Zwängen im Team einer Redaktion, den Zwängen der Redaktion innerhalb der Medieninstitution sowie unter dem Zwang der Öffentlichkeit.

- Die *Medien* schließlich zeichnen sich durch Eigengesetzlichkeiten aus (die Zeitung durch andere als der Hörfunk, dieser wieder durch ande-

Abbildung 5

Schema des Feldes der Massenkommunikation
nach Gerhard MALETZKE (1963 und 1972)

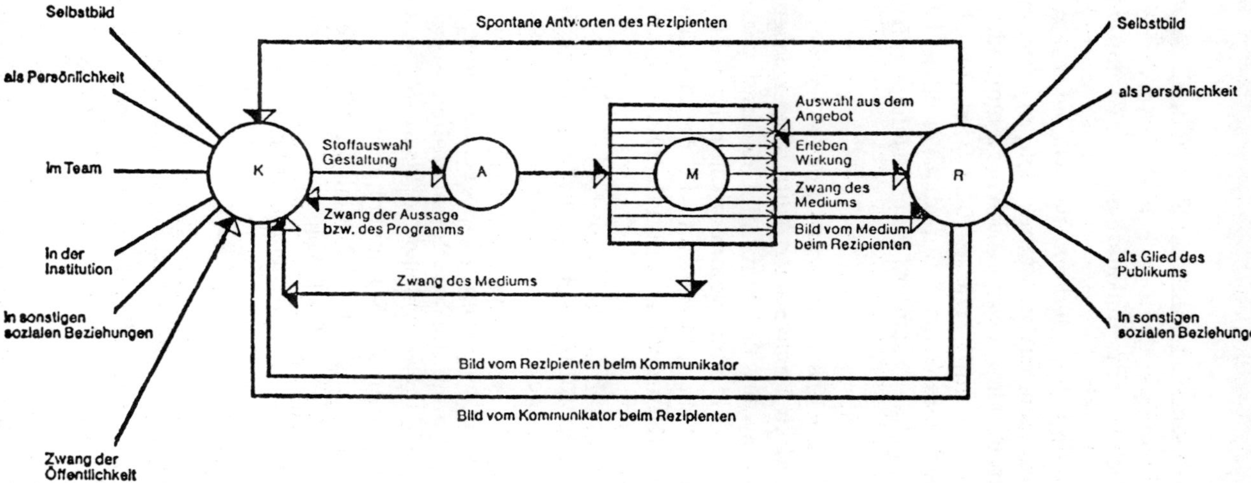

K = Kommunikator; A = Aussage;
M = Medium; R = Rezipient;

Quelle: MALETZKE, Gerhard (Hrsg.): Einführung in die Massenkommunikationsforschung.- Berlin: Verlag Volker Spiess 1972, S. 14.

re als das Fernsehen usw.), die unter anderem für das Erleben der Kommunikation und für die Wirkung beim Rezipienten von Bedeutung sind.

- Innerhalb des Feldschemas mißt MALETZKE der *Aussage* interessanterweise relativ wenig Bedeutung bei: sie wird als unabdingbares Konstituens jeglicher Kommunikation a priori vorausgesetzt.

- Als weiteres wesentliches Merkmal der Massenkommunikation ist schließlich zu beachten, daß sie indirekt und *einseitig* abläuft: Beides bedeutet, daß ein Rollenwechsel zwischen Kommunikator und Rezipient ausgeschlossen, ein Reagieren nicht oder nur schwer möglich sowie jede Massenkommunikation medial vermittelt ist - und somit nicht "die" Wirklichkeit, sondern eine gestaltete Wirklichkeit darstellt.

Dennoch schließt MALETZKE eine absolut einseitige Sicht des Prozeßverlaufs in seinem Modell aus: Seiner Auffassung zufolge hat in jeder Massenkommunikation der Kommunikator ein Bild vom Rezipienten und der Rezipient ein Bild vom Kommunikator. Das will besagen, daß der Sender weiß, für wen er publiziert; und daß der Empfänger weiß, von wem publiziert wird. Kommunikator und Rezipient "kennen" demnach einander also bedingt.

So sind im "massenkommunikativen Ansatz" also Parallelen zum funktionalpublizistischen Modell vorfindbar, und dennoch unterscheidet es sich von diesem: MALETZKE nimmt - wie bereits erwähnt - Abstand von einer permanenten Wechselbeziehung zwischen Empfänger und Sender. Er sieht zudem Massenkommunikation nicht abstrakt, sondern eingegliedert, integriert in ein gesellschaftliches, vielschichtiges Beziehungsgeflecht. Und schließlich drittens: Massenkommunikation im Sinne MALETZKES bedarf nicht zwingend der Aktualität, das bedeutet, daß auch die nicht-aktuellen Medien wie Buch, Schallplatte, Kassette sowie andere Ton- und Bildträger zu den Massenkommunikationsmedien gerechnet werden. Originäre Publizistik wird dagegen in diesem theoretischen Ansatz nicht untergebracht.

Mit seiner "Formel", wonach Massenkommunikation jene Form von Kommunikation ist, "bei der Aussagen öffentlich, durch technische Verbreitungsmittel indirekt und einseitig an ein disperses Publikum vermittelt werden", hat MALETZKE ein in weiten Kreisen der Publizistik- und Kommunikationswissenschaft anerkanntes Verständnis medial vermittelter, publizistischer Kommunikation geschaffen, das Massenkommunikation in ihrer gesellschaftlichen Erscheinung und Ausprägung relativ wertneutral und konkret erfaßt. Zu bemängeln ist, daß MALETZKE die politischen und ökonomischen Bedingungen, unter denen sich Massenkommunikation vollzieht, zwar erwähnt, aber nicht mit der gebotenen Deutlichkeit betont.

Literatur (Auswahl)

MALETZKE, Gerhard: Psychologie der Massenkommunikation. Theorie und Systematik. 2. Aufl.- Hamburg: Verlag des Hans Bredow-Instituts 1972.

MALETZKE, Gerhard: Massenkommunikationstheorien.- Tübingen: Niemeyer 1988.

BERGLER, Reinhold; SIX, Ulrike: Psychologie des Fernsehens.- Bern: Huber 1979, S. 41-43.

MERTEN, Klaus: Kommunikation. Eine Begriffs- und Prozeßanalyse.- Opladen: Westdeutscher Verlag 1977. (= Studien zur Sozialwissenschaft 35).

4.6 Der "systemtheoretische Ansatz"

Systemtheoretisches Denken ist aus den Naturwissenschaften (nämlich der Biologie) abgeleitet und auf gesellschaftliche Phänomene übertragen worden. Beim Denken in Systemen hat man ursprünglich versucht, die Beschaffenheit einer Wirklichkeit als Ganzes und als Summe von in Beziehung stehenden Teilen des Ganzen zu erfassen. Bei diesem Bemühen bediente man sich erkenntnistheoretischer Abstraktionsmodelle: Eine Erfahrungswirklichkeit sollte weitmöglichst inhaltlich und umfänglich in ihren Bedingungen, ihrer Zuständlichkeit, ihrer Gegenständlichkeit und ihrer funktionalen Bedeutung erfaßt und gedeutet werden. Im wesentlichen trifft dies auch für die neueren systemtheoretischen Überlegungen zu.

In der *allgemeinen Systemtheorie* versteht man unter System ein Bündel von Elementen oder Objekten, die in ihrer je konkreten Beschaffenheit untereinander ständig in Beziehung stehen und ein Ganzes darstellen. Das System-Ganze (kurz das System) ist gekennzeichnet und bestimmt durch Strukturen und Funktionen.

Mit den *Strukturen* ist das Ordnungsgefüge und die Beschaffenheit des Systemganzen und der Systemteile gemeint.

Die *Funktionen* sind jene erwünschten und beabsichtigten Leistungen, die das System (unter gegebenen, nur teils veränderbaren Strukturen) erbringt und wodurch es sich reguliert und aufrecht erhält: nämlich durch Eingliederung (Integration) und Anpassung (Adaption).

Auch und besonders gesellschaftliche Systeme wie Staatssysteme, Parteiensysteme, Verbandssysteme und Institutionen können unter systemtheoretischem Aspekt gesehen werden: Alle gesellschaftlichen Systeme oder Subsysteme weisen bestimmte Strukturen auf, die ihr (inneres und äußeres) Ordnungsgefüge darstellen. Gesellschaftliche Systeme bilden sich bzw. entstehen, um sinnvolles menschliches, d.h. individuelles und soziales Verhalten innerhalb des vielschichtigen gesellschaftlichen Beziehungs- und Abhängigkeitsgeflechts (also innerhalb gegebener gesellschaftlicher Strukturen) möglich zu machen. Die Leistungen solcher Systeme für ihre Systemteile bzw. -mitglieder sind die Funktionen des Systems: sie bestehen im wesentlichen darin, das komplexe Abhängigkeits- und Beziehungsgeflecht der Gesellschaft für den einzelnen soweit durchschaubar zu machen und auf ein erträgliches Maß zu reduzieren, daß die Systemmitglieder sich in ihrer Umwelt zurechtfinden können; die Leistungen sozialer Systeme bestehen somit in der *Reduktion von Umweltkomplexität und Umweltvariabilität.*

Im Laufe der publizistik- und kommunikationswissenschaftlichen Theorienbildung ist das Systemdenken auch auf das gesellschaftliche Phänomen Massenkommunikation übertragen worden. Das gesamte Beziehungsgeflecht publizistischer Kommunikation wird dabei als das "System Massenkommunikation" betrachtet. Wie andere soziale Systeme und Subsysteme auch ist das Massenkommunikationssystem einer Gesellschaft durch Strukturen und Funktionen gekennzeichnet und erbringt es bestimmte - erwünschte und beabsichtigte sowie unerwünschte und nichtbeabsichtigte - Leistungen für die Gesellschaft.

Mit *Struktur* eines Massenkommunikationssystems ist die Verfaßtheit, die Beschaffenheit des Systems gemeint: die politische, organisatorische und wirtschaftliche Verfassung der Massenmedien - die Gesamtheit aller in einem politischen System bestehenden Medien, seien sie privat oder öffentlich-rechtlich oder staatlich organisiert.

Mit der *Funktion* des Massenkommunikationssystems sind die gesellschaftlichen Leistungen der Massenmedien gemeint: die Bedarfsdeckung der Gesellschaft mit kommunikativem Stoff sowie die Sozialisierung der Sinngehalte einer Gesellschaft. Modellhaft kann ein Massenkommunikationssystem in seiner Struktur und mit seinen Funktionen wie folgt dargestellt werden:

Abbildung 6

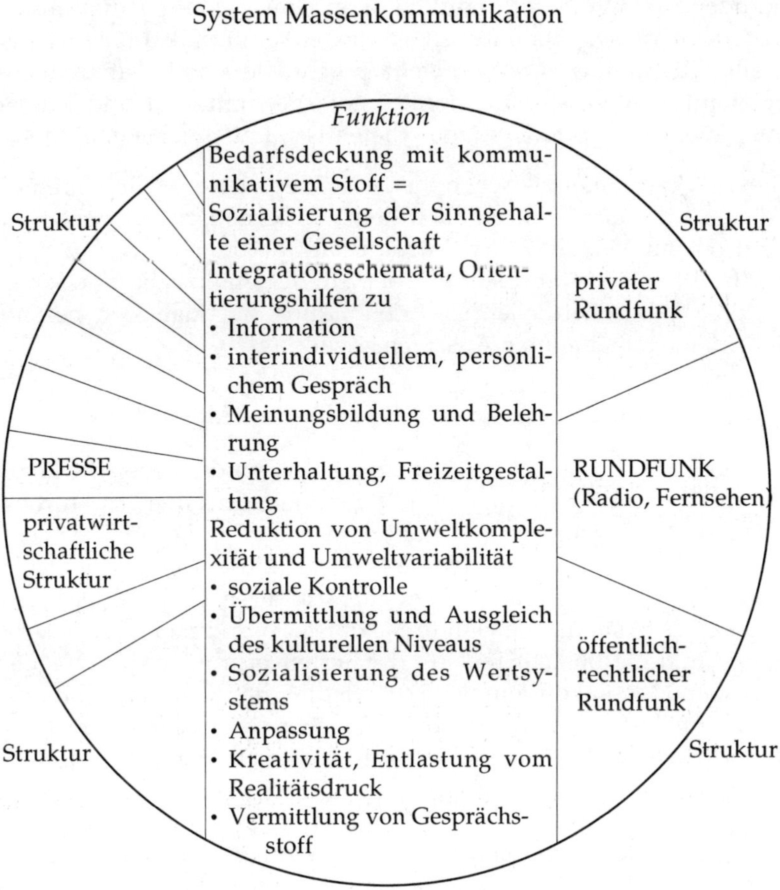

Die besondere Leistung der Massenkommunikation würde darin bestehen, daß im Idealfall alle Medien eines Kommunikationssystems sämtliche Interessen und Bedürfnisse aller gesellschaftlichen Gruppen verbreiten und dadurch dem einzelnen dazu verhelfen, sich im vielschichtigen gesellschaftlichen Beziehungsgeflecht zurechtzufinden und so sinnvolles menschliches (Individual- und Sozial-) Verhalten zu ermöglichen. Somit dient auch das Massenkommunikationssystem als gesellschaftliches System oder Subsystem der Reduktion von Umweltkomplexität und Umweltvariabilität. Die Stabilität eines Massenkommunikationssystems ist vor allem dann gewährleistet, wenn potentielle Konfliktsituationen divergierender Interessen aus dem System gebannt sind und jeder das seinen Interessen und Meinungen thematisch Entsprechende findet.

Insgesamt kann man zwischen vier verschiedenen systemtheoretischen Ansätzen differenzieren, nämlich dem "kybernetischen Ansatz", dem "Input-output-Modell", dem "strukturell-funktionalen Ansatz" sowie dem "funktional-strukturellen Ansatz". In der publizistik- und kommunikationswissenschaftlichen Theorienbildung hat man sich besonders den beiden letztgenannten Ansätzen gewidmet.

Der "strukturell-funktionale Ansatz" (nach Talcot PARSONS)

Diese systemtheoretische Auffassung hat als Grundanliegen die Regulierung und Bestandserhaltung des Systems. Sie ordnet den Strukturbegriff dem Funktionsbegriff vor und fragt demzufolge insbesondere nach bestimmten und zu bestimmenden Systemstrukturen. Das bedeutet, daß die (vorgegebenen und zu erhaltenden) Strukturen, also das (Ordnungs-) Gefüge eines Systems, die Handlungsmuster bestimmen und selbst Leistungen im funktionalen Sinne für das System erbringen. Übertragen auf das System Massenkommunikation bedeutet dies: Gegenstand der Massenkommunikationsanalyse sind die in einer Gesellschaft vorfindbaren Medienstrukturen. In diesem Denken dominiert die Tendenz, in den gegebenen Bedingungen der Medienstrukturen selbst funktionale Erfordernisse, also Leistungen für die Gesellschaft, begründet zu sehen. Die Funktionen sind, wenn überhaupt, erst sekundär Untersuchungsgegenstand; stark verallgemeinernd könnte man sagen, die Funktionen ergeben sich aus den Strukturen. Die strukturell-funktionale Systemtheorie weist also die Tendenz auf, die Bedingungen oder Muster von Handlungen als funktionale Erfordernisse des Systems zu interpretieren. Stark vereinfacht gesprochen würde dies bedeuten, daß die in der Bundesrepublik Deutschland derzeit vorhandenen 119 Tageszeitungen (mit ihren über 1300 Ausgaben), die beiden öffentlich-rechtlichen Rundfunkanstalten ARD und ZDF sowie die vier privaten Fernsehanstalten (SAT 1, RTLplus, Tele 5, Pro 7), die ca. 140 existierenden privaten Radio-Stationen und die Wochenzeitungen, Zeitschriften und Fachzeitschriften a priori die Funktion der Bedarfsdeckung mit kommunikativem Stoff erfüllen, Reduktion von Umweltkomplexität leisten, Meinungsvielfalt und Pluralismus gewährleisten. Möglichkeiten des Funktionsverlustes oder des Funktionswechsels bleiben in diesem Ansatz im wesentlichen unberücksichtigt.

Der "funktional-strukturelle Ansatz" (nach Niklas LUHMANN)

In dieser systemtheoretischen Auffassung wird der Funktionsbegriff dem Strukturbegriff vorgeordnet, d.h. die Strukturen, das Ordnungsgefüge, eines Systems werden nicht mehr als gegebener Systemrahmen vorausgesetzt, sondern sind selbst Gegenstand der Analyse. Ebenso wird gefragt, ob unter den vorgegebenen Strukturen eines Systems die erwünschten und beabsichtigten Funktionen für das System überhaupt erbracht werden können.

Übertragen auf die Massenkommunikation bedeutet dies, wie Manfred RÜHL schreibt, daß im funktional-strukturellen Systemdenken "das Kommunikationssystem einer Gesellschaft nicht deshalb schon als entwickelt vorgegeben ist, weil es Einrichtungen aufzuweisen hat, die sich Rundfunk- oder Fernsehanstalten nennen. Vielmehr ergibt erst die Analyse dieser Strukturen des Kommunikationssystems, welche Informationsleistungen diese für die spezifische Gesellschaft zu erbringen vermögen".

Im Gegensatz zur strukturell-funktionalen Systemtheorie, die - etwas überzeichnet formuliert - von der Unabänderlichkeit der Strukturen und der Aufrechterhaltung des Systems ausgeht und in den Systemstrukturen selbst Leistungen für das System sieht, versucht die funktional-strukturelle Systemanalyse Aussagen darüber zu erlangen, welche Aufgaben hinsichtlich der Struktur und Funktionsüberprüfung und -revision ein System zu lösen hat, wenn es fortbestehen will. Die Fülle einer Vielzahl von Medien reicht diesem Denkmodell zufolge möglicherweise noch nicht aus, um die für eine Gesellschaft notwendigen und erforderlichen Kommunikationsleistungen zu erbringen. Funktional-strukturelle Denkansätze werden daher auch als Theorien sozialer Bedürfnisse gesehen. Im funktionalpublizistischen Ansatz PRAKKES und im massenkommunikativen Ansatz MALETZKES ist funktional-strukturelles Systemdenken enthalten, wenngleich in ihnen die Bedeutung der Massenkommunikation eher auf die Befriedigung kommunikativer Erwartungen und Bedürfnisse durch die Rezipienten angelegt ist - und nicht mehr.

Die Verschiedenheit der beiden systemtheoretischen Auffassungen läßt sich wie folgt vergleichend darstellen:

strukturell-funktionaler Ansatz	funktional-struktureller Ansatz
Typologisierung nach Wesenheit (Ontologie)	Typologisierung nach Funktion (Alternativen)
System besteht aus Personen (bzw. Strukturen)	System besteht aus Handlungen (bzw. Funktionen)
System ist ein substantielles Gebilde	System ist ein relatives Gebilde der Umwelt gegenüber
System besteht in sich und durch sich	System besteht in der Auseinandersetzung mit der Umwelt
Strukturelemente auf der Ebene von Handlungen	Strukturelemente auf der Ebene von Erwartungen
Strukturen besagen das Wesen eines Systems	Strukturen besagen den Prozeß eines sozialen Systems auf der Ebene der Verhaltenserwartung in zeitlicher, sachlicher und sozialer Dimension
In Übertragung auf die Medien heißt das:	
Die Strukturen eines Massenkommunikationssystems einer Gesellschaft werden als gegebener Bezugsrahmen für die Funktionen (Leistungen) des Massenkommunikationssystems vorausgesetzt.	Die Strukturen eines Massenkommunikationssystems einer Gesellschaft werden nicht als gegebener Bezugsrahmen vorausgesetzt; sie sind ebenso Gegenstand der Analyse wie die Funktionen.

Das "Input-/Output-Modell" der Systemtheorie

In diesem Ansatz wird das System als ein durch multikausale Relationen in Form von "Inputs" und "Outputs" mit der Umwelt - und somit mit anderen Systemen - in Verbindung stehendes Gebilde gesehen, d.h.: Soziale Systeme nehmen Leistungen aus der Umwelt - aus anderen Systemen und Subsystemen - auf und geben solche auch an die Umwelt ab. Ein Teil der Outputs kann durchaus in Form von Wirkungen und Folgen durch die Rückkoppelung - "feed back" - als Input in das System zurückgelangen.

Abbildung 7

"Input-Output-Modell"

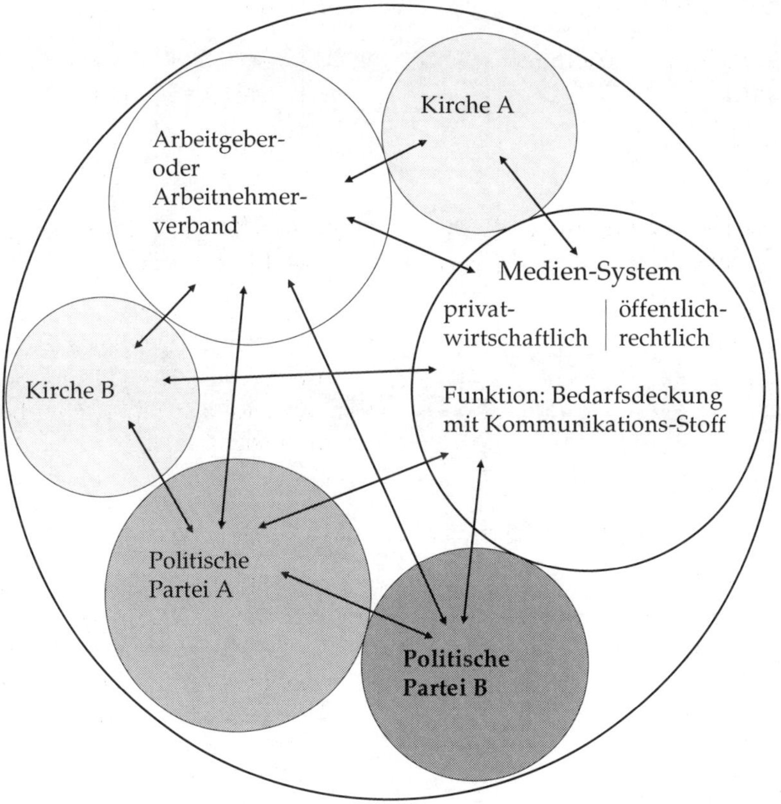

Abbildung 8

Schematische Darstellung der Massenkommunikation nach Melvin DE FLEUR (1966)

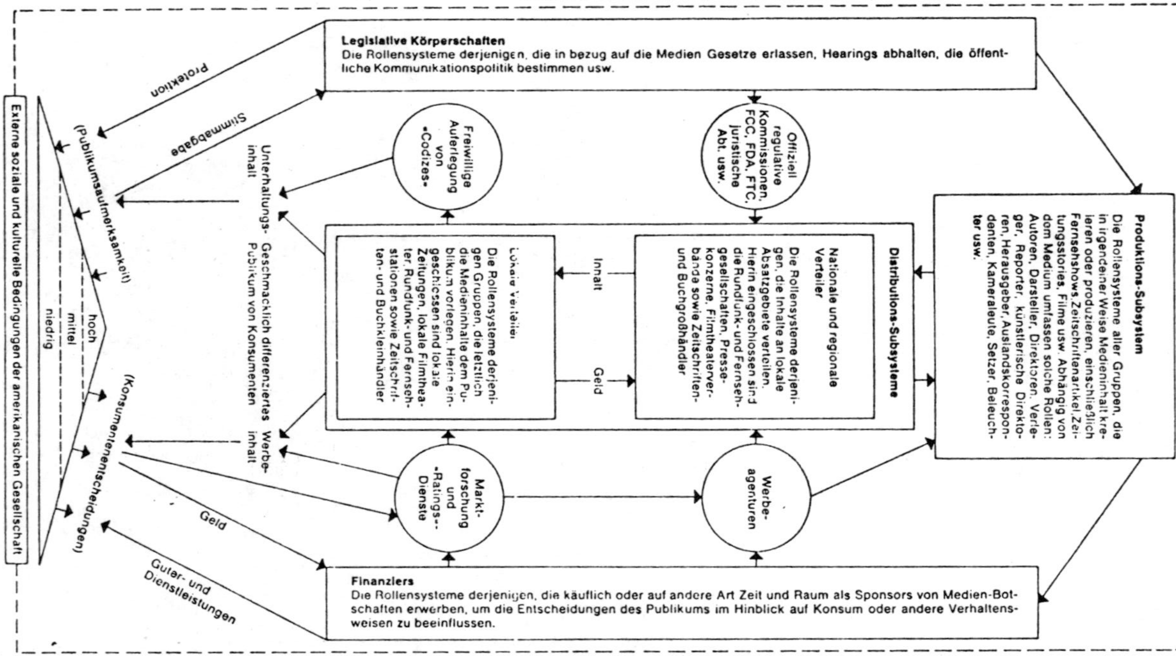

Das Modell hebt die politischen und ökonomischen Rahmenbedingungen hervor, unter denen sich Massenkommunikation (in den USA) vollzieht.

Abbildung 9

Modell der Kommunikation als soziales Handeln nach Horst REIMANN (1968)

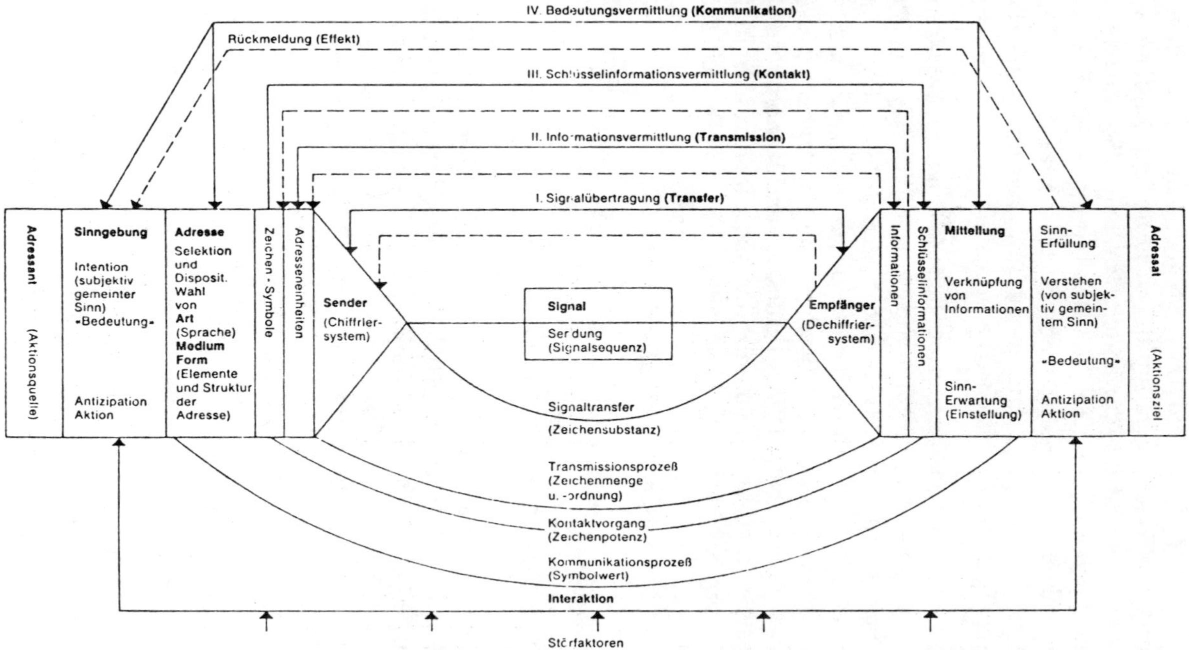

Das Modell kehrt soziales Handeln als Übertragung von Bedeutung zwischen Sender und Empfänger hervor. Das Modell ist im Prinzip auf Massenkommunikation übertragbar.

Übertragen auf die Massenmedien bedeutet dies (siehe Abbildung 7): Das Massenkommunikationssystem wird als (soziales) System neben anderen Systemen (Parteien, Verbänden, Gewerkschaften, Kammern, Kirchen etc.) gesehen. Mit diesen anderen Systemen steht das Mediensystem in Verbindung, gibt Leistungen (inputs) an sie ab und empfängt von ihnen aber auch welche (outputs der anderen Systeme). So entsteht ein Rückkoppelungsprozeß, durch den die (zum Teil miteinander konkurrierenden, zum Teil einander ergänzenden) Systeme aufrecht erhalten bleiben und ihre je verschiedenen Funktionen bzw. Leistungen für die Gesellschaft (oder Teile der Gesellschaft) erbringen.

In den dargestellten Abbildungen (auf Seite 160 und 161) von Kommunikation bzw. Massenkommunikation von Horst REIMANN und Melvin DE FLEUR sind systemtheoretische Konzeptionen zu sehen. Dabei nimmt das Modell von REIMANN primär bezug auf den Systemcharakter des Kommunikationsprozesses zwischen Sendern und Empfängern. Hingegen betont das Modell von DE FLEUR die politischen und ökonomischen Rahmenbedingungen von Massenkommunikation und wie sich diese auf den Kommunikationsprozeß auswirken. Das Modell DE FLEURS bezieht sich auf das US-amerikanische Kommunikationssystem und ist daher nicht uneingeschränkt auf europäische Verhältnisse übertragbar.

Literatur (Auswahl)

BERGLER, Reinhold; SIX, Ulrike: Psychologie des Fernsehens.- Bern: Huber 1979 (besonders S. 36-50).

KUNCZIK, Michael: Kommunikation und Gesellschaft. Theorien zur Massenkommunikation.- Köln, Wien: Böhlau 1984.

KUNCZIK, Michael: Massenkommunikation als soziales System. Einige Anmerkungen zur Systemkonzeption von Melvin L. de Fleur.- In: "Internationale Zeitschrift für Kommunikationsforschung" 1: 1974, S. 288-304.

LUHMANN, Niklas: Soziologie als Theorie sozialer Systeme. In: LUHMANN, Niklas: Soziologische Aufklärung. Aufsätze zur Theorie sozialer Systeme, Bd. 1.- Opladen: Westdeutscher Verlag 1972.

LUHMANN, Niklas: Soziologische Aufklärung. Aufsätze zur Theorie sozialer Systeme.- Opladen: Westdeutscher Verlag 1972.

MAYNTZ, Renate: Strukturell-funktionale Systemtheorie. Stichwort in: Wörterbuch der Soziologie. Hrsgg. von Wilhelm BERNSDORF.- Stuttgart 1969.

NARR, Wolf-Dieter: Theoriebegriffe und Systemtheorie.- Stuttgart 1969. (= Einführung in die moderne politische Theorie, Bd. 1)

RÜHL, Manfred: Systemdenken und Kommunikationswissenschaft. In: "Publizistik" 14: 1969, S. 185-205.

RÜHL, Manfred: Die Zeitungsredaktion als organisiertes soziales System. 2.,überarb. Auflage.- Freiburg (Schweiz) 1979. (= Arbeiten aus dem Institut für Journalistik- und Kommunikationswissenschaften an der Universität Freiburg 14).

RÜHL, Manfred: Journalismus und Gesellschaft.- Mainz: von Hase und Koehler 1980.

4.7 Die "Kritische Publizistik"

Die "kritische Theorie", konzeptiv Ende der 30er Jahre dieses Jahrhunderts als sozialistisch orientierte, geistige Gegenhaltung zu Faschismus und Kapitalismus entstanden (Frankfurter Schule, HORKHEIMER, ADORNO, MARCUSE), sieht grundlegende gesellschaftliche Widersprüche im massenmedialen Produktions-, Distributions- und Konsumptions-Prozeß (also in den Bedingungen, unter denen massenmediale Inhalte produziert, an die Empfänger verteilt und verbreitet sowie von den Empfängern aufgenommen werden). Diese Widersprüche bilden den Ausgangspunkt kritisch-theoretischer Überlegungen. Sie werden im einzelnen wie folgt dargelegt:

Die Produktion massenmedialer Inhalte erfolgt nach dieser Sicht unter den klassischen Bedingungen des Kapitalismus: Jene, die im Besitz der Medien sind (z.B. der privatwirtschaftlich betriebenen Pressemedienbetriebe) oder jene, die über die Medien verfügen (z.B. die Manager öffentlich-rechtlicher Rundfunkanstalten) bestimmen als Herrschende die Medieninhalte, in denen individuelle und gesellschaftliche Erfahrung nur vorgegeben und vorgetäuscht, nicht jedoch widergespiegelt wird.

Die *Distribution*, die Verteilung und Verbreitung der massenmedialen Programme, unterliegt ebenso den Strukturen des Kapitalismus, sie wird (zum Teil im bitteren Konkurrenzkampf und unter den Bedingungen der Medienkonzentration) von den Herrschenden gesteuert und erfolgt - geprägt vor allem durch die starke, ökonomische Abhängigkeit von Anzeigen- und Werbeeinnahmen - unter denselben Verwertungsbedingungen und Zwängen der Profitmaximierung, unter denen die Medienprogramme und -inhalte entstehen.

In der *Konsumption* der Medienprogramme werden den Medienempfängern jene Medieninhalte oktroyiert, die unter kapitalistischen Produktions- und Distributionsbedingungen entstanden und verbreitet worden sind. Diese Medieninhalte zwängen falsche Bedürfnisse auf und spiegeln nur scheinbar, nicht jedoch de facto den relevanten Gesamtsinn der Gesellschaft, also ihre individuellen und gesellschaftlichen Erfahrungen und Bedürfnisse wider. Den Inhalten der Massenkommunikation ist der Konsument als Rezipient hilflos ausgesetzt: Er wird von ihnen manipuliert. Insgesamt richtet sich die Kritik der "kritischen Theorie" also gegen die Massenkommunikationsinhalte, ihre Produktions- und Verwertungsbedingungen sowie gegen die produzierenden Medien selbst.

Die kritische Theorie fordert auch ein *neues Öffentlichkeitsverständnis*, das die traditionelle, bürgerliche Öffentlichkeit (d.h. die durch Parteien, Verbände und Institutionen repräsentierte und dominierte pluralistische Öffentlichkeit) ablehnt und die proletarische Öffentlichkeit zum unumschränkten Postulat erhebt. Diese proletarische Öffentlichkeit ist nicht von den Herrschenden und Intellektuellen geprägt, sondern trägt als konstitutive Kategorie in sich die echten und wahren Bedürfnisse und Interessen der Massen: die "objektiven Interessen der Massen". Die öffentliche Artikulation dieser Interessen und Bedürfnisse erfolgt durch Selbstorganisation und -artikulation der Massen; übertragen auf die Medien bedeutet dies die aktive Teilnahme der Massen am gesamten Massenkommunikationsprozeß, also an der Produktion, der Distribution und Konsumption der Medieninhalte. Hans Magnus ENZENSBERGER hat dafür eine Leitformel geprägt, die aus Bertold BRECHTS erst später so genannten "Radio-Theorie" stammt:

"Jeder Empfänger ein potentieller Sender"

Sie bedeutet im wesentlichen:

- ❐ die Aufspaltung und Polarisierung der bürgerlichen Öffentlichkeit, um die proletarische Öffentlichkeit voll zur Entfaltung zu bringen;
- ❐ die Übernahme der massenmedialen Produktionsmittel in die kollektive Verfügungsgewalt der Massen, um individuelle und soziale Erfahrungen der Allgemeinheit zugänglich zu machen;
- ❐ die Umfunktionierung der massenmedialen Re-Produktions- und Distributionsmittel in Produktions- und Kommunikationsmittel, um in allen Lebensbereichen den Widerspruch der kapitalistisch-industriellen Produktionsweise aufzuzeigen sowie Artikulationsmöglichkeiten der gesellschaftlichen Erfahrungen im Rahmen einer proletarischen Öffentlichkeit zu schaffen.

ENZENSBERGER hat versucht, die von der "kritischen Theorie" in Frage gestellte, traditionelle, bürgerliche Massenkommunikation der emanzipatorischen, proletarischen Massenkommunikation in ihren Wesensmerkmalen einander gegenüberzustellen. Er vergleicht repressiven (traditionelle Massenkommunikation) mit emanzipatorischem (proletarischen) Mediengebrauch in folgender Gegenüberstellung:

Repressiver Mediengebrauch	*Emanzipatorischer Mediengebrauch*
❐ zentralgesteuertes Programm (d.h. einige wenige machen Programm für die vielen anderen)	❐ dezentralisierte Programme (d.h. alle sollen für alle Programm machen)
❐ ein Sender, viele Empfänger (d.h. einige wenige Programmacher, viele Programm-Empfänger)	❐ jeder Empfänger ein potentieller Sender (d.h. viele Programm-Macher für viele Programm-Empfänger)
❐ Immobilisierung isolierter Individuen (d.h. "Einlullen" der Empfänger)	❐ Mobilisierung der Massen (d.h. Solidarisierung der Individuen)
❐ passive Konsumentenhaltung (d.h. inaktive, unkritische Aufnahme durch Leser, Hörer, Seher)	❐ Interaktion der Teilnehmer (d.h. kritische Rückkoppelung durch selbsttätige Mediengestaltung)
❐ Entpolitisierungsprozeß (d.h. Zudecken, Ausgleichen und Anpassen kontroversieller Interessen und Disparitäten)	❐ politischer Lernprozeß (d.h. Bewußtseinsbildung der Massen als proletarische Öffentlichkeit)
❐ Produktion durch Spezialisten (d.h. high standards - verzerrte, gestaltete, verfälschte und überästhetisierte Wirklichkeitsdarstellung)	❐ kollektive Produktion (d.h. gemeinsame Produktion und Gestaltung wahrer, objektiver Bedürfnisse und Interessen)
❐ Kontrolle durch Empfänger und Bürokraten (d.h. Medienproduktionsmittel in Besitz und Verfügungsgewalt einiger weniger)	❐ gesellschaftliche Kontrolle und Selbstorganisation (d.h. Medienproduktionsmittel im Besitz von allen)

Als frühe kritische Medientheorien sind die "Radiotheorie" (von Bertold BRECHT), die "Film-Theorie" (von Bela BALAZS) und ferner - nicht unmittelbar als Medientheorie - die "Kunsttheorie" (von Walter BENJAMIN) bekannt geworden. Sie besagen im einzelnen folgendes:

- *Radiotheorie* (nach Bertold BRECHT): Der Rundfunk soll kein Distributionsapparat sein (also nicht nur Verteiler und Verbreiter von Programmen), sondern ein Kommunikationsapparat; Rundfunk muß aus dem Programmlieferantentum herauswachsen und Verständigungsmittel werden, die Hörer selbst als Lieferanten organisieren und so einen autonomen Produktionsprozeß von Erfahrungen und Bedürfnissen ermöglichen, nicht zuletzt, um die Herrschenden zu entlarven und zu denunzieren.

- *Filmtheorie* (nach Bela BALAZS): Aus der Sicht BALAZS' ist der Film ein neues Organ des Menschen, die Welt zu erleben und Sinnlichkeit emanzipatorisch zu entwickeln, die durch die dem Film immanente Logik und Phantasie zur Entfaltung des optischen Denkens gegeben bzw. begünstigt wird. Jeder soll Filme machen, um durch die Darstellung seiner Erfahrungen und Bedürfnisse die objektiven Interessen und Probleme aufzeigen zu können und somit auch eine vom Monopol der herrschenden Klasse unabhängige Massenkultur zu schaffen.

- *Kunsttheorie* (nach Walter BENJAMIN): Die Werte des 'Schöpfertums' und der 'Genialität', der 'Ewigkeit' und des 'Geheimnisses' versteht Benjamin als Begriffe, deren unkontrollierte Anwendung zur Ästhetisierung der Politik und zur Verarbeitung von Tatsachenmaterial im faschistischen Sinne führt. Er fordert daher eine Theorie der 'Kunst des Proletariats', die die Politisierung der Ästhetik verlangt, d.h.: in der Kunst haben die Prinzipien der Originalität des Hier und Jetzt und der absolute Maßstab der Echtheit in der Kunstproduktion zu gelten. Dadurch werde sich Kunst vom parasitären Dasein und Ritual emanzipieren und sich politisch manifestieren.

Die "kritische Medientheorie" postuliert - und das ist ihr zentraler Kern - die Umwandlung der traditionellen, repräsentierten, bürgerlichen Öffentlichkeit in eine spontane Gegenöffentlichkeit. Dazu bedarf es der gesellschaftlichen und politischen Arbeit in und an den bestehenden Medieninstitutionen, -organisationen und -programmen; das bedeutet:

- ❒ die schrittweise Vergesellschaftung der Massenkommunikationsmittel;
- ❒ die Aufhebung der bisherigen Trennung von Hand- und Kopfarbeit sowie von Produzent und Konsument;

- die Organisation von Bedürfnissen und Interessen;
- die Vergesellschaftung sämtlicher Bildungsgüter für alle (und nicht etwa nur für eine elitäre Minderheit);
- sowie passiven und aktiven Zugang aller zu den Massenmedien.

Die "kritische Medientheorie", von Hans Magnus ENZENSBERGER 1970 (wieder-) entworfen, entstand nicht zufällig zu diesem Zeitpunkt. Bekanntlich war Ende der 60er Jahre im Zuge der Studentenrevolution auch ein erbitterter Kampf gegen den Springer-Verlag geführt worden, der damals als Synonym für die "kapitalistische" und konzentrierte Presse stand. Der Ansatz blieb nicht folgenlos: Die in den 70er Jahren entstandenen Alternativblätter und Stadtteilzeitungen sind ebenso praktische Ausflüsse der kritischen Medientheorie wie etwa die Versuche mit "offenen Kanälen" bei Radio und Fernsehen sowie die Video-Bewegung.

Literatur (Auswahl)

ENZENSBERGER, Hans Magnus: Baukasten zu einer Theorie der Medien. In: PROKOP, Dieter (Hrsg.): Massenkommunikationsforschung. Bd. 2: Konsumption.- Frankfurt am Main: Fischer 1973 (Fischer Taschenbücher 6152), S. 420-434.

FAULSTICH, Werner: Medientheorien. Einführung und Überblick.- Göttingen: Vandenhoeck und Ruprecht 1991.

KAUSCH, Michael: Kulturindustrie und Populärkultur. Kritische Theorie der Massenmedien.- Frankfurt am Main: Fischer 1988.

KUNCZIK, Michael: Kommunikation und Gesellschaft. Theorien zur Massenkommunikation.- Köln, Wien: Böhlau 1984.

HABERMAS, Jürgen: Strukturwandel der Öffentlichkeit.- Neuwied, Berlin: Luchterhand 1962.

HORKHEIMER, Max: Traditionelle und kritische Theorie. Vier Aufsätze.- Frankfurt am Main: Fischer 1968.

MARCUSE, Herbert: Ideen zu einer kritischen Theorie der Gesellschaft.- Frankfurt am Main: Suhrkamp 1969.

HABERMAS, Jürgen (Hrsg.): Antworten auf Herbert Marcuse.- Frankfurt am Main: Suhrkamp 1969.

NEGT, Oskar: Massenmedien - Herrschaftsmittel oder Instrumente der Befreiung? In: PROKOP, Dieter (Hrsg.): Kritische Kommunikationsforschung.- München: Hanser 1973, S. I-XXVIII.

PROKOP, Dieter: Chancen spontaner Gegenöffentlichkeit - Medienpolitische Alternativen. In: BAACKE, Dieter (Hrsg.): Kritische Medientheorien.- München 1974, S. 126-158.

4.8 Der "(Neo-)Marxistische Ansatz"

In Anlehnung an die "kritische Medientheorie" haben marxistisch orientierte Medientheoretiker den (neo-)marxistischen Ansatz weiter entwickelt, der im wesentlichen auch von den grundlegenden gesellschaftlichen Widersprüchen der massenmedialen Produktion, Distribution und Konsumption ausgeht. Deutlicher als in der "kritischen Theorie" werden im marxistischen Denkansatz der Antagonismus zwischen Kapital und Arbeit in der Medienproduktion, der Warencharakter der Medieninhalte sowie die Problematik der Manipulation in der Massenkommunikation aufgezeigt. Ferner spielt hier die historische Bedingtheit des Phänomens Massenkommunikation eine wichtige Rolle, weil bereits die Entstehung der Massenkommunikation auf die "allseitige Durchsetzung der kapitalistischen Produktionsweise" zurückgeführt wird. Die gesellschaftlichen Widersprüche der massenmedialen Produktion, Distribution und Konsumption werden in diesem Ansatz als historisch begründet und bedingt gesehen.

Der *Widerspruch (Antagonismus) zwischen Kapital und Arbeit* bezieht sich - wie auch in der "kritischen Theorie" - auf die Unterwerfung der Medien-Programm-Produzenten in die Abhängigkeit des Medien-Kapitalgebers, der das Medium besitzt oder bürokratisch über es verfügt. Deutlicher noch als in der "kritischen Theorie" sehen marxistisch orientierte Vertreter des Faches die Prinzipien der kapitalistischen Medienproduktion unter den Zwängen der Gewinnorientierung und der Profitmaximierung (= Anhäufung von Kapital), der u.a. daraus resultierenden Konkurrenzsituation und Medienkonzentration sowie der Tendenz zu Mechanismen der Monopolisierung und Rationalisierung.

Mit *Warencharakter der Medien* bezeichnen die neomarxistischen Fachvertreter den Umstand, daß die Inhalte und Themen der bürgerlichen, kapitalistisch dominierten Massenkommunikation nach Gesichtspunkten der Verkäuflichkeit und Attraktivität und somit der Gewinnmaximierung ausgewählt und gestaltet sind.

Der Vorwurf der *Manipulation* schließlich richtet sich gegen jene Medienprogramme, die (wie z.B. in der Boulevard-Presse) aufgrund ihres scheinbar informativen Gehalts die Massenkommunikationsempfänger von ihren objektiven Interessen und wahren Bedürfnissen ablenken; weiters gegen den Medienkonsum von "Unterhaltungsware" zur Regeneration der Arbeitskraft; ferner auch, vor allem in der Werbung, gegen alle jene Medienprogramme, durch die Bedürfnisse suggeriert und die Massen verblendet werden.

Diesen gegenwärtigen Zustand der Massenkommunikation und insbesondere der Massenmedien führen, wie bereits erwähnt, die marxistisch orientierten Vertreter des Faches auf die historischen Entstehungsbedingungen und -entwicklungen zurück, in deren gesamtem Verlauf sich die kapitalistische Produktions-, Distributions- und Konsumptionsweise der Massenkommunikation allseitig durchgesetzt habe.

So läßt sich eine marxistische Theorie der Massenkommunikation umschreiben als eine

> *...historisch und dialektisch determinierte Analyse der Massenkommunikation. Sie erfolgt unter den Gesichtspunkten des Antagonismus zwischen Kapital und Arbeit in der Medienproduktion, des Warencharakters der Medienbotschaften und der Art und Weise ihrer Distribution. Damit in Zusammenhang steht die Manipulation der Massenkommunikationskonsumption und daraus abzuleitenden Konsequenzen für eine proletarisch-emanzipierte Gegenöffentlickeit, die sich der Errungenschaften der bürgerlichen Medien unter veränderten Herrschaftsstrukturen bedient.*

Eine solche Medientheorie zielt im wesentlichen ab auf die ("demokratische") Umwälzung der herrschenden Verhältnisse im gesamten Massenkommunikationsbereich. Während nun der "kritische Ansatz" zur Erreichung dieses Zieles nur relativ verallgemeinernde und abstrakte Postulate formuliert, versuchen marxistisch orientierte Medienwissenschaftler die Ziele einer solchen neuen Medientheorie in Form einer neuen Kommunikationspolitik zu benennen und eine Langzeitstrategie der "Demokratisierung der Massenmedien" zu entwickeln:

❒ die Veränderung der massenmedialen Inhalte gegen die Masse, weil sich das kapitalistische Mediensystem in seiner Erscheinungsform und in seinen Inhalten tief ins Bewußtsein der Lohn- und Gehaltsabhängigen eingeprägt hat und die Massen verblendet sind;

❒ dazu bedarf es der Herstellung einer politischen, proletarischen Öffentlichkeit, um die autoritäre Verfaßtheit des Kapitalismus und damit auch der Massenkommunikationsstrukturen abzubauen;

❒ die Mitbestimmung in allen Bereichen massenmedialer Produktion (Redaktion, Technik, Verwaltung), um die Medienarbeiter in der Medienprogrammproduktion aus der Unterwerfung und der Abhängigkeit der Kapitalgeber zu befreien und emanzipierte Programme machen zu können (Redakteurs-Statuten, Redaktions- und Betriebsräte-Versammlungen, einheitliche Gewerkschaften aller Medienschaffenden);

- die Mitbestimmung der Medienkonsumenten durch Publikums- und Programmbeiräte, Hörer- und Sehervertretungen, um wahre und echte Interessen und Bedürfnisse der Massen in den Medienprogrammen durchzusetzen;

- die totale Kontrolle über die Massenmedien mit dem Ziel, die privatwirtschaftliche Struktur der Massenmedien aufzulösen, private Medienbetriebe zu enteignen, konzentrierte und monopolisierte Medien zu entflechten und zu dezentralisieren und in der Folge umzuwandeln in vergesellschaftete öffentliche Anstalten mit gesamtbetrieblicher Mitbestimmung;

- die Gründung von Anzeigen- und Werbegenossenschaften in Form von Zwangskartellen, um an alle ihnen angegliederten Medienanstalten Anzeigen- und Werbeaufträge gleichmäßig zu verteilen und so Konzentration publizistischer Macht zu verhindern;

- die Politisierung und Solidarisierung der Massen und ihre Befähigung zur publizistischen Emanzipation und journalistischen Kompetenz in der selbsttätigen Medienprogrammgestaltung durch die öffentliche Artikulation objektiver gesellschaftlicher Bedürfnisse und Interessen.

Kritische und marxistische Kommunikationstheoretiker üben auch massive Kritik an der traditionellen, bürgerlichen Massenkommunikationsforschung und ihren Theorien. Die bürgerliche Kommunikationsforschung akzeptiere die Massenmedien als Herrschaftsmittel und halte damit den Zustand der Sprachlosigkeit in der gesellschaftlichen Kommunikation aufrecht. Sie sei administrative, also gelenkte, bürokratisch verordnete Forschung: ihre Erkenntnisse dienten nur der Verwertung durch die Herrschenden für die "Bewußtseinsindustrie". Außerdem gingen die traditionellen Medientheoretiker von dem vorgeprägten Dualismus Subjekt - Objekt und dem Auseinanderklaffen von Sein und Sollen aus. Bürgerliche Medientheorie wird somit als eine Theorie der Herrschenden gesehen.

Dagegen seien die kritischen bzw. materialistischen Auffassungen über die Medien Theorien der Gesellschaft, die der Befreiung der Beherrschten dienten. Demzufolge sehen kritische und marxistische Medientheoretiker die Massenmedien als Instrumente der Befreiung, durch die die Artikulation der wahren und objektiven Interessen der Massen erfolgt.

Im Zentrum einer sich so verstehenden Kommunikationsforschung stehen daher nicht die Medien, sondern der gesellschaftliche Zustand der Medien, der Literatur, des Bildungs- und des Ausbildungssystems, der aktuellen Situation des Klassenkampfes; Sein und Sollen klaffen nicht auseinander. Wissenschaft im kritischen bzw. marxistischen Verständnis sei einbezogen in Form und Inhalt des proletarischen Lebenszusammenhanges, in welchem sich die Erfahrungen der Massen in spezifischer Weise organisieren würden. Ziel kritischer und marxistischer Kommunikationsforschung sei nicht die Distribution massenmedial vermittelter Kommunikationsinhalte, sondern die absolute gesellschaftliche Kommunikation durch den Austausch von Informationen über die objektiven Interessen und Bedürfnisse der Massen.

Auch der (neo-)marxistische Theorie-Ansatz erlebte (ähnlich der kritischen Theorie) in den 70er Jahren eine Blüte. Er blieb - wie u.a. die von Erhard SCHREIBER geübte Kritik zeigt - von Kritik nicht verschont. Seine heutige Bedeutung kann eher als gering eingestuft werden, wenngleich sich weithin der Gedanke vom *Warencharakter* der Massenmedien durchgesetzt hat. Der Ansatz scheint durch die jüngsten Vorgänge in den ehemals sozialistisch-kommunistischen Ländern auch widerlegt, wenngleich marxistische Kommunikationsforscher den Vergleich ihrer Theorie mit den Medienverhältnissen in den (ehemals) sozialistischen Ländern gerne zurückweisen.

Literatur (Auswahl)

BISKY, Lothar: Zur Kritik der bürgerlichen Massenkommunikationsforschung.- Berlin (Ost) 1976.

DRÖGE, Franz: Medien und gesellschaftliches Bewußtsein. In: BAACKE, Dieter (Hrsg.): Kritische Medientheorien.- München 1974, S. 74-106.

DRÖGE, Franz: Wissen ohne Bewußtsein. Materialien zur Medienanalyse der Bundesrepublik Deutschland. (Unter Mitarbeit von Ilse Modelmog).- Frankfurt am Main: Fischer-Athenäum 1973.

HELD, Karl: Kommunikationsforschung. Wissenschaft oder Ideologie? Materialien zur Kritik einer neuen Wissenschaft.- München: Hanser 1973, S. 142-165.

HOFFMANN, Burkhard: Zum Problem der Entwicklung einer materialistischen Medientheorie. In: AUFERMANN, Jörg; BOHRMANN, Hans und SÜLZER, Rolf (Hrsg.): Gesellschaftliche Kommunikation und Information.- Frankfurt am Main: Fischer-Athenäum 1973, Bd. 1, S. 190-206.

HOLZER, Horst: Massenkommunikation und Demokratie. Politökonomische Aspekte. In: PROKOP, Dieter (Hrsg.): Massenkommunikationsforschung. Bd. 1: Produktion.- Frankfurt am Main: Fischer 1973, S. 113-129.
HOLZER, Horst: Theorie des Fernsehens. Fernsehkommunikation in der Bundesrepublik Deutschland.- Hamburg: Hoffmann und Campe 1975.
HOLZER, Horst: Kommunikationssoziologie.- Reinbek: Rowohlt 1973. (rororo-Studium Sozialwissenschaft 39).
HUND, Wulf D.; KIRCHHOFF-HUND, Bärbel: Soziologie der Kommunikation. Arbeitsbuch zu Struktur und Funktion der Medien.- Reinbek: Rowohlt 1980.
KREIMEIER, Klaus: Grundsätzliche Überlegungen zu einer Theorie der Massenmedien. In: PROKOP, a.a.O., S. 409-422.
KUNCZIK, Michael: Kommunikation und Gesellschaft. Theorien zur Massenkommunikation.- Köln, Wien: Böhlau 1984.
SCHREIBER, Erhard: Kritik der marxistischen Kommunikationstheorie.- München: K. G. Saur 1984.
SCHREIBER, Erhard: Materialistische Medientheorie. In: "Publizistik" 24: 1979, S. 430-444.
MARXISM AND THE MASS MEDIA: Towards a basic Bibliography. Press, radio, television, publishing, public opinion, journalism ... - New York: International General Editions 1974.

4.9 Weitere Theorien und Modelle

Außer den hier nur kurz beschriebenen (und nicht kritisch gewürdigten) theoretischen Überlegungen, Theorie-Ansätzen und Massenkommunikationsmodellen des deutschen Sprachraumes sind vor allem von angloamerikanischen Kommunikationsforschern Theorien und Modelle von Kommunikation und Massenkommunikation entwickelt worden. Es ist nicht leicht, sie zu systematisieren. Zunächst kann man unterscheiden zwischen Kommunikationsmodellen, die sich auf zwischenmenschliche Kommunikation beziehen sowie solchen, die sich als Massenkommunikationsmodelle verstehen. In dem von Denis MCQUAIL und Sven WINDAHL 1981 erstmals herausgegebenen Buch über "Communication Models" sind zahlreiche solcher Modelle enthalten und auch einfach beschrieben. Hilfreich für deren Studium kann auch das Bändchen von Gerhard MALETZKE über "Massenkommunikationstheorien" sein. In Anlehnung an Reinhold BERGLER und Ulrike SIX ("Psychologie des

Fernsehens") erscheint folgende Systematisierung dieser Kommunikationsmodelle sinnvoll: die Einteilung in lineare Kommunikationsmodelle, in Regelkreis-Modelle sowie in transaktionale Modelle.

Lineare Kommunikationsmodelle, die man in frühen Arbeiten vorfindet, sehen die interpersonale Kommunikation als einseitigen Prozeß im Sinne einer Einbahnstraße vom Sender zum Empfänger. Solche Modelle sind beispielsweise in jenen von LASSWELL sowie von SHANNON & WEAVER zu sehen.

Regelkreis-Modelle lassen den nicht-linearen Verlauf von Kommunikation bereits erkennen und wählen in der Darstellung die Form des (Regel-) Kreises. Auf diese Weise soll Reziprozität und Wechselseitigkeit betont werden. Die Kommunikationspartner (Sender und Empfänger) werden als Kommunikationseinheit verstanden, die im Wechselspiel senden, empfangen und interpretieren. Zu den Regelkreis-Modellen lassen sich u.a. jenes von OSGOOD & SCHRAMM (1954) sowie das Modell von GERBNER (1956) zählen. Die Regelkreis-Modelle lassen jedoch (immer noch) den Eindruck entstehen, als würde sich Kommunikation im "sozialen Vakuum" (BERGLER/SIX) vollziehen.

Erst die sog. *transaktionalen Modelle* beziehen das soziale Umfeld, individuelle Biographien (mit den dahinter stehenden verinnerlichten Werten) der Kommunikationspartner, äußere Attribute sowie vielschichtige Interaktionsprozesse mit ein. Kommunikation wird diesen Modellen zufolge als soziale Interaktion gesehen, bei der es sich um Übertragungen (Transaktionen) von Bedeutungen handelt. So gesehen ist Kommunikation ein "wechsel- wie umweltseitig gesteuerter Prozeß" und ist das Kommunikationsniveau keine konstante Größe, es unterliegt vielmehr "im Kommunikationsablauf fortgesetzten Veränderungen" (BERGLER/SIX). Transaktionale Modelle stammen u.a. von BAUER (1964), BARNLUND (1970) sowie - im deutschen Sprachraum - von MERTEN (1977). Bezogen auf Massenkommunikation sind transaktionale Modelle in jenem von REIMANN sowie SCHÖNBACH & FRÜH zu sehen.

Prominente andere Modelle der Massenkommunikation stammen u.a. von den amerikanischen Kommunikationsforschern WESTLEY & MCLEAN, SCHRAMM und DE FLEUR. Den Einfluß persönlicher Kontakte sowie sozialer Gruppen auf die individuelle Kommunikation betonen die Modelle von RILEY & RILEY sowie von KATZ & LAZARSFELD.

Abbildungen und Beschreibungen der hier genannten sowie weiterer Modelle von Kommunikation und Massenkommunikation entnimmt man folgenden Publikationen:

McQUAIL, Denis; WINDAHL, Sven: Communication Models for the Study of Mass Communications.- London, New York: Longman 1981.

MALETZKE, Gerhard: Massenkommunikationstheorien.- Tübingen: Niemeyer 1988.

BERGLER, Reinhold; SIX, Ulrike: Psychologie des Fernsehens.- Bern: Huber 1979.

MERTEN, Klaus: Kommunikation. Eine Begriffs- und Prozeßanalyse.- Opladen: Westdeutscher Verlag 1977.

FRÜH, Werner: Medienwirkungen: Das dynamisch-transaktionale Modell. Theorie und empirische Forschung.- Opladen: Westdeutscher Verlag 1991.

FAULSTICH, Werner: Medientheorien. Einführung und Überblick.- Göttingen: Vandenhoeck und Ruprecht 1991.

5. Forschungstechniken der Publizistikwissenschaft

Ausgehend von einem sozialwissenschaftlich orientierten Selbstverständnis der Publizistik- und Kommunikationswissenschaft wird in diesem letzten Kapitel versucht, jene empirischen Grundforschungstechniken vorzustellen und kurz zu beschreiben, deren sich das Fach bedient, um seine Lehr- und Forschungsfragen aufzuarbeiten. Es sind dies

das Interview,
die Aussagen- bzw. Inhaltsanalyse,
die Beobachtung,
das Experiment.

Die Einschränkung auf die einfache und verständliche Beschreibung dieser vier Forschungstechniken kann zwei an sich wichtige Beiträge nicht leisten: die Reflexion aller jener theoretischen Überlegungen und hypothetischen Annahmen, die den Forschungstechniken zugrunde liegen sowie die Diskussion der weiterentwickelten, verfeinerten mathematisierten Methoden der Statistik, die in jüngster Zeit zu einer deutlichen Anhebung des methodischen Niveaus empirischer Meßverfahren auch in der Publizistikwissenschaft geführt haben.

Unter Forschungstechniken oder Methoden versteht man jene wissenschaftlichen Verfahrensweisen, durch deren systematische Anwendung im Rahmen eines Forschungsplanes eine offene Fragestellung abgeklärt werden soll. Diese Begriffsbestimmung enthält:

- das Kriterium der Wissenschaftlichkeit (im Gegensatz zum "naiven" Vorgehen);
- die Forderung nach systematischer Anwendung (im Gegensatz zu zufälligem oder willkürlichem Vorgehen);
- das Postulat nach einem Forschungsplan mit genau festgelegtem Untersuchungsziel;
- den Umstand, daß eine (oder mehrere) konkrete Fragestellung(en) abgeklärt werden müssen.

In diesem Zusammenhang ist wichtig zu erwähnen, daß die zu untersuchende Fragestellung die Methode, das Vorgehen, den Weg bestimmt - und nicht etwa umgekehrt.

Die vier hier zu behandelnden empirischen Forschungstechniken sind im Prinzip aus alltäglichen Verfahren, Daten und Informationen über die gesamtgesellschaftliche Umwelt zu sammeln, entwickelt worden. So stellt, wie Jürgen FRIEDRICHS und Hartmut LÜDTKE schreiben, das wissenschaftliche Interview eine weiterentwickelte, strukturierte Form des Gesprächs zwischen zwei (mitunter - beim Gruppeninterview - mehreren) Personen dar; die Aussagen- bzw. Inhaltsanalyse "beruht auf einer systematischen Lektüre und Analyse von Texten"; die Beobachtung "registriert nach einem vorgegebenen Schema wahrnehmbare Aktionen in natürlichen Situationen"; und das Experiment "beinhaltet geplante und kontrollierte Abläufe in speziell erzeugten Situationen" (FRIEDRICHS/LÜDTKE). Gemeinsam ist allen diesen Forschungstechniken

- durch planmäßiges und systematisches Vorgehen
- Daten und Informationen
- über die Vielfalt individueller und sozialer Meinungen und Einstellungen, Handlungen und Verhaltensweisen
- auf möglichst nachprüfbare Weise zu erhalten.

Da wir es im gesamten Bereich der zwischenmenschlichen wie der öffentlichen Kommunikation mit einer nahezu unübersehbaren Vielfalt von Meinungen und Einstellungen, Handlungen und Verhaltensweisen, Beziehungen und Abhängigkeiten sozialer, kultureller, politischer und ökonomischer Natur zu tun haben, eignen sich die empirischen Forschungstechniken auch für die Abklärung vieler Lehr- und Forschungsfragen der Publizistik- und Kommunikationswissenschaft, deren Gegenstand ja zwischenmenschliche wie vor allem öffentliche Kommunikation ist. Freilich finden die einzelnen Forschungstechniken in den verschiedenen Forschungsfeldern (Kommunikator-, Aussagen-, Medien-, Rezipienten-, Wirkungsforschung) je nach abzuklärender Fragestellung unterschiedliche Anwendung.

Für jede der nachfolgend erörterten empirischen Methoden benötigt man forschungstechnische Instrumente, die der Forscher je nach abzuklärender Fragestellung und angewendeter Methode erarbeiten muß. Es sind dies:

für die Befragung	→ ein Fragebogen
für die Inhaltsanalyse	→ ein Kategorienschema
für die Beobachtung	→ ein Beobachtungs-/ Interaktionsplan
für das Experiment	→ eine Versuchsanordnung mit Faktoreinwirkung

Bei den im folgenden beschriebenen Forschungstechniken bzw. Methoden handelt es sich um empirische Verfahren, wie sie in den Sozialwissenschaften allgemein Anwendung finden. In der Publizistik- und Kommunikationswissenschaft sind dies vorwiegend die Befragung und die Inhaltsanalyse. Es ist übrigens nicht möglich, von *der* Methode der Publizistikwissenschaft zu sprechen. Allenfalls kann man sagen, daß die Forschungstechnik der Inhaltsanalyse durch die Publizistik- und Kommunikationswissenschaft eine Weiterentwicklung bzw. Differenzierung und Verfeinerung erfahren hat.

Literatur (Auswahl)

ATTESLANDER, Peter: Methoden der empirischen Sozialforschung. 5. Aufl.- Berlin: de Gruyter 1985.

CICOUREL, Aaron von: Methode und Messung in der Soziologie.- Frankfurt am Main: Suhrkamp 1974.

FRIEDRICHS, Jürgen: Methoden empirischer Sozialforschung. 13. Auflage.- Opladen: Westdeutscher Verlag 1985.

FRIEDRICHS, Jürgen; LÜDTKE, Hartmut: Teilnehmende Beobachtung. Zur Grundlegung einer sozialwissenschaftlichen Methode empirischer Feldforschung.- Weinheim, Berlin, Basel: Beltz 1971.

KERN, Horst: Empirische Sozialforschung. Ursprünge, Ansätze, Entwicklungslinien.- München: Beck 1982.

KÖNIG, René (Hrsg.): Handbuch der empirischen Sozialforschung. 3. umgearb. und erw. Auflage. (10 Bde).- Stuttgart: Enke 1973 ff.

LAMNEK, Siegfried: Qualitative Sozialforschung. 2 Bde. (Band 1: Methodologie; Band 2: Methoden und Techniken).- München: Psychologie Verlags Union 1988 und 1989.

SCHRADER, Achim: Einführung in die empirische Sozialforschung. Ein Leitfaden für die Planung, Durchführung und Bewertung von nichtexperimentellen Forschungsprojekten.- Stuttgart, Berlin, Köln, Mainz: Kohlhammer 1971.

Fischer-Lexikon PUBLIZISTIK/MASSENKOMMUNIKATION. Hrsgg. von Elisabeth NOELLE-NEUMANN, Winfried SCHULZ und Jürgen WILKE.- Frankfurt am Main: Fischer 1989. (Besonders Abschnitt "Methoden der Publizistik- und Kommunikationswissenschaft").

MERTEN, Klaus; TEIPEN, Petra: Empirische Kommunikationsforschung. Darstellung, Kritik, Evaluation.-München: Ölschläger 1991.

5.1 Das Interview

In der gesamten empirischen Sozialforschung ist das wissenschaftliche Interview in Form der mündlichen oder schriftlichen Befragung das wichtigste und am häufigsten angewandte Forschungsinstrument. Innerhalb der Publizistik- und Kommunikationswissenschaft dient es als Forschungstechnik besonders in den Bereichen der Kommunikator-, der Rezipienten- und Wirkungsforschung. Das Interview kann allgemein beschrieben werden als

> *ein Forschungsinstrument, mit welchem bei planmäßigem Vorgehen und wissenschaftlicher Zielsetzung Personen (meist ausgewählt nach statistischen Prinzipien) durch eine Reihe gezielter Fragen oder mitgeteilter Stimuli zu mündlichen oder schriftlichen Auskünften (= verbalen Informationen) veranlaßt werden.*

Diese Beschreibung umfaßt explizit die folgenden wesentlichen Kriterien:

- ❐ das wissenschaftliche Interview verlangt planmäßiges Vorgehen, baut auf hypothetischen Annahmen eines Forschers auf
- ❐ das Interview hat eine konkrete wissenschaftliche Zielsetzung, nämlich die Abklärung offener Fragestellungen im Rahmen eines Forschungsplanes
- ❐ das Interview besteht aus zumeist festgelegten, systematisch geordneten, gezielten Fragen
- ❐ mit der Methode des Interviews erhält der Forscher (bzw. Interviewer) *verbale* Informationen

Während nun die drei erstgenannten Kriterien im Prinzip für jedes methodische Vorgehen (auch bei Inhaltsanalyse, Beobachtung und Experiment) von wissenschaftlicher Bedeutung sind, verweist das letztgenannte Merkmal auf die Leistungsgrenze des Interviews als Forschungstechnik: Mit der Methode der Befragung kann nicht direkt soziales Verhalten erfaßt werden, sondern nur *verbalisiertes Sozialverhalten*. Die mittels Interview eingeholten Daten und Informationen sind, wie Peter ATTESLANDER schreibt, "notwendigerweise subjektiv gefärbt".

Wissenschaftliche Interviews können in verschiedenen Formen und in verschiedener Art und Weise durchgeführt werden. Unter den *Formen* differenziert man zunächst zwischen standardisiertem, halbstandardisiertem und nicht-standardisiertem Interview:

Standardisiertes (auch strukturiertes) Interview
Seine wichtigsten Merkmale sind, daß dieses Interview auf einem Fragebogen basiert, der die Abfolge sowie die Formulierung der Fragen genau festlegt und ganz oder teilweise auch die Antwortmöglichkeiten vorgibt. Für Frager wie auch für Befragten ist somit nur ein minimaler Gesprächsspielraum in Form eines fixierten Frage-Antwort-Schemas vorgegeben.

Standardisierte Interviews haben für den Forscher den Vorteil, daß an Interviewer und Interviewten geringe Anforderungen gestellt werden und Fehlerquoten relativ gering sind; damit steigt, vor allem bei der Auswertung der Fragebögen, die statistische Zuverlässigkeit: Die eingeholten Verbalinformationen und Daten sind aufgrund des vorhandenen Fragen- und Antwortkatalogs leichter auszuwerten und zu messen.

Halb-standardisiertes (auch halb-strukturiertes) Interview
Bei dieser Befragungsform ist der Fragebogen nicht absolut und nicht ausschließlich festgelegt, sondern das halbstandardisierte Interview entspricht einem zwar auch systematisch, aber flexibel aufgebauten Fragenschema, das Rückfragen des Befragten und Zusatzfragen des Interviewers gestattet. Solche Interviews werden auch als 'Leitfadengespräche' bezeichnet.

Das halbstrukturierte Interview hat den Vorteil, daß es durch das flexiblere Frage-Antwort-Schema der alltäglichen Gesprächssituation näher kommt und im Hinblick auf die soziale Wirklichkeit aussagekräftiger werden kann.

Nicht-standardisiertes (auch nicht-strukturiertes) Interview
Hierbei handelt es sich um die freieste Interviewform: Es gibt dabei zwar einen vom Forscher entworfenen Katalog von Grundfragen, die Abfolge der Fragen ist aber nicht zwingend festgelegt; der Interviewer kann aus der gegebenen Situation heraus Fragen entwickeln und ist nicht an ein (mehr oder weniger) oberflächliches Frage-Antwort-Schema gebunden.

Das nicht-standardisierte Interview verlangt allerdings höchste Vertrautheit mit dem zu ergründenden Sachverhalt auf Seiten des Interviewers. Die Antworten sind - aufgrund des fehlenden Fragenkatalogs - schwer meßbar, die Auswertung ist zeitaufwendig.

Die Entscheidung darüber, welche Form des Interviews als Forschungstechnik gewählt wird, hängt wesentlich ab vom Untersuchungsgegenstand, der konkreten Fragestellung des Forschers, von dem zu befragenden Personenkreis, von der Größe dieses Personenkreises, den ökonomischen und organisatorischen Möglichkeiten. Im allgemeinen werden für die Erfassung quantitativer und informativer Daten eher strukturierte und halbstrukturierte Befragungsformen gewählt, für die Gewinnung qualitativer Informationen eher nicht-strukturierte Frageschemata.

Wissenschaftliche Interviews können weiters in verschiedener Art und Weise durchgeführt werden:

Als *mündliches Interview* in der persönlichen Begegnung und in Form einer Beziehung zwischen Frager und Befragtem. Hier unterscheidet man allgemein zwischen weichen, harten und neutralen Interviews.

❒ Beim *weichen* Interview nimmt der Interviewer eine zurückhaltende Position ein, verhält er sich relativ passiv und "läßt den Befragten weitgehend den Gang des Gesprächs bestimmen" (ATTESLANDER), um beim Befragten Angstfreiheit und Offenheit in der Beantwortung der Fragen zu garantieren.

❒ Beim *harten* Interview dagegen dominiert der Interviewer und stellt seine Fragen äußerst rasch, um den Befragten zu spontanen und richtigen Antworten zu "zwingen".

❒ Das *neutrale* Interview ist gekennzeichnet von der sachlichen und unpersönlichen Beziehung zwischen Interviewer und Interviewtem.

Bei allen Arten des mündlichen Interviews stellen subjektive Beeinflussungsfaktoren (wie Sympathie, Ablehnung, Verfremdung etc.) sowohl auf Seiten des Interviewers als auch des Befragten eine potentielle Beeinträchtigung des Interviews und damit eine mehr oder minder große Verfälschung der zu ermittelnden Daten und Informationen dar.

Das *schriftliche Interview* findet entweder in der Art des persönlichen, schriftlichen Interviews oder in Form der postalischen Befragung Anwendung.

- ❒ Beim persönlichen schriftlichen Interview füllt der Befragte in Anwesenheit und unter Aufsicht des Interviewers einen Fragebogen aus.
- ❒ Bei der postalischen Befragung sendet der Interviewer dem zu Befragenden auf dem Postweg einen Fragebogen zu mit der Bitte, ihn ausgefüllt zurückzusenden.

Das postalische Interview erweist sich in der Anwendung zwar als relativ unkompliziert durchführbar und als sehr forschungsökonomisch; als methodische Mängel dürfen aber die Probleme des Fragebogenrücklaufs (und damit zunächst der statistischen Repräsentativität) sowie der Beantwortung (hat der Befragte tatsächlich allein und persönlich geantwortet oder ist er von Bekannten, Verwandten oder Freunden dabei beeinflußt worden?) nicht übersehen werden.

Als weitere Befragungstechniken werden in der empirischen Sozialforschung noch die Sonderformen des *Telefon-Interviews*, des *Gruppeninterviews* sowie - vor allem in der Psychologie - des *Tiefeninterviews* eingesetzt.

Über die auch in der kommerziellen Umfrageforschung häufig angewandte und weiterentwickelte Forschungstechnik des Interviews ist die Methodenlehre (im Vergleich zu anderen Techniken der Sozialforschung) relativ gut entwickelt. In der methodologischen Diskussion über das Interview wird wiederholt auf die folgenden, unbedingt zu berücksichtigenden Probleme bei Anlage, Aufbau, Fragebogengestaltung und Durchführung von Interviews verwiesen (hier nach SCHEUCH):

- ❒ auf die *Lehre von der Frage*, und hier im besonderen:
  - die Wahl der Formulierung (Sprache, Verständlichkeit)
  - die Eigenschaften verschiedener Frageformen (offene, geschlossene, Alternativfragen u.a.m.)
  - besondere Arten von Fragen (Verhaltensfragen, Meinungsfragen, Einleitungs-, Übergangsfragen, direkte, indirekte Fragen etc.)
  - Einfluß der Frage auf die Antwort (Suggestivfragen)
- ❒ auf die *Lehre vom Fragebogen*,und hier im besonderen:
  - der Fragebogenaufbau und die Stellung von Fragen innerhalb der Fragenfolge
  - der gegenseitige Einfluß benachbarter Fragen
  - die Technik des "Trichterns" (von allgemeinen zu spezifischen Fragen)
  - die Technik des "umgekehrten Trichterns" (von spezifischen zu allgemeinen Fragen)

- die Bewältigung des Themenwechsels durch den Befragten
- die Spannungskurve der Aufmerksamkeit des Befragten

❐ auf die *Lehre vom Interviewen*, und hier im besonderen:
- Interviewerschulung und -training
- Modelle des richtigen Interviewerverhaltens (passives, aktives, neutrales Verhalten, Auftreten, Umgangsformen etc.)
- Fehlerquellen beim Interviewer

❐ auf die *Lehre vom Befragten*, und hier im besonderen:
- die Einstellung des Befragten zum Interview (Problem der Verweigerung, der teilweisen Ablehnung etc.)
- Fehlerquellen beim Befragten (Mißverstehen von Fragen, psychische und physische Verfassung etc.)
- die Problematik "schwieriger" Fragen (heikler, peinlicher, intimer, aufdringlicher Fragen etc.)

Wie bereits eingangs erwähnt, eignet sich die Forschungstechnik des Interviews im Rahmen der Publizistik- und Kommunikationswissenschaft besonders für die Bereiche der Kommunikator-, Rezipienten- und Wirkungsforschung. Das belegt zunächst die Fülle jener vielen Kommunikatorstudien, in denen Journalisten nach ihrem Selbstverständnis, ihren Tätigkeitsbereichen und -merkmalen, ihrer Ausbildung, ihren redaktionellen Beziehungen und Abhängigkeiten, ihrem Leserbild, ihrem sozialen Status u.a.m. befragt wurden. Das verdeutlichen aber auch die vielfältigen Bemühungen von wissenschaftlichen und kommerziellen Forschungsinstituten, die mit Hilfe von Interviews etwa das Mediennutzungsverhalten von Kindern, Jugendlichen und Erwachsenen, die Bedeutung der Medien in der Meinungs- und Einstellungsbildung und Veränderung, im Wählerverhalten oder in der Werbewirkung sowie die Beeinflussung des Verhaltens durch gewaltdarstellende Inhalte der Massenkommunikation zu erfragen versuchen. Eine große Anzahl der in Kapitel 2.2.1 und 2.2.4 genannten Lehr- und Forschungsfragen werden mit Hilfe von Interviews zu ergründen versucht.

Literatur (Auswahl)

ATTESLANDER, Peter: Methoden der empirischen Sozialforschung. 5., neu überarb. und erw. Aufl.-Berlin: de Gruyter 1985. (= Sammlung Göschen 2100).

KARMASIN, Fritz; KARMASIN, Helene: Einführung in Methoden und Probleme der Umfrageforschung.- Wien, Köln, Graz: Böhlau 1977. (Böhlaus wissenschaftliche Bibliothek).

NOELLE, Elisabeth: Umfragen in der Massengesellschaft.- Reinbek bei Hamburg: Rowohlt 1963.

SCHEUCH, Erwin K.: Das Interview in der Sozialforschung. In: KÖNIG, René (Hrsg.): Handbuch der empirischen Sozialforschung. 3. umgearbeitete und erweiterte Auflage. Bd. 2.- Stuttgart: Enke 1973 ff.

SCHOLL, Armin: Die Befragung als Kommunikationssystem. Zur Reaktivität im Forschungsinterview. Opladen: Westdeutscher Verlag 1993.

5.2 Die Aussagen-/Inhaltsanalyse

Eine zweite, in den Sozialwissenschaften häufig angewendete Methode zur Gewinnung von empirischen Daten vor allem über Meinungen und Einstellungen über Form und Gehalt publizistischer Aussagen in Presse und Rundfunk ist die Forschungstechnik der Aussagen- bzw. Inhaltsanalyse. Man kann mit Recht darauf verweisen, daß diese Technik maßgeblich im Zuge der Erforschung der Inhalte der Massenmedien entwickelt worden ist und vor allem in den publizistikwissenschaftlichen Bereichen der Aussagen- und Medienforschung Anwendung findet.

In der vielzitierten Begriffsbestimmung von Bernard BERELSON (1952) wird die Inhaltsanalyse so definiert:

> *"Die Inhaltsanalyse ist eine Forschungstechnik zur objektiven, systematischen und quantitativen Beschreibung des manifesten Inhalts von Kommunikation."*

Diese Definition beinhaltet die folgenden wesentlichen Kriterien der (quantitativen) Inhaltsanalyse:

- Das Kriterium der Objektivität, mit dem die explizite und unmißverständliche Definition der Kategorien gemeint ist, nach denen das zu analysierende Untersuchungsmaterial verschlüsselt und gezählt oder gemessen wird.

- Das Kriterium der *Systematik*, d.h. das Postulat nach einer präzisen Formulierung der Untersuchungsaufgabe sowie nach der Erstellung eines Forschungsplanes, der den Ablauf der Untersuchung genau fixiert.

- Das Kriterium der *quantitativen Beschreibung des manifesten Inhalts* meint die Erfassung und Messung des offenbar vordergründigen Inhalts, der durch die Kategorien genau aufgeschlüsselt und beschrieben (= operational definiert) sein muß.

Neuere Autoren beschränken die Inhaltsanalyse nicht mehr nur auf "manifeste" Inhalte. Auch geht es nicht mehr nur um die Beschreibung von Inhalten bzw. Aussagen der Massenmedien; vielmehr geht es um Schlußfolgerungen ("Inferenzen") von den analysierten Inhalten auf Einstellungen, Absichten, Ziele etc. der Kommunikatoren (der Verfasser der Texte) oder auf - vermutete - Wirkungen bei den Rezipienten. Aus der von Klaus MERTEN stammenden Definition von Inhaltsanalyse geht das Ziel, Inferenzen zu ermitteln, hervor. MERTEN definiert die Inhaltsanalyse als *"eine Methode zur Erhebung sozialer Wirklichkeit, bei der von Merkmalen eines manifesten Textes auf Merkmale eines nichtmanifesten Kontextes geschlossen wird"* (MERTEN 1983).

Im Laufe der Anwendung der Inhaltsanalyse sind die beiden folgenden Analyse-Formen entwickelt worden: die quantifizierende und die qualifizierende Inhaltsanalyse.

Die quantifizierende Inhaltsanalyse

Mit dieser Forschungstechnik untersucht man den (vordergründig) manifesten Inhalt, also das, was tatsächlich an "Text" aufscheint. Der zu untersuchende Inhalt (z.B. einer Zeitung oder eines Zeitungsteils) wird anhand eines zuvor eigens dafür entwickelten und vorgetesteten Kategorienschemas analysiert, indem die Textteile gegeneinander abgegrenzt und den Kategorien zugeordnet werden. Man erfaßt mit Hilfe der quantitativen Inhaltsanalyse somit primär die Häufigkeitsverteilung von bestimmten Text- bzw. Aussageteilen und -formen. (Als Beispiel einer quantitativen Inhaltsanalyse kann hier etwa die einfache Beschreibung, Ausmessung und Zählung von Medieninhalten und ihrer Ressortverteilung sowie ihres Anteils am Gesamtumfang einer Zeitung oder einer Nachrichtensendung genannt werden).

Die qualifizierende Inhaltsanalyse

Mit dieser Forschungstechnik geht man über die quantitative Erfassung des manifesten Inhalts hinaus und versucht man, Einstellungen im Text der Aussagen von Massenmedien sowie Sinn- und Bedeutungsstrukturen eines Textes, einer Aussage zu erfassen, auch zu analysieren, was "zwischen den Zeilen steht", wie Jürgen RITSERT 1972 schreibt.

Die qualitative Inhaltsanalyse fragt somit im besonderen nach "versteckten", latenten Aussagen in publizistisch vermittelten Inhalten ("Latenz"), nach dem Sinnzusammenhang der Aussagen und Aussageteile ("Kontext"), nach auffallend vereinzelt auftretenden ("Singularität") sowie nach häufig vorfindbaren Aussageinhalten ("Präsenz") immer unter dem Aspekt, daß Sätze, Satzteile, Worte, Themen und Motive von Aussagen in einem Zusammenhang stehen (RITSERT).

Der Kommunikationsforscher Werner FRÜH verzichtet auf die Unterscheidung zwischen quantitativer und qualitativer Inhaltsanalyse. Für ihn sind Quantität und Qualität lediglich Fragen des Meßniveaus (auch aus Quantitäten sind Qualitäten erkennbar). FRÜH definiert die Inhaltsanalyse einfach als "eine empirische Methode zur systematischen und intersubjektiv nachvollziehbaren Beschreibung inhaltlicher und formaler Merkmale von Mitteilungen" (FRÜH 1991).

Wegen der in der qualitativen Inhaltsanalyse notwendigerweise vorzunehmenden Wertungen und Be-Wertungen von Aussagen bzw. Aussageteilen, -themen und -motiven ist diese Forschungstechnik - vor allem im Hinblick auf die zuverlässige Beschreibung der einzelnen Analysekategorien, der "operationalen Definitionen" - relativ schwierig durchführbar.

Die Grenzen zwischen quantitativen und qualitativen Inhaltsanalysen verlaufen oft fließend. Allgemein differenziert man bei der Inhaltsanalyse zwischen folgenden vier Analyse-Ansätzen:

❒ *Frequenzanalysen:* Sie versuchen, die Häufung (Häufigkeit) von Textelementen mit Hilfe eines (analytischen) Kategorienschemas festzustellen.

❒ *Kontingenzanalysen:* Sie untersuchen, wie oft sprachliche Elemente, Themen und Motive etc. in Verbindung mit anderen Elementen aufscheinen.

❒ *Valenzanalysen:* Sie untersuchen Texte anhand von "polaren" (d.h. wertig einander entgegengesetzten) Kategorienpaaren.

❒ *Intensitätsanalysen:* Sie versuchen, das zu analysierende Textmaterial nach Einstellungsskalen verläßlich zu bewerten.

In der methodologischen Reflexion über die inhaltsanalytische Forschungstechnik werden die folgenden Probleme diskutiert, die bei Anlage, Aufbau, Durchführung und Auswertung von entsprechenden Studien mitunter schwierig zu lösen sind:

– Das Problem der *Dimensionierung*, d.h. die Festlegung aller jener Fragestellungen, Hypothesen, Variablen und Begründungszusammenhänge, nach denen der zu analysierende Inhalt (Text) untersucht werden soll.

– Das Problem der *Kategorienbildung*, d.h. der Erstellung eines Analyseschemas, das die Inhalts- bzw. Textteile systematisch ordnet und trennscharf gegeneinander abgrenzt. Die Kategorien müssen die Zwecke der Untersuchung widerspiegeln, das Analysematerial erschöpfend umfassen und sich wechselseitig ausschließen, um die Textelemente eindeutig den Kategorien zuordnen zu können.

– Das Problem der *operationalen Definition*, d.h. der genauen, unmißverständlichen Beschreibung der Variablen und Kategorien. Die operationalen Definitionen sind für die Erhebungsarbeiten durch die Kodierer, die die Aussageteile den Kategorien zuordnen müssen, von besonderer Wichtigkeit.

– Das Problem der *Koderübereinstimmung*, d.h. der Vertrautheit der Kodierer mit Methode, Kategorienschema und operationalen Definitionen, um einen höchsten Grad an Übereinstimmung bei der Erhebung des Untersuchungsmaterials und seiner eindeutigen Zuordnung zu den Kategorien zu erreichen.

Alle die hier genannten Kriterien der Dimensionierung, der Kategorienbildung, der operationalen Definitionen und der Koderübereinstimmung sind für die Verläßlichkeit des Forschungsinstruments und die Gültigkeit der Ergebnisse von eminenter Bedeutung.

Mit *Verläßlichkeit* ("Reliabilität") bezeichnet man allgemein die Fähigkeit einer Forschungstechnik - in unserem Falle der Inhaltsanalyse - unter gleichen Zuordnungsbedingungen auf das gleiche Untersuchungsmaterial ein identisches Untersuchungsergebnis hervorzubringen. Für die Inhaltsanalyse, die quantitative wie die qualitative, heißt das:

– die wiederholte Anwendung eines Kategorienschemas (das der Analyse von Inhalten dient)

– auf dasselbe Untersuchungsmaterial (Text)

– unter identischen Analysevoraussetzungen und -bedingungen

– muß zu einer genauen Wiederholung der Untersuchungsergebnisse führen.

Die Verläßlichkeit der Forschungstechnik der Inhaltsanalyse ist somit wesentlich abhängig von:

- der Komplexität des Untersuchungsmaterials
- der Genauigkeit der Kategoriendefinition
- dem Erklärungsgrad der Zuordnungsregeln
- der Urteilsfähigkeit und Ausbildung der Kodierer

Verläßlichkeit ist - übrigens bei der Anwendung jeder empirischen Forschungstechnik - ein Problem der Exaktheit instrumenteller Bestimmungen einerseits und der Urteilsfähigkeit der Kodierer andererseits.

Mit *Gültigkeit* ("Validität") ist der Anspruch einer Forschungstechnik gemeint, das zu messen oder zu erfassen, was gemessen oder erfaßt werden soll. Die Gültigkeit der Ergebnisse von Inhaltsanalysen hängt ab:

- von der Qualität des theoretischen Rahmens, der einer konkreten Untersuchung zugrunde liegt
- von der Präzision der Dimensionierung und Kategorisierung
- von der Klarheit der Zuordnungsregeln
- und von der Verläßlichkeit der Kodierungen

Hohe Verläßlichkeit und Gültigkeit eines Forschungsinstruments können erreicht werden durch sogenannte Vortests, also durch die probeweise Voranwendung einer Methode (z.B. eines Kategorienschemas) auf das Untersuchungsmaterial und daraus abgeleiteter Korrekturen der Analysestrategie und -technik durch Revision, Änderung, Ergänzung und Umarbeitung des Kategorienschemas, der operationalen Definition, der Dimensionierung usw.

Die Fülle bisher durchgeführter Inhaltsanalysen in der Publizistikwissenschaft reicht von einfachen Beschreibungen von Text- und Programmstrukturen bis hin zu hochentwickelten Sprachanalysen und komplizierten Bild-Text-Untersuchungen. In der Publizistikwissenschaft von besonderem Interesse, jedoch forschungstechnisch relativ schwierig zu bewältigen, ist die Messung von Einstellungen (der Kommunikatoren) im Text der Aussagen von Massenmedien.

In der neueren Methodenliteratur zur Inhaltsanalyse wird betont, daß es primäre Absicht dieser Forschungstechnik ist, Schlußfolgerungen von (manifesten) Inhalten auf einen nichtmanifesten Kontext, auf Absichten, Intentionen, Einstellungen von Kommunikatoren (die die Texte verfaßt haben) bzw. - sehr vorsichtig - auch auf mögliche Wirkungen beim Empfänger zu ziehen. Elisabeth NOELLE-NEUMANN und Winfried

SCHULZ haben 1971 eine Unterscheidung von Analyse-Ansätzen getroffen, die nach zu analysierenden Faktoren im Kommunikationsprozeß differenzierte. Sie erscheint nach wie vor sinnvoll und wird hier daher vorgestellt. Es sind dies die folgenden Analyse-Ansätze:

- *Deskriptive Inhaltsanalysen* begnügen sich mit der formalen und kategorialen Beschreibung (Deskription) von Medieninhalten und Programmstrukturen (quantitative Analyse; Bereich Aussage und Medium).

- *Diagnostische Inhaltsanalysen* versuchen auf Einstellungen und Intentionen des Kommunikators zu schließen, die vielleicht im Text nicht vordergründig aufscheinen (= qualitative Analyse; Bereich Aussage und Kommunikator).

- *Reflektorische Analysen* versuchen, von der Aussage auf eventuelle Bedürfnisse beim Rezipienten zu schließen (teils quantitative, teils qualitative Analyse; Bereich Aussage und Rezipient).

- *Prognostische Analysen* versuchen, auf eine potentielle Wirkung des Inhalts publizistischer Aussagen beim Rezipienten zu schließen (teils quantitative, teils qualitative Analyse; Bereich Aussage und Rezipient/Wirkung).

Den aktuellen Stand theoretischer und forschungspraktischer Überlegungen zur Inhaltsanalyse geben vor allem die einschlägigen Veröffentlichungen von Werner FRÜH, Klaus MERTEN sowie - im Überblick - das neue Fischer-Lexikon PUBLIZISTIK/MASSENKOMMUNIKATION wieder.

Literatur (Auswahl)

BERELSON, Bernard: Content Analysis in Communication Research. (Facs. of 1952 ed.).- New York: Hafner Publishing Comp. 1971.

MERTEN, Klaus: Inhaltsanalyse. Einführung in Theorie, Methode und Praxis.- Opladen: Westdeutscher Verlag 1983.

FRÜH, Werner: Inhaltsanalyse. Theorie und Praxis. 3. Aufl.- München: Ölschläger 1991.

Fischer-Lexikon PUBLIZISTIK/MASSENKOMMUNIKATION. Hrsgg. von Elisabeth NOELLE-NEUMANN, Winfried SCHULZ und Jürgen WILKE.- Frankfurt am Main: Fischer 1989.

RUST, Holger: Struktur und Bedeutung. Studien zur qualitativen Inhaltsanalyse.- Berlin 1980.

RÜHL, Manfred: Vom Gegenstand der Inhaltsanalyse. Einige Bemerkungen zu traditionellen Denkprämissen. In: "Rundfunk und Fernsehen" 24: 1976, S. 367-378.

MAYRING, Philip: Qualitative Textanalyse. Grundlagen und Techniken.- Weinheim 1988.

FÜHLAU, Ingunde: Die Sprachlosigkeit der Inhaltsanalyse. Linguistische Bemerkungen zu einer sozialwissenschaftlichen Methode.- Tübingen: Nahr 1982.

BESSLER, Hansjörg: Aussagenanalyse. Die Messung von Einstellungen im Text der Aussagen von Massenmedien.- Bielefeld: Bertelsmann 1970. (= Gesellschaft und Kommunikation 4).

KRACAUER, Siegfried: The Challenge of Qualitative Content Analysis. In: "Public Opinion Quarterly" 16: 1952, Heft 4, pp 631-642.

LISCH, Ralf; KRIZ, Jürgen: Grundlagen und Modelle der Inhaltsanalyse. Bestandsaufnahme und Kritik.- Reinbek bei Hamburg: Rowohlt 1978.

NOELLE-NEUMANN, Elisabeth; SCHULZ, Winfried: Publizistik.- Frankfurt am Main: Fischer 1971 (= Fischer Lexikon 9); besonders der Abschnitt "Methoden der Publizistikwissenschaft".

RITSERT, Jürgen: Inhaltsanalyse und Ideologiekritik. Ein Versuch über kritische Sozialforschung.- Frankfurt am Main: Athenäum 1972 (FAT Sozialwissenschaften).

SKAUN, Wolf; TIEDKE, Wolfgang: Methodische Erfordernisse bei der Durchführung von Inhaltsanalysen journalistischer Produkte. In: "Theorie und Praxis des sozialistischen Journalismus". Wiss. Hefte der Sektion Journalistik an der Karl-Marx-Universität Leipzig. Heft 4, S. 43-50.

WERSIG, Gernot: Inhaltsanalyse. Einführung in ihre Systematik und Literatur. 3. Aufl.- Berlin: Spiess 1974 (Erstauflage 1968). (= Schriften zur Publizistikwissenschaft 5).

Weitere Literaturhinweise - vor allem über durchgeführte Analysen - scheinen unter Abschnitt 2.2.2 auf.

5.3 Die Beobachtung

Eine weitere empirische Methode stellt die Forschungstechnik der wissenschaftlichen Beobachtung (im Gegensatz zur gewöhnlichen, naiven Beobachtung) dar. Sie findet in der Psychologie häufig Anwendung, ist aber in anderen sozialwissenschaftlichen Fächern ein weniger angewandtes Forschungsinstrument. Die Beobachtung ist eine Forschungstechnik, mit deren Hilfe es möglich ist, *soziales Verhalten direkt* (zum Zeitpunkt, in dem es stattfindet) *zu erfassen*. In der Publizistik- und Kommunikationswissenschaft findet die Methode der Beobachtung in der Kommunikatorforschung sowie in der Rezipientenforschung Anwendung.

In der empirischen Sozialforschung läßt sich die Beobachtung umschreiben als:

> *...eine Forschungstechnik, mit deren Hilfe individuelles oder soziales Handeln und Verhalten in natürlichen oder künstlich erzeugten Situationen planmäßig zu erfassen versucht wird, wobei der Forscher (der Beobachter) dem Untersuchungsobjekt gegenüber eine passiv-rezeptive Haltung einnimmt.*

Diese Definition enthält die folgenden, für die wissenschaftliche Beobachtung wesentlichen Kriterien:

❒ Mit der Methode der Beobachtung wird *soziales Verhalten direkt* und zu jenem Zeitpunkt zu erforschen versucht, in dem es stattfindet (und nicht etwa wie mit dem Interview nur das verbalisierte Sozialverhalten).

❒ Wissenschaftliches Beobachten verlangt *planmäßiges* Vorgehen; dazu wird ein systematisch zu erarbeitendes, umfassendes Beobachtungsschema verwendet.

❒ Bei der wissenschaftlichen Beobachtung verhält sich der Forscher *passiv-reziptiv*: er verzichtet darauf, durch verbale Reize (wie etwa beim Interview) oder durch andere Reize beabsichtigte Reaktionen hervorzurufen.

In der Methodenlehre wird zwischen verschiedenen Beobachtungsformen unterschieden; zunächst in der Differenzierung nach mehr oder weniger systematischem Vorgehen des Beobachters:

Strukturierte Beobachtung: Das ist eine Beobachtungstechnik, bei der das zu untersuchende Individual- und/oder Sozialverhalten (von Einzelpersonen, Gruppen, Teams etc.) mittels eines exakt ausgearbeiteten und vorgetesteten Beobachtungsplanes erfaßt wird. Im Beobachtungsplan müssen die Beobachtungskategorien (ähnlich wie bei einem strukturierten Fragebogen oder einem Erhebungsschema für Inhaltsanalysen), die Beobachtungseinheiten (z.B. Interaktionen), die Beobachtungs(zeit)intervalle sowie die Hilfsmittel zur Aufzeichnung der Beobachtungen exakt festgelegt sein. Diese Form setzt beim Forscher die genaue Kenntnis der zu beobachtenden sozialen Situation voraus (die er zuvor beispielsweise durch unstrukturierte Beobachtungen ermittelt haben kann).

Unstrukturierte Beobachtung: Das ist eine Beobachtungstechnik, bei der die zu untersuchende soziale Situation zwar auch mittels eines Beobachtungsplanes erfaßt wird, als analytischer Rahmen dienen aber, wie Peter ATTESLANDER schreibt, "mehr oder weniger allgemeine Richtlinien, d.h. große Hauptkategorien", die vorgegeben werden. "Innerhalb dieses Rahmens hat der Forscher für seine Beobachtungen freien Spielraum."

Somit dient die unstrukturierte Beobachtung mehr der Hypothesenfindung und der Gewinnung quantitativer Daten über soziales Verhalten sowie der Hypothesenüberprüfung.

Eine weitere Unterscheidung von Beobachtungstechniken wird vorgenommen nach der Stellung des Beobachters zum Gegenstand der Beobachtung bzw. nach dem Grad der Anteilnahme an der zu beobachtenden Situation:

Aktiv-teilnehmende Beobachtung: Bei dieser Form einer wissenschaftlichen (strukturierten oder unstrukturierten) Beobachtung befindet sich der Forscher (Beobachter) innerhalb der zu beobachtenden Gruppe und er nimmt an ihren Interaktionen auch teil.

Passiv-teilnehmende Beobachtung: Bei dieser Technik mengt sich der Beobachter zwar unter die Gruppe der zu Beobachtenden, nimmt jedoch an ihren Interaktionen nicht teil.

In einer weiteren Unterscheidung differenziert man schließlich zwischen offener und verdeckter Beobachtung:

- ❒ von *offener* Beobachtung spricht man, wenn der beobachteten Gruppe bekannt ist, daß sie Gegenstand einer Beobachtung ist und den Beobachter auch kennt.
- ❒ Dagegen ist bei einer *verdeckten* Beobachtung der beobachteten Gruppe nicht bekannt, daß sie beobachtet wird, und sie kennt den Beobachter auch nicht.

Die drei hier dargestellten Differenzierungspaare schließen einander nicht aus, sondern sind in der Beobachtungspraxis je nach Aufgabenstellung und Untersuchungsgegenstand sowie Untersuchungssituation entsprechend zu kombinieren: so etwa als strukturierte Beobachtung bei aktiver Teilnahme des Beobachters in offener Form oder als strukturierte Beobachtung bei passiver Teilnahme in verdeckter Form.

In der methodologischen Reflexion über die Forschungstechniken der Beobachtung werden u.a. folgende Probleme diskutiert:

❐ Das Problem der *Leistungsgrenze der Beobachtung*: Jedes beobachtete Verhalten wird durch in der Beobachtungssituation wirkende Faktoren ausgelöst. Es stellt sich somit die Frage, ob - wie die systematische Beobachtung verlangt - die vom Forscher festgelegten Beobachtungskategorien tatsächlich die Komplexität der jeweiligen Beobachtungssituation erschöpfend erfassen.

❐ Damit in Zusammenhang zu sehen ist nicht nur das Problem der kategorialen Erfassung möglichst aller beobachtbaren Handlungen, Verhaltensweisen, Interaktionen etc., sondern auch deren *instrumentelle Bewältigung* mit Hilfe eines analytischen Schemas, also einer Art Protokollbogen, in welchem genau angegeben ist, was zu beobachten und wie das Beobachtete festzuhalten ist: "die Beobachtungseinheiten, die Beobachtungsitems und die Beobachtungskategorien" (FRIEDRICHS 1985). Die Probleme liegen hier im besonderen in der Anlage des Beobachtungsinstruments (z.B. eines "Interaktiogramms") und der Genauigkeit der Aufzeichnung durch den Beobachter.

❐ Das Problem des *Einflusses des Beobachters* auf die Beobachteten während der Beobachtung bei hohem Partizipationsgrad des Beobachters sowie auch der für den Beobachter unbedingt erforderlichen Distanz zu den Beobachtungsobjekten und zur Beobachtungssituation (KÖNIG 1973). Dies gilt vor allem bei aktiver Teilnahme des Beobachters an den Interaktionen der zu beobachtenden Gruppe.

❐ Das Problem *abweichenden Verhaltens* der Beobachteten aufgrund der Tatsache, beobachtet zu werden - vor allem in der offenen Beobachtung.

❐ Schließlich das Problem, wie *Zufallskonstellationen* (also nicht vorhersehbare, die Beobachtungssituation beeinflussende Faktoren) aufgedeckt, erkannt und im Zeitpunkt der Erhebung bewältigt werden können.

Wie bereits eingangs erwähnt, liegt der besondere Vorteil der Methode der Beobachtung darin, soziales Verhalten direkt und unmittelbar (zum Zeitpunkt, da es stattfindet) zu erfassen. Sie hat in der Publizistikwissenschaft bisher - etwa im Vergleich zum Interview oder zur Inhaltsanalyse

- eher selten Anwendung gefunden und ist durch das Fach auch nicht weiterentwickelt worden. Bekannt geworden sind vor allem jene Kommunikatorstudien, in denen versucht wurde, mit Hilfe dieser Methode die Organisation von Zeitungs- und Rundfunkredaktionen, redaktionelle Tätigkeitsmerkmale und Entscheidungsabläufe, Interaktionen zwischen den handelnden Redakteuren etc. zu erforschen, wie dies beispielsweise Manfred RÜHL, Ilse DYGUTSCH-LORENZ oder neuerdings Ulrich HIENZSCH getan haben. In der Rezipienten- bzw. Wirkungsforschung bietet sich die Forschungstechnik dafür an, das Verhalten etwa von Kinobesuchern nach dem Konsum gewaltdarstellender Medieninhalte zu beobachten, um so potentielle Auswirkungen zu erforschen. Besonders bewährt sich die Beobachtung in den Bereichen der Organisationsforschung generell.

Literatur (Auswahl)

HIENZSCH, Ulrich: Journalismus als Restgröße. Redaktionelle Rationalisierung und publizistischer Leistungsverlust.- Opladen: Westdeutscher Verlag 1990.

DYGUTSCH-LORENZ, Ilse: Die Rundfunkanstalt als Organisationsproblem. Ausgewählte Organisationseinheiten in Beschreibung und Analyse.- Düsseldorf: Bertelsmann 1971. (= Gesellschaft und Kommunikation 8).

FRIEDRICHS, Jürgen: Methoden empirischer Sozialforschung. 13. Auflage.- Opladen: Westdeutscher Verlag 1985.

FRIEDRICHS, Jürgen; LÜDTKE, Hartmut: Teilnehmende Beobachtung. Zur Grundlegung einer sozialwissenschaftlichen Methode empirischer Feldforschung.- Weinheim, Berlin, Basel: Beltz 1971. (= Pädagogisches Zentrum, Veröffentlichungen. Reihe E: Untersuchungen Bd. 11).

KÖNIG, René: Die Beobachtung. In: KÖNIG, René (Hrsg.): Handbuch der empirischen Sozialforschung. 3. umgearbeitete und erweiterte Auflage. Bd. 2.- Stuttgart: Enke 1973 ff.

MAYNTZ, Renate; HOLM, Kurt; HÜBNER, Peter: Einführung in die Methoden der empirischen Soziologie. 5. Auflage.- Opladen: Westdeutscher Verlag 1978.

RÜHL, Manfred: Die Zeitungsredaktion als organisiertes soziales System. 2., überarb. Auflage.- Freiburg (Schweiz) 1979. (= Arbeiten aus dem Institut für Journalistik und Kommunikationswissenschaften an der Universität Freiburg 14).

SCHEUCH, Erwin K.: Beobachtung. In: KÖNIG, René (Hrsg.): Soziologie. Umgearbeitete und erweiterte Neuausgabe.- Frankfurt am Main: Fischer 1967. (= Fischer Lexikon), S. 209-212.

5.4 Das Experiment

Eine weitere in den Sozialwissenschaften angewandte Methode ist die Forschungstechnik des Experiments. "Experimentelle Verfahren sind ein zentraler Bestandteil der psychologischen und sozialpsychologischen Forschung, sehr selten hingegen einer der Soziologie" (FRIEDRICHS 1985). Wie die Technik der Beobachtung findet auch das Experiment in der Publizistik- und Kommunikationswissenschaft eher selten Anwendung und wenn, dann primär in der Rezipienten- und Wirkungsforschung. In den Sozialwissenschaften kann man das Experiment umschreiben als

> *...ein spezielles wissenschaftliches Verfahren, mit dem versucht wird, individuelles und/oder soziales Denken, Handeln oder Verhalten in kontrastierenden Situationen aufgrund der gezielten Einwirkung eines besonderen Faktors zu überprüfen.*

Dieser Beschreibungsversuch beinhaltet die folgenden wesentlichen Kriterien:

- ❐ das Experiment wird in *kontrastierenden Situationen,* also unter ungleichen Feld- bzw. Gruppenbedingungen durchgeführt;
- ❐ die kontrastierenden Situationen werden geschaffen durch die gezielte *Einwirkung eines Faktors,* also einer geistigen, physischen oder psychischen "Manipulation" auf den Untersuchungsgegenstand;
- ❐ die Wahl dieses Faktors erfolgt aufgrund der Annahme einer *Kausalhypothese, die überprüft werden soll;*
- ❐ mit der Methode des Experiments können nicht etwa nur soziale Verhaltensweisen und Handlungen analysiert, sondern auch Meinungen und Einstellungen überprüft werden.

Wesentliches Kriterium des Experiments ist somit, daß die Untersuchungssituation (im Sozialumfeld etwa oder in der Gruppe) durch einen gezielt einwirkenden Faktor künstlich geschaffen wird. Dieser Faktor richtet sich in jedem Fall nach der oder den zu überprüfenden Hypothesen. Der Sozialwissenschaftler, der experimentell forscht, hat folgende Aufgaben zu lösen, wie Elisabeth NOELLE-NEUMANN schreibt:

- Er muß eine Situation schaffen, in der der Faktor, den er untersuchen will, wirken kann.
- Er muß Vorkehrungen treffen, um jene Wirkungen, die er mit dem Experiment hervorruft, messen zu können.
- Er muß kontrollieren, daß sich die auftretenden Wirkungen tatsächlich auf den eingeführten Faktor zurückführen lassen.

Forschungstechnisch läßt sich ein wissenschaftliches Experiment wie folgt in die Praxis umsetzen:

1) Der Forscher bildet z.B. zwei einander in Größe, Zusammensetzung etc. so vollständig wie möglich gleichende Personengruppen: eine Experimentiergruppe und eine Kontrollgruppe.

2) Er mißt die "Zustände" beider Gruppen (im Hinblick auf seine konkrete Forschungsfrage), bevor er einen Faktor wirken läßt.

3) Er läßt den experimentellen Faktor auf die Experimentiergruppe einwirken, nicht jedoch auf die Kontrollgruppe.

4) Er mißt die "Zustände" beider Gruppen, nachdem der Faktor (auf die Experimentiergruppe) eingewirkt hat.

5) Er stellt eine Veränderung des Zustandes der Experimentiergruppe und somit fest, daß der Faktor gewirkt hat - oder nicht.

In der Methodenlehre wird allgemein zwischen zwei Arten des Experiments unterschieden:

Das Feldexperiment: Im Feldexperiment werden eine Experimentiergruppe und eine Kontrollgruppe in einer künstlich durch Faktoreneinwirkung hergestellten Situation daraufhin beobachtet, ob ein gezielt eingeführter Faktor die ihm zugeschriebene Wirkung hat. Der Untersuchungsgegenstand (z.B. zwei Gruppen) wird dabei *nicht* aus seiner natürlichen Situation herausgelöst, sondern bleibt im Sozial*umfeld*.

Das Laboratoriumsexperiment: Bei diesem Experiment werden eine Experimentier- und eine Kontrollgruppe in einer künstlich hergestellten Situation daraufhin beobachtet, ob ein gezielt einwirkender Faktor die ihm zugeschriebene Wirkung hat. Der Untersuchungsgegenstand (z.B. zwei Personengruppen) wird dabei aus seiner natürlichen Umgebung herausgelöst und in eine künstliche Situation gebracht, das Experiment wird unter planmäßig veränderten, meist vereinfachten Bedingungen durchgeführt. Die Künstlichkeit der (Labor-)Situation soll sicherstellen, daß kein anderer Faktor als der gezielt eingeführte wirkt.

Eine weitere Differenzierung kann erfolgen im Hinblick auf die Ausgangsposition für das Experiment; hier unterscheidet man zwischen "projektiertem" und "Ex-post-facto-Experiment":

Beim *projektierten Experiment* plant der Forscher die Versuchsanordnung selbst, d.h. er kontrolliert selbst den gesamten Ablauf des Experiments.

Beim *Ex-post-facto-Experiment* wird ein bereits abgeschlossener sozialer Vorgang zurückverfolgt bis zum Einsetzen eines als kausal angenommenen Komplexes von Faktoren. Der Forscher versucht also, von einer bereits gegebenen Situation zurückzuschließen auf die Ursache (den Faktor), die (der) zur Situation geführt hat. Der Experimental-Charakter dieses Verfahrens ist allerdings umstritten.

In der methodologischen Diskussion über experimentelle Forschungstechniken wird u.a. den folgenden Problemen besondere Aufmerksamkeit gewidmet:

- Dem Problem der *Künstlichkeit der Experimentalsituation*: diese Künstlichkeit vor allem in der Laboratoriumssituation macht fraglich, ob die Resultate von Experimenten verallgemeinert werden können.
- Dem Problem der *Komplexität der sozialen Realität*: Besonders das Feldexperiment ist anfällig für potentiell einwirkende Störeinflüsse, die u.U. nicht oder nicht rechtzeitig erkannt werden und somit zu verzerrten Ergebnissen führen.
- Dem Problem der *Faktorwirkungskontrolle*, also ob sich die festgestellte Wirkung tatsächlich auf den gezielt eingeführten Faktor zurückführen läßt und nicht durch (unerkannte oder unbeabsichtigte) Störfaktoren beeinflußt, d.h. verzerrt wird.
- Gegenüber anderen sozialwissenschaftlichen Forschungstechniken wird beim Experiment als Vorteil angesehen, daß es - vor allem im Labor - erlaubt, die notwendigen und beabsichtigten experimentellen Situationsbedingungen relativ gut gestalten und kontrollieren zu können.

Experimente, im besonderen Labor-Experimente "sind bislang eine Domäne der psychologischen und sozialpsychologischen Forschung: Denk- und Wahrnehmungspsychologie, Prozesse interpersoneller Wahrnehmung, Entscheidungstheorie, Aggressionsforschung, lerntheoretische Forschungen oder Probleme der kognitiven Dissonanz sind fast ausschließlich in Laborexperimenten untersucht worden" (FRIEDRICHS 1985).

In der Publizistik- und Kommunikationswissenschaft werden experimentelle Verfahren, deren Anwendung bis zu den Anfängen der angloamerikanischen Kommunikationsforschung zurückreicht, am ehesten in der Rezipienten- und Wirkungsforschung eingesetzt, z.B. in Untersuchungen über die Wirkung von Information auf Einstellungen (wie politische Propaganda und Wählerverhalten, Wirkung von Werbung auf das Kaufverhalten etc.). Dabei hat man die Erfahrung gemacht, daß die Wirkung massenmedialer Einflüsse in Labor-Experimenten stark, in natürlicher Umgebung - also im Sozialumfeld - eher schwach war. Experimentelle Verfahren können ebenso in der Erforschung der Wirkung gewaltdarstellender Medieninhalte auf das Individual- und Sozialverhalten angewendet werden.

Literatur (Auswahl)

ATTESLANDER, Peter: Methoden der empirischen Sozialforschung. 5. neu überarb. und erw. Aufl.- Berlin: de Gruyter 1985.

CICOUREL, Aaron von: Methode und Messung in der Soziologie.- Frankfurt am Main: Suhrkamp 1974 (besonders Abschnitt VII, "Experimentelle Modelle in der Soziologie").

FRIEDRICHS, Jürgen: Methoden empirischer Sozialforschung. 13. Aufl.- Opladen: Westdeutscher Verlag 1985.

MAYNTZ, Renate; HOLM, Kurt; HÜBNER, Peter: Einführung in die Methoden der empirischen Soziologie. 5. Aufl.- Opladen: Westdeutscher Verlag 1978.

NOELLE-NEUMANN, Elisabeth: Die Rolle des Experiments in der Publizistikwissenschaft. In: "Publizistik" 10: 1965, S. 239-250.

Fischer-Lexikon PUBLIZISTIK/MASSENKOMMUNIKATION. Hrsgg. von Elisabeth NOELLE-NEUMANN, Winfried SCHULZ und Jürgen WILKE.- Frankfurt am Main: Fischer 1989. (Kapitel über "Methoden der Publizistik- und Kommunikationswissenschaft").

SCHEUCH, Erwin K.: Experiment. In: KÖNIG, René (Hrsg.): Soziologie. Umgearbeitete und erweiterte Neuausgabe.- Frankfurt am Main: Fischer 1967.

SCHULZ, Winfried: Kausalität und Experiment in den Sozialwissenschaften. Methodologie und Forschungstechnik.- Mainz: v. Hase und Koehler 1970.

5.5 Zusammenfassung

Um einen zusammenfassenden Überblick zu geben, werden die vier abgehandelten Grundforschungstechniken im Hinblick auf ihre Leistungsfähigkeit sowie hinsichtlich ihrer Anwendung in den verschiedenen Lehr- und Forschungsbereichen der Publizistik- und Kommunikationswissenschaft synoptisch dargestellt:

Abbildung 10

Forschungstechnik	Leistungsfähigkeit: Erfassung von	primäre Anwendung in der Publizistikwissenschaft
INTERVIEW	– verbalisierten Meinungen Einstellungen Handlungen Verhaltensweisen	• Kommunikatorforschung • Rezipientenforschung • Wirkungsforschung
INHALTS-ANALYSE	– Form und Inhalt von publizistischen Aussagen – Einstellungen in publizistischen Aussagen – Sprachanalysen publizistischer Aussagen	• Aussagenforschung • Medienforschung • Kommunikatorforschung
BEOBACHTUNG	– unmittelbarem Individual- und Sozialverhalten und -handeln in natürlichen und künstlichen Situationen – Organisationsforschung	• Kommunikatorforschung • Rezipientenforschung • Wirkungsforschung
EXPERIMENT	– "manipuliertem" Individual- und Sozialverhalten in natürlichen und künstlichen Situationen ("Feld", "Labor")	• Rezipientenforschung • Wirkungsforschung • Medienforschung

6. Anhang

6.1 Publizistik- und kommunikationswissenschaftliche Fachzeitschriften (Auswahl)

Bei den hier nachfolgend angeführten deutsch- und englischsprachigen Fachzeitschriften handelt es sich um eine Auswahl von Titeln, die in der Mehrzahl an den publizistik- und kommunikationswissenschaftlichen Universitätsinstituten vorhanden und den Studierenden auch allgemein zugänglich sind:

PUBLIZISTIK. Vierteljahreshefte für Kommunikationsforschung. Zeitschrift für die Wissenschaft von Presse, Rundfunk, Film, Rhetorik, Öffentlichkeitsarbeit, Werbung, Meinungsbildung.- Konstanz.

RUNDFUNK UND FERNSEHEN. Wissenschaftliche Vierteljahreszeitschrift. Hrsgg. vom Hans-Bredow-Institut für Rundfunk und Fernsehen an der Universität Hamburg.- Hamburg.

MEDIA PERSPEKTIVEN. Hrsgg. im Auftrag der Arbeitsgemeinschaft Rundfunkwerbung (ARW).- Frankfurt.

COMMUNICATIO SOCIALIS. Zeitschrift für Publizistik in Kirche und Welt.- Paderborn.

MEDIENPSYCHOLOGIE. Zeitschrift für Individual- und Massenkommunikation.- Wiesbaden.

MEDIEN-JOURNAL. Informationen aus Medienarbeit und Medienforschung. Hrsgg. von der Österreichischen Gesellschaft für Kommunikationsfragen.- Wien und Salzburg.

COMMUNICATION RESEARCH.- Newbury Park.

COMMUNICATIONS. Die europäische Zeitschrift für Kommunikation. Hrsgg. von der Deutschen Gesellschaft für Kommunikationsforschung.- Frankfurt, Bern, Paris, New York.

EUROPEAN JOURNAL OF COMMUNICATION.- London.

HUMAN COMMUNICATION RESEARCH. An official Journal of the International Communication Association.- London.

PUBLIC OPINION QUARTERLY. Organ of the American Association for Public Opinion Research (Columbia University).- New York.

JOURNALISM QUARTERLY. Published by the Association for Education in Journalism and Mass Communication. (University of South Carolina).- Columbia.

GAZETTE. International Journal for Mass Communication Studies.- Den Haag, Boston, London.

JOURNAL OF COMMUNICATION. Edited by George Gerbner (Annenberg School of Communications).- Philadelphia.

JOURNAL OF BROADCASTING AND ELECTRONIC MEDIA. Published by the Broadcast Education Association. (University of Massachusetts).- Washington D.C.

Es gibt ferner eine beträchtliche Anzahl von Fach- und Verbandszeitschriften, die von verschiedenen Medien-Institutionen, Journalisten- und Verlegerverbänden, Gewerkschaften, Kirchen u.a.m. herausgegeben werden. Sie enthalten in der Regel auch für das Publizistikstudium wertvolle und verwertbare Informationen. Ihre Titel erfrägt man am besten in den zuständigen Fach- und Institutsbibliotheken. Hier eine kleine Auswahl:

MEDIUM. Zeitschrift für Hörfunk, Fernsehen, Film, Presse. Hrsgg. vom Gemeinschaftswerk der Evangelischen Publizistik e.V. (GEP).- Frankfurt am Main.

EPD - KIRCHE UND RUNDFUNK. Informationsdienst für Hörfunk und Fernsehen. Hrsgg. vom Gemeinschaftswerk der Evangelischen Publizistik e.V. (GEP).- Frankfurt am Main.

FUNK-KORRESPONDENZ. Hrsgg. vom Katholischen Institut für Medieninformation.- Köln.

MULTIMEDIA. Zeitschrift für Medien - Film - Kommunikation. Hrsgg. vom Katholischen Zentrum für Massenkommunikation Österreichs.- Wien.

DIE ZEITUNG. Hrsgg. vom Bundesverband Deutscher Zeitungsverleger (BDZV).- Bonn.

JOURNALIST. Das deutsche Medienmagazin. Hrsgg. vom Bundesvorstand des Deutschen Journalisten Verbandes (DJV).- Bonn.

DER ÖSTERREICHISCHE JOURNALIST. Hrsgg. von Johann Oberauer.- Salzburg-Mayerwies.

PUBLIZISTIK & KUNST. Zeitschrift der IG Medien. Hrsgg. vom Hauptvorstand der Industriegewerkschaft Medien, Druck und Papier, Publizistik und Kunst.- Stuttgart.

MEDIEN-MAGAZIN. TV, Radio, Video, Produktion, Telekommunikation.- München.

MEDIENSPIEGEL. Hrsgg. vom Institut der Deutschen Wirtschaft.- Köln.

INFODIENST NEUE MEDIEN. Offizielles Organ des Bundesverbandes privater Rundfunk und angeschlossene Landesverbände.- Kaufbeuren.

6.2 Universitätsinstitute für Publizistik- und/oder Kommunikationswissenschaft

An den nachfolgend angeführten Universitätsinstituten kann Publizistik-/Kommunikationswissenschaft im Haupt- oder Nebenfach studiert werden:

Bundesrepublik Deutschland

Augsburg	Lehrstuhl für Soziologie und Kommunikationswissenschaft der Universität Augsburg, Memminger Straße 14, 8900 Augsburg
Bamberg	Fachgebiet Kommunikationswissenschaft/Journalistik der Universität Bamberg, An der Universität 9, 8600 Bamberg
Berlin	Institut für Publizistik und Kommunikationspolitik der Freien Universität Berlin, Malteserstraße 74-100, 1000 Berlin 46
Bochum	Sektion für Publizistik und Kommunikation der Ruhr-Universität Bochum, Universitätsstraße 150, Gebäude GA 2, 4630 Bochum
Göttingen	Institut für Publizistik- und Kommunikationswissenschaft der Universität Göttingen, Humboldtallee 32, 3400 Göttingen
Leipzig	Fachbereich Kommunikations- und Medienwissenschaften der Universität Leipzig, Augustusplatz 9, O-7010 Leipzig
Mainz	Institut für Publizistik der Johannes Gutenberg-Universität Mainz, Jakob-Welder-Weg 20, 6500 Mainz

Erlangen-Nürnberg	Sozialwissenschaftliches Seminar der Universität Erlangen-Nürnberg - Lehrstuhl für Politik- und Kommunikationswissenschaft, Findelgasse 7-9, 8500 Nürnberg
München	Institut für Kommunikationswissenschaft (Zeitungswissenschaft) der Ludwig-Maximilians-Universität München, Schellingstraße 33 (Rgb.), 8000 München 40
Münster	Institut für Publizistik der Westfälischen Wilhelms-Universität Münster, Bispinghof 9-14, 4400 Münster 1
Österreich	
Salzburg	Institut für Publizistik- und Kommunikationswissenschaft der Universität Salzburg, Rudolfskai 42, A-5020 Salzburg
Wien	Institut für Publizistik und Kommunikationswissenschaft der Universität Wien, Schopenhauerstraße 32, A-1180 Wien
Schweiz	
Zürich	Seminar für Publizistikwissenschaft der Universität Zürich, Kurvenstraße 17, CH-8035 Zürich
Bern	Medienwissenschaften an der Universität Bern, Giacomettistraße 1, CH-3006 Bern

Studienbedingungen, -anforderungen, -dauer und -abschluß sind an den genannten Instituten unterschiedlich geregelt und im einzelnen zu erfragen, ebenso die Kombinationsmöglichkeiten mit anderen Fächern.

6.3 (Berufsbezogene) Studiengänge Journalistik

In der Bundesrepublik Deutschland sowie in der Schweiz gibt es ferner sogenannte berufsbezogene Studiengänge Journalistik, die entweder im Verlaufe eines mindestens achtsemestrigen Studiums zum Diplom-Journalisten ausbilden oder als mehrsemestriges Aufbaustudium im Anschluß an ein Fachstudium eine praxisorientierte, journalistik-wissenschaftliche Ausbildung vermitteln. Die Regelung der Studien ist im einzelnen zu erfragen.

Nachfolgend die Adressen der berufsbezogenen Studiengänge:

Bundesrepublik Deutschland

Bamberg	Fachgebiet Kommunikationswissenschaft/Journalistik der Universität Bamberg, An der Universität 9, 8600 Bamberg
Dortmund	Institut für Journalistik an der Universität Dortmund, Emil-Figge-Straße 50, 4600 Dortmund 50
Eichstätt	Studiengang Journalistik an der Katholischen Universität Eichstätt, Ostenstraße 26-28, 8078 Eichstätt
Hannover	Institut für Journalistik und Kommunikationsforschung, Hochschule für Musik und Theater Hannover, Hohenzollernstraße 47, 3000 Hannover 1
Hamburg	Teilstudiengang Journalistik der Universität Hamburg, Allende-Platz 1, 2000 Hamburg 13
Leipzig	Studienzweig Journalistik des Fachbereiches Kommunikations- und Medienwissenschaften der Universität Leipzig, Augustusplatz 9, O-7010 Leipzig
Mainz	Journalistisches Seminar am Institut für Publizistik der Johannes Gutenberg-Universität, Domus Universitatis, Alte Universitätsstraße l7, 6500 Mainz
München	Diplomstudiengang Journalistik am Institut für Kommunikationswissenschaft (Zeitungswissenschaft) der Ludwig-Maximilians-Universität München in Verbindung mit der Deutschen Journalisten-Schule, Schellingstraße 33 (Rgb.), 8000 München 40
Stuttgart-Hohenheim	Lehrstuhl für Kommunikationswissenschaft an der Universität Hohenheim (Stuttgart), Fruwirthstraße 49 (Postfach 700 563), 7000 Stuttgart 70

Schweiz

Freiburg	Institut für Journalistik und Kommunikationswissenschaft der Universität Freiburg/Schweiz, Miséricorde (Postfach 1069), CH-1700 Fribourg

Sowohl in der Bundesrepublik Deutschland als auch in der Schweiz kann weiters an anderen Hochschuleinrichtungen Publizistik im ersten oder zweiten Nebenfach, nicht jedoch im Hauptfach studiert werden. Einen umfassenden Überblick über diese und andere Formen und Wege der universitären und außeruniversitären Ausbildung für Kommunikationsberufe geben die nachfolgend genannten Bücher:

BEHRENS, Angela: Publizistik, Kommunikationswissenschaften. Zur Arbeitswelt, zum Studium.-München:dhb-Hochschulbuch 1989.

BREUNIG, Christian (Hrsg.): Studienführer Publizistik, Journalistik, Kommunikation. 2., überarb. Aufl.- München: Ölschläger 1989.

LA ROCHE, Walther von: Einführung in den praktischen Journalismus. Mit genauer Beschreibung aller Ausbildungswege Deutschland, Österreich, Schweiz. 12., neu bearb. Auflage.- München: List 1990.

JOURNALIST WERDEN? Ausbildungswege und Berufschancen im Journalismus . Hrsgg. vom Deutschen Journalistenverband e.V.-Bonn: DJV- Verlags- und Service GmbH 1991.

SCHULZE, Volker: Wege zum Journalismus.- Bonn: Bundesverband Deutscher Zeitungsverleger 1990.

Ehemalige DDR - neue Bundesländer

In der Deutschen Demokratischen Republik (DDR) war das Fach Journalistik (als "Sektion Journalistik") nur an der Karl-Marx-Universität Leipzig eingerichtet. Das praxisorientierte Studium bildete auf der Basis der Lehre des Marxismus-Leninismus zum sozialistischen Journalisten aus und war Studierenden aus Westeuropa bis zur Wende in der DDR nicht zugänglich. Im Frühsommer 1990 - also noch vor der Wiedervereinigung - wurde seitens der Sektion Journalistik noch versucht, den Studiengang umzustrukturieren und inhaltlich nach Möglichkeit an vergleichbare Studiengänge in der Bundesrepublik anzugleichen. Das neu gegründete, gemäß Länderkompetenz für Kultusfragen zuständige Bundesland Sachsen entschloß sich jedoch, die Sektion Journalistik abzuwickeln (d.h. aufzulösen) und einen neuen Fachbereich "Kommunikations- und Medienwissenschaften" zu begründen. Dieser nahm im WS 1991 seinen Studienbetrieb auf und ist nun freilich für Studierende aus der gesamten Bundesrepublik zugänglich. Im neuen Fachbereich können die Studienzweige Kommunikationsgeschichte, Medienkultur, Journalistik, empirische Kommunikationsforschung, Öffentlichkeitsarbeit und Medienpädagogik studiert werden. Mit zehn Professuren wird der Fachbereich im Endausbau das größte kommunikations- und medienwissenschaftliche

Institut der Bundesrepublik Deutschland darstellen. Leipzig kann übrigens auf eine lange medienwissenschaftliche Tradition zurückblicken: 1916 wurde dort der erste zeitungswissenschaftliche Lehrstuhl des gesamten deutschen Sprachraumes errichtet, erster Lehrstuhlinhaber war Karl Bücher. (Fachbereich Kommunikations- und Medienwissenschaften der Universität Leipzig, Augustusplatz 9, O-7010 Leipzig).

REIHE UNI-PAPERS

Band 1:
Heinz Pürer
Einführung in die Publizistikwissenschaft
5. Auflage 1993
208 Seiten, Paperback
ISBN 3-88295-185-0
DM 29.–

Band 2:
Erhard Schreiber
Repetitorium Kommunikationswissenschaft
3. Auflage 1990
368 Seiten, Paperback
ISBN 3-88295-142-7
DM 39.–

Band 3:
Werner Früh
Inhaltsanalyse
3. Auflage 1991
268 Seiten, Paperback
ISBN 3-88295-169-9
DM 29.–

Band 4:
Werner Degenhardt
PC-Programme für das Studium
Eine Einführung in WordPerfect, DrawPerfect und DataPerfect
1. Auflage 1992
376 Seiten, Paperback
ISBN 3-88295-172-9
DM 39.–

Band 5:
Thomas Knieper (Hg.)
Statistik
Eine Einführung für Kommunikationsberufe
1. Auflage 1993
440 Seiten, Paperback
ISBN 3-88295-188-5
DM 39.–

Band 6:
Klaus Merten/Petra Teipen
Empirische Kommunikationsforschung
1. Auflage 1991
360 Seiten, Paperback
ISBN 3-88295-161-3
DM 39.–

Modellversuch Journalisten-Weiterbildung (Hg.)
Fernstudium Kommunikationswissenschaft

Teil 1
2. Auflage 1989
436 Seiten, Paperback
ISBN 3-88295-105-2
DM 39.80

Teil 2
2. Auflage 1989
376 Seiten, Paperback
ISBN 3-88295-106-0
DM 29.80

kommunikation audiovisuell

Beiträge aus der Hochschule für Fernsehen und Film München

Band 1:
Roegele/Lerch-Stumpf (Hg.)
Neue Medien – Neues Recht
1. Auflage 1981
118 Seiten, Paperback
ISBN 3-88295-063-3
DM 9.80

Band 2:
Reimers (Hg.)
Unser Jahrhundert im Film und Fernsehen
Erscheint 1993
ISBN 3-88295-064-1

Band 3:
Reimers/Lerch-Stumpf/Steinmetz (Hg.)
Von der Kino-Wochenschau zum Aktuellen Fernsehen
1. Auflage 1983
362 Seiten, Paperback
ISBN 3-88295-065-X
DM 32.80

Band 4:
Reimers/Lerch-Stumpf/Steinmetz (Hg.)
Audiovisuelle Medien in der Politischen Bildung
1.Auflage 1985
354 Seiten, Paperback
ISBN 3 -88295-066-8
DM 29.80

Band 5:
Reimers (Hg.)
Zeichenentwicklung, Bedeutungswandel, Handlungsmuster
1. Auflage 1983
150 Seiten, Paperback
ISBN 3-88295-067-6
DM 19.80

Band 6:
Goedde/Bischoff (Hg.)
Leitsätze zur Kommunikationspolitik
1. Auflage 1982
107 Seiten, Paperback
ISBN 3-88295-086-2
DM 9.80

Band 7:
Hentschel/Reimers (Hg.)
Filmförderung
2. Auflage 1992
384 Seiten, Paperback
ISBN 3-88295-148-6
DM 39.–

Band 8:
Steinmetz
Das Studienprogramm des Bayerischen Rundfunks
1. Auflage 1984
330 Seiten, Paperback
ISBN 3-88295-097-8
DM 26.80

Band 9:
Weinfurter
Filmmusik als Instrument staatlicher Propaganda
1. Auflage 1993
ca. 400 Seiten, Paperback
ISBN 3-88295-180-X
ca. DM 60.—

Band 10:
Steinmetz/ Saur (Hg.)
Fernsehkritik
1. Auflage 1988
212 Seiten, Paperback
ISBN 3-88295-099-4
DM 24.80

Band 11:
Kreile/Roegele/Scharf (Hg.)
Geistiges Eigentum und die audiovisuellen Medien
1. Auflage 1985
242 Seiten, Paperback
ISBN 3-88295-114-1
DM 24.80

Band 12:
Reimers/Steinmetz (Hg.)
Rundfunk in Deutschland
1. Auflage 1988
186 Seiten, Paperback
ISBN 3-88295-129-X
DM 19.80

Band 13:
Schneider
Handbuch Filmmusik I
2. Auflage 1990
368 Seiten, Paperback
ISBN 3-88295-141-9
DM 36.80

Band 14:
Winkler-Mayerhöfer
Starkult als Propagandamittel
1. Auflage 1992
160 Seiten, Paperback
ISBN 3-88295-130-3
DM 22.80

Band 15:
Schneider
Handbuch Filmmusik II
1. Auflage 1989
362 Seiten, Paperback
ISBN 3-88295-132-X
DM 36.80

Band 16:
Opl
Das filmische Zeichen als kommunikationswissenschaftliches Phänomen
1. Auflage 1990
292 Seiten, Paperback
ISBN 3-88295-133-8
DM 66.–

Band 17:
Steinmetz/Spitra
Dokumentarfilm als „Zeichen der Zeit"
2. Auflage 1992
196 Seiten, Paperback
ISBN 3-88295-154-0
DM 38.–

ölschläger

Reihe Praktischer Journalismus

Band 1:
Projektteam Lokaljournalisten
ABC des Journalismus
6. Auflage 1990
720 Seiten, Paperback
ISBN 3-88295-145-1
DM 39.80

Band 2:
Projektteam Lokaljournalisten
Journalismus und kommunale Öffentlichkeit
1. Auflage 1979
168 Seiten, Paperback
ISBN 3-88295-026-9
DM 22.80

Band 4:
Geretschläger
Medientechnik I
1. Auflage 1983
200 Seiten, Paperback
ISBN 3-88295-059-5
DM 28.80

Band 5:
Weischenberg / Herrig
Handbuch des Bildschirmjournalismus
1. Auflage 1985
234 Seiten, Paperback
ISBN 3-88295-060-9
DM 30.80

Band 6:
Haller
Das Interview
1. Auflage 1991
432 Seiten, Paperback
ISBN 3-88295-085-4
DM 46.–

Band 7:
Haller
Recherchieren
4. Auflage 1991
288 Seiten, Paperback
ISBN 3-88295-137-0
DM 32.–

Band 8:
Haller
Die Reportage
2. Auflage 1990
336 Seiten, Paperback
ISBN 3-88295-143-5
DM 36.–

Band 9:
Pürer (Hg.)
Praktischer Journalismus in Zeitung, Radio und Fernsehen
1. Auflage 1991
432 Seiten, Paperback
ISBN 3-88295-151-6
DM 45.–

Band 10:
Schlüter
ABC für Volontärsausbilder
Lehrbeispiele und praktische Übungen
2. Auflage 1991
256 Seiten, Paperback
ISBN 3-88295-149-4
DM 38.–

Band 11:
Gerosa
Ressort: Umwelt
erscheint 1993
ca. 250 Seiten, Paperback
ISBN 3-88295-155-9
ca. DM 36.–

Band 12:
Mauz
Ressort: Justiz
Erscheinungstermin ungewiß
ca. 250 Seiten, Paperback
ISBN 3-88295-156-7
ca. DM 36.–

Band 13:
Haas/Frigge/Zimmer
Radio-Management
1. Auflage 1991
800 Seiten, Paperback
ISBN 3-88295-135-4
DM 75.–

Band 14:
Arnold
ABC des Hörfunks
1. Auflage 1991
288 Seiten, Paperback
ISBN 3-88295-157-5
DM 38.–

Band 15:
Zirbik/Sturm
Die Radio-Station
erscheint Mitte 1993
ca. 500 Seiten, Paperback
ISBN 3-88295-158-3
ca. DM 60.–

Band 16:
Sonderhüsken
Kleines Journalisten-Lexikon
Fachbegriffe und Berufsjargon
1. Auflage 1991
160 Seiten, Paperback
ISBN 3-88295-159-1
DM 30,–

Band 17:
Aigner
Ressort: Reise
1. Auflage 1992
272 Seiten, Paperback
ISBN 3-88295-160-5
DM 39.–

Band 18:
Steinbrecher/Weiske
Die Talkshow
1. Auflage 1992
256 Seiten, Paperback
ISBN 3-88295-174-5
DM 36.–

Band 19:
Roithmeier
Der Polizeireporter
erscheint ca. Juni 1993
ca. 250 Seiten, Paperback
ISBN 3-88295-175-3
ca. DM 36.–

Bitte ausreichend frankieren!

ANTWORTPOSTKARTE

Verlag Ölschläger GmbH
Türkenstraße 27
Postfach 40 14 24

8000 München 40

ABSENDER:

Name ....

Straße ....

Ort ....

Bezugsbedingungen: Lieferung erfolgt gegen Rechnung. Porto wird gesondert berechnet. Die Rechnung ist zahlbar nach Erhalt ohne Abzüge. Eigentumsvorbehalt gem. § 455 BGB. Erfüllungsort und Gerichtsstand für das Mahnverfahren und für Kaufleute ist München. Änderungen vorbehalten. Unsere Preise sind unverbindliche Preisempfehlungen.
Stand: April 1993

Band 20:
Clobes/Paukens/Wachtel (Hg.)
Bürgerradio und Lokalfunk
1. Auflage 1992
240 Seiten, Paperback
ISBN 3-88295-176-1
DM 19.80

Band 21:
Fricke
Recht für Journalisten
erscheint Mitte 1993
ca. 250 Seiten, Paperback
ISBN 3-88295-177-X
ca. DM 36.–

Band 22:
Reus/Schmidt
Ressort: Feuilleton
erscheint Herbst 1993
ca. 250 Seiten, Paperback
ISBN 3-88295-186-9
ca. DM 38.–

REIHE UNI-PAPERS

Band 1:
Pürer
Einführung in die Publizistikwissenschaft
4. Auflage 1990
192 Seiten, Paperback
ISBN 3-88295-144-3
DM 26.–

Band 2:
Schreiber
Repetitorium Kommunikationswissenschaft
3. Auflage 1990
368 Seiten, Paperback
ISBN 3-88-295-142-7
DM 39.–

Band 3:
Früh
Inhaltsanalyse
3. Auflage 1991
218 Seiten, Paperback
ISBN 3-88295-169-9
DM 29.

Band 4:
Degenhardt
PC-Programme für das Studium
Ein Einführung in WordPerfect, DrawPerfect und DataPerfect
1. Auflage 1992
376 Seiten, Paperback
ISBN 3-88295-172-9
DM 39.–

Band 5:
Knieper (Hg.)
Statisitik
Eine Einführung für Kommunikationsberufe
1. Auflage 1993
ca. 350 Seiten, Paperback
ISBN 3-88295-188-5
DM 36.–

Band 6:
Merten/Teipen
Empirische Kommunikationsforschung
1. Auflage 1991
360 Seiten, Paperback
ISBN 3-88295-161-3
DM 39.–

Modellversuch Journalisten-Weiterbildung (Hg.)
Fernstudium Kommunikationswissenschaft
Teil 1
2. Auflage 1989
436 Seiten, Paperback
ISBN 3-88295-105-2
DM 39.80

Teil 2
2. Auflage 1989
376 Seiten, Paperback
ISBN 3-88295-106-0
DM 29.80

STUDIENFÜHRER

Institut für Kommunikationswissenschaft, Universität München (Hg.)
Studienführer Diplomstudiengang Journalistik
2. Auflage 1986
DM 7.40

Institut für Kommunikationswissenschaft, Universität München (Hg.)
Studienführer Magister-Studiengang Kommunikationswissenschaft
3. Auflage 1989
DM 9.50

Breunig (Hg.)
Studienführer Publizistik/Journalistik/Kommunikation
2. Auflage 1989
400 Seiten, Paperback
DM 34.80

FORSCHUNGSFELD KOMMUNIKATION

Band 1:
Neverla
Fernseh-Zeit
1. Auflage 1992
288 Seiten, Paperback
ISBN 3-88295-162-1
DM 64.–

Band 2:
Flieger
Die taz
1. Auflage 1992
344 Seiten, Paperback
ISBN 3-88295-163-X
DM 68.–

BESTELLKARTE

Hiermit bestelle ich gegen Rechnung zur Lieferung an meine umseitige Anschrift gemäß Ihren Bezugsbedingungen:

Anzahl Titel

....

....

....

....

....

....

....

....

....

....

....

....

....

☐ Bitte informieren Sie mich über Ihre Neuerscheinungen

....

Ort/Datum Unterschrift